LES ARMES DE LA NUIT

et

LA PUISSANCE DU JOUR

Vercors

LES ARMES DE LA NUIT

et

LA PUISSANCE DU JOUR

ROMANS

Éditions du Seuil

Une première édition de cet ouvrage
a paru aux Éditions Albin Michel en 1951.

TEXTE INTÉGRAL

ISBN 978-2-02-030699-7

PRÉFACE

Je n'ai lu *Les Armes de la nuit* qu'en 1951, quand ce récit fut republié dans ce que Vercors appelle « l'édition collective », c'est-à-dire avec le roman qui lui fait suite, *La Puissance du jour*. Je n'ai donc pas vécu comme lecteur l'abandon de Pierre, leur héros, que Vercors mettait en évidence dans la préface de la première édition de 1946. En ce temps-là, par simple hygiène intellectuelle, je ne lisais rien de ce qui s'écrivait sur les camps et sur notre retour. Il faut préciser que le peu qui m'en était tombé sous les yeux me semblait littérature. En outre, j'avais trop témoigné devant des gens divers, y compris des officiels et des services spécialisés, pour ne pas savoir qu'on n'entendait de nous que ce qui allait avec les préjugés ou les intérêts du moment. J'avais écrit une ou deux fois à des journaux pour rectifier des absurdités monstrueuses, mais sans le moindre résultat. La légende prévalait et, sans doute, beaucoup des nôtres en avaient aussi besoin pour continuer à vivre. On verrait plus tard. J'ai attendu 1949 pour me mettre à mon roman *La Dernière Forteresse*.

Du fait de mon travail dans la résistance clandestine de Mauthausen, de ma connaissance de l'allemand, j'étais devenu à vingt-trois ans, pour beaucoup de mes aînés et surtout des femmes de Ravensbrück évacuées chez nous, à qui j'avais porté le pain de la solidarité, un confident, quelqu'un qui en avait beaucoup vu et à qui on pouvait tout dire parce qu'il savait tout du monde des camps, peut-être parce qu'il était d'une autre génération. Sans doute aussi parce que chacune, chacun savait que je serais une tombe pour ce dont ils s'ouvraient à moi, qu'ils n'avaient pu dire aux leurs.

Bref, l'indicible, l'incommunicable appartenaient alors à cette partie de ma vie qui demeure, encore aujourd'hui, cinquante années plus tard, liée à la franc-maçonnerie des rescapés et des rescapées. J'insiste sur le féminin car ce que les déportées ont vécu dans la déshumanisation a été souvent bien au-delà de ce que les hommes ont connu. Je connais des grands-mères qui n'ont pu parler que ces toutes dernières années, quand, le recul aidant, on s'est mis à évoquer avec moins de précautions la fin de la guerre. Elles se sont enfin libérées, un demi-siècle après leur libération.

Il faut imaginer le poids de cette chape de silence pour prendre conscience de l'abîme qu'ouvrait *Les Armes de la nuit* lors de sa publication, en 1946. Ce qui se répéta en 1951 avec *La Puissance du jour*. Même si, dans l'intervalle, un livre de survivant comme *L'Espèce humaine* de Robert Antelme avait touché à l'incommunicable, il faudrait encore des années pour que le public le perçoive. Aussi, déverrouiller alors les portes de l'enfer, et de la façon dont Vercors l'a fait en romancier de l'extérieur des camps, c'était encore enfreindre le non-dit.

Vercors a étrangement perçu, et sur le moment même, que ce qui s'était joué de plus profond, de plus essentiel pour les survivants était au-delà des circonstances. S'il n'avait pas déjà écrit *Le Silence de la mer*, il aurait pu appeler *Les Armes de la nuit Le Silence de Pierre*. C'est ce silence, le poids, les intrications de ce silence qui apportent au récit sa structure dramatique et nous contraignent peu à peu à comprendre que nous sommes entrés, avec ce dialogue sans cesse interrompu entre le narrateur et Pierre, dans une horreur proprement irreprésentable, puisqu'il n'en est de sortie que par l'entrée pour jamais en enfer. « C'est l'infernale horreur de ce crime que la victime ne puisse être secourue », avertissait Vercors dans sa première préface, laissant tout de même entendre qu'il pourrait, plus tard, reprendre la plume, ce qu'il a fait avec *La Puissance du jour.*

Si *Les Armes de la nuit* est un récit-confession, *La Puissance du jour* avait besoin d'un autre espace pour se déployer, l'espace du roman. Il fallait cet élargissement du champ de vision à la France de l'après-Deuxième Guerre mondiale, avec toutes les séquelles des combats de la Résistance, celles de la collaboration, les ambiguïtés et les échecs de l'épuration des traîtres, et Franco qui continuait de régner outre-Pyrénées comme si la Victoire n'avait pas eu lieu, pour que, grâce à l'opiniâtreté et à la sagacité de Nicole, la jeune fille qui aime Pierre, celui-ci reconquière sa qualité d'homme.

On peut y voir une fin optimiste. Pierre a été jeté dans cette zone de la mort où le seul fait de vivre revenait à pactiser avec la négation de l'homme. Revenait à finir par oublier sa qualité d'homme. Raconter les hauts et les retombées de sa guérison c'est, comme il le dit, « aider ses camarades d'abjection ». Je reste pourtant persuadé que la véritable catharsis est produite ici par *Les Armes de la nuit* et par l'abandon de Pierre à lui-même qui clôt le récit. Sans cet abandon, au sens le plus fort du mot, la reconquête ne serait pas ce qu'elle est, mais l'abandon survient, ne l'oublions pas, après l'aveu par lequel Pierre brise enfin son silence et nous engage dans sa transgression de l'humain, si peu évitable qu'elle nous pénètre et devient notre partage. L'auteur s'éloigne quand Pierre brise enfin notre propre silence, rend possible pour nous, pour tous de briser le silence. Vercors nous l'abandonne, mais nous avons fait le même pas que Pierre vers la reprise de sa qualité d'homme, exactement en cet instant où, pour la première fois, il a cessé de se fermer, énonçant : « J'ai perdu ma qualité d'homme. »

Quand j'ai lu ce livre en 1951, j'ai été extrêmement étonné de découvrir qu'en 1945, pour imaginer l'horreur d'Hochwörth, le camp où il situe l'expérience de Pierre, Vercors avait mis en œuvre les deux informations qui appartenaient peut-être le plus totalement à l'indicible de notre retour : le travail des *Sonderkommandos* qui enfournaient les morts dans les crématoires ; l'attente en quelque sorte publique de l'exécution devant les crématoires par ceux que les SS entendaient liquider avant leur défaite.

Les équipes des *Sonderkommandos* étaient systématiquement exterminées. Les survivants ne l'ont été que par miracle et la plupart d'entre eux s'en sont trouvés à tel point culpabilisés que, sauf devant ceux de leurs camarades qui savaient, ils n'ont parlé que des années et des années plus tard, lorsque l'Holocauste est devenu l'objet d'enquêtes historiques. Que Vercors l'ait su en 1946 (je ne l'ai pas rencontré alors) demeure pour moi aujourd'hui une extraordinaire preuve de sa capacité d'écoute.

Le nombre de ceux qui ont fait la queue pour mourir et ont réchappé à la balle dans la nuque est probablement encore plus faible. Eux non plus n'en parlaient à personne parce que ça ne leur semblait pas de mise face au nombre des morts et disparus. Au surplus, qui de nous n'a pas entendu les : « Comment ça se fait que vous soyez revenu ? », mêlés au rejet agacé : « Vous êtes vivant, qu'est-ce que vous demandez de plus ! »

Vercors a su tisser ces deux aspects, probablement les plus inhumains, mais aussi, j'en témoigne, alors les moins révélés, des procédés de l'extermination, pour en constituer la descente aux enfers de Pierre. Cette invention montre à quel point la force de l'écriture dépasse les reconstitutions réalistes qui eussent été ici simplement impossibles. C'est bien pourquoi ce livre – comme toute l'œuvre de Vercors – reste inclassable dans les catégories littéraires chères aux manuels.

Mais *Les Armes de la nuit* touche directement à ce qu'à notre retour nous demandions de plus que les attentions qu'on nous donnait. Ce plus, c'était la réception d'un message : ce qui nous était arrivé interpellait aussi ceux qui n'avaient jamais cessé de dormir dans leur lit et qui nous regardaient comme si nous débarquions d'un autre monde que le leur. C'est exactement là que réside l'universalité des *Armes de la nuit*. Si Pierre a perdu sa qualité d'homme, ce n'est pas affaire privée. C'est la nôtre. Qui que nous soyons.

Les lecteurs de notre fin de siècle seront sans doute déconcertés par l'affirmation de Vercors, dans sa préface de 1951, qu'il ne se sent pas du tout « engagé » dans la littérature. C'était constater qu'avec *Le Silence de la mer* écrire lui était apparu comme un besoin de résistance et non comme une activité littéraire. Et à nouveau d'ailleurs *Les Armes de la nuit*, bien que publié légalement dans une France libérée, appartenait à la même urgence et celle-ci n'envahissait pas les étals des libraires. « Il s'agit de l'avenir de l'homme », répétait Vercors. Là-devant, il se sentait bel et bien hors de la littérature, mais c'est justement ce qui a fait de lui un écrivain et un novateur. On me permettra de dire que c'est parce qu'il se plaçait d'emblée à cette hauteur qu'il a su créer, au-delà des règles, une forme sans équivalent de récit-débat, de roman-débat qui a ouvert à la littérature française du milieu du XXe siècle une voie que nul n'avait frayée dans la modernité.

En notre fin de siècle, la question de l'avenir de l'homme reste plus que jamais posée, et dans les termes même que Vercors a décelés et inscrits dans notre mémoire.

PIERRE DAIX

AU LECTEUR

DE L'ÉDITION COLLECTIVE

Le présent ouvrage semblera peut-être d'une forme un peu singulière aux personnes non prévenues. D'abord parce qu'il porte deux titres, ce qui est d'un usage peu courant ; surtout quand l'ensemble forme un tout homogène, le second récit étant la suite du premier ; mais il n'était pas possible de sacrifier un titre à l'autre, encore moins de les remplacer par un troisième, qui eût comporté le risque de faire prendre pour une « nouveauté » la réunion de ces récits publiés naguère successivement.

Ensuite parce que, à première vue, l'ouvrage paraît ainsi constitué par la réunion assez peu orthodoxe d'une nouvelle suivie d'un roman (d'une écriture, au surplus, quelque peu différente). Mais, en fait, il ne s'agit ni de l'une ni de l'autre.

Il est arrivé à l'auteur déjà, en diverses occasions, d'avoir à préciser ses raisons d'écrire. C'est ainsi qu'un jour d'automne 1948, en l'abbaye de Royaumont, quelques écrivains français et italiens disputaient devant un public attentif de la « littérature engagée ». Un écrivain digne de ce nom devait-il être « pour », ou « contre » ? Chacun donnait son avis et ses raisons. Ce fut enfin le tour de l'auteur. Celui-ci se montra fort embarrassé pour exprimer une opinion dans une pareille dispute « car, avoua-t-il, s'il était une chose en laquelle il ne se sentait pas du tout engagé, c'était dans la littérature »…

A sa grande surprise, cette réplique, qui traduisait le regret et la contrition, non seulement déclencha dans le public, jusqu'alors silencieux, des applaudissements imprévus, mais fit que le débat dévia complètement, chacun des écrivains présents tenant à préciser que pour lui aussi la littérature était un moyen et non une fin. Seul l'excellent romancier Alberto Moravia eut le courage de faire front et de dire qu'il se sentait au contraire, lui, engagé corps et âme dans la littérature.

Mais c'est un fait que l'auteur ne se sent pas du tout un « homme de lettres ». Non qu'il méprise en rien la littérature ! Au contraire, Edgar Poe, Joseph Conrad sont peut-être parmi les hommes qu'il admire le plus. Et il n'est pas du tout impossible qu'un jour il se lance à son tour sur les traces augustes de ces maîtres de l'art romanesque. Toutefois, présentement, ce n'est pas le cas. Quand, pendant l'été 1945, il assista au retour des déportés, ce n'est pas l'envie d'écrire, c'est l'envie de hurler qui lui fit composer Les Armes de la nuit. *Et quand, cinq ans plus tard, sous le titre de* La Puissance du jour, *il entreprit d'en écrire la suite, c'est (comme il le fait dire à son héros) parce qu'il lui fallut constater avec horreur et angoisse que « le monde des hommes n'a pas compris encore le danger qu'il a couru ». Que ce danger subsiste. Et que n'importe qui a la chance d'être tant soit peu écouté n'a pas de plus pressant devoir que de tenter de se faire entendre.*

Peu importent alors les petites manies et petites manières du roman contemporain. Peu importent même les règles. Il ne s'agit plus de ces devoirs d'école sur lesquels on se fait juger digne ou non du titre de romancier. Il s'agit de l'avenir de l'homme. Il s'agit de savoir si l'existence qui s'ouvre à l'humanité future sera celle de la personne humaine ou celle du singe parlant.

V.

Les Armes de la nuit

I

EURYDICE

Je me demande si je n'aurais pu deviner l'essentiel, depuis le premier jour. Non, sans doute. Quand on sait les choses on s'étonne d'avoir été aveugle à tant d'indices. Ainsi, quand Pierre s'est fait couper les cheveux. D'y penser aujourd'hui, cela me paraît limpide. Mais nous sommes tous de bons prophètes, après coup.

A peine si j'avais remarqué que Pierre eût les cheveux longs. Ces cheveux, d'ailleurs… Éprouvante journée : le choc d'abord de trouver son nom (je n'espérais plus) sur ces listes dactylographiées, affichées en plein vent, où sont venus se heurter tant d'espérance, tant de patient refus… *Pierre* CANGE, *de Lézardrieux*. Le choc ensuite de ne pouvoir le reconnaître. Ce teint : cendre et sciure mélangées. Cette maigreur incroyable, ce visage réduit eût-on dit aux oreilles translucides, au nez tendu sur l'os au-dessus d'une bouche sans lèvres. Les yeux dans les orbites creuses, ronds et fixes, transparents et vagues. Les cheveux, là-dessus, – plus blonds, plus décolorés que jamais – parce qu'ils étaient longs mais clairsemés au point de laisser voir le cuir chevelu comme la trame d'un tapis usé, rendaient plus patent encore combien ce visage-là dut vivre aux frontières de la vie et de la mort.

Il sourit en me voyant. Je ne reconnus pas même son sourire. Où étaient ces dents éclatantes ? Il se leva de son fauteuil, son grand corps décharné et raide se déplia étrangement, il ressemblait dans son pyjama rayé au personnage fantastique d'un de ces sombres films allemands de la vieille époque, – ce vivant qu'un docteur fabuleux a fait avec des morceaux de morts.

Je ne sais plus ce que je lui dis : je n'ai pas dû savoir lui cacher mon trouble. Il souriait, mais son sourire ne s'étendait pas jusqu'à son regard. Ses yeux restaient arrondis, vagues et transparents, sans reflets, – à peine expressifs, à peine exprimant un sentiment indéfini, une angoisse peut-être, le fantôme d'une ancienne angoisse.

Il venait d'arriver. Nous tirâmes des plans – non : *je* tirai des plans. En cela encore je ne le reconnus pas : cette irrésolution, cette démission entre mes mains de sa volonté... Non que son intelligence me parût diminuée, – il répondait à mes questions avec un sens aigu des nuances, comme autrefois. Mais cette spontanéité, cette noble énergie, cet esprit de décision qui nous émerveillaient ? Il semblait que de se résoudre à vouloir fût devenu un effort au-dessus de ses forces.

Je pensais qu'il eût désiré rejoindre Plenmach au plus vite. Ne savais-je pas tout ce qu'il pouvait lui tarder de retrouver ? Je dis, assuré de voir son visage s'éclairer :

– Je vais faire abréger tout ça. Nous n'attendrons pas le fameux train pour les déportés bretons. Quand voulez-vous partir ?

Mais je ne trouvai dans son regard, sur tous ses traits, qu'une angoisse un peu plus grande. Il dit, d'une voix hésitante et basse : « Quand ? », puis attachant sur moi ses yeux d'oiseau de nuit il prononça, dans un balbutiement tourmenté, une suite de questions interrompues : « Pensez-vous... Quand croyez-vous... Est-ce qu'il faut... », et laissant alors passer quelques secondes dans le silence, il sembla faire effort sur lui-même, et dit enfin : « Vous pensez que je dois aller là-bas ? »

– Je ne sais pas, m'étonnai-je. Vous ne « devez » rien. Il me semblait... Ses yeux battaient et tout à coup il me parut atrocement fatigué. Je ne sus plus que dire. « Sa volonté est malade », pensai-je. Puis je songeai brusquement qu'il m'avait demandé des nouvelles de toutes sortes de gens, – mais non pas d'elle. Cette constatation me frappa. Je savais, moi, qu'elle allait bien, mais lui ? Elle aurait pu disparaître, elle aussi, avec tant d'autres.

J'allai à la rencontre de son regard et il me sembla y lire un assez poignant appel. « Il n'ose pas, pensai-je soudain. Il a peur – idiot que je suis ! – il a peur d'apprendre peut-être… » Je dis :

– Nicole va bien. Elle a été magnifique, jusqu'au dernier jour. Elle n'a pas changé. Vous la retrouverez telle que vous l'avez vue, la dernière fois.

Je pensais pourtant, tout en parlant : « Je suis peut-être tout à fait à côté. L'aime-t-il encore ? Il n'a jamais dit qu'il l'aimait. » Je pensais aussi : « *Elle* l'aime toujours, assurément, – plus que jamais. » Je me rappelai son comportement pathétique, après l'arrestation de Pierre. Elle ne voulait rien montrer de son désespoir, mais sa volonté était impuissante contre une sorte de distraction poignante, elle tentait de donner le change par son expression enjouée, la vivacité de ses mouvements, une allure décidée, – mais ses journées étaient tissées d'une chaîne d'oublis, d'erreurs, de méprises et d'égarements qui eussent été risibles s'ils n'avaient été émouvants. Elle s'était surmontée peu à peu, et peu à peu s'était forgé une sérénité singulière, d'une essence abstraite, assez semblable à la foi. Quand les sinistres nouvelles du camp de Hochswörth nous eurent enlevé presque tout espoir, elle montra plus de sang-froid qu'aucun de nous. Elle ne crut jamais à la mort de Pierre.

– Elle sera heureuse de vous voir, – elle a toujours eu confiance en votre étoile, dis-je encore et j'observai Pierre avec curiosité. Mais je ne vis rien, ou plutôt… oui, il est une certaine absence d'expression qui n'est pas moins surprenante que telle expression inattendue. Il me regardait toujours sans rien dire et, s'il répondit à mes paroles par un vague sourire, c'était on ne peut plus semblable à un sourire de politesse, – et une marque de civilité c'était bien la dernière chose que j'eusse attendue de lui en cette circonstance. Était-ce tout l'écho que le souvenir de Nicole éveillait en lui ? Je commençai de trembler pour elle. Je dis :

– Naturellement il en sera tout à fait à votre choix. Si vous préférez demeurer à Paris quelque temps… Bien que, pour votre santé…

Il plissa son front et ses yeux bougèrent dans les orbites comme ceux d'un animal inquiet. Il regarda ses ongles (je remarquai l'étrange forme de ses doigts et j'en eus un coup au cœur) puis, comme quelqu'un entrait, la porte ; puis moi de nouveau. Il dit, – chaque bout de phrase entrecoupé de silence, chaque mot respirant l'indécision :

– A Paris ?… Je ne sais pas… Je ferai ce que vous déciderez, dit-il comme un aveu de torpide fatigue. Je m'en remets à vous. Il sembla que ces paroles l'eussent soulagé.

– Eh bien… Reposez-vous huit jours, dis-je en cachant mon étonnement. Ici, ou chez moi : ma maison est la vôtre, vous le savez. Ensuite et selon les forces que vous aurez reprises, nous aviserons.

– Ici, dit-il vivement. Une fois encore l'anxiété s'était emparée de son regard. Je n'y comprenais rien.

– Vous avez peut-être raison, dis-je pour le mettre à l'aise, ici vous serez mieux nourri. Vous retrouverez rapidement vos forces.

Il sourit et m'adressa un regard reconnaissant. Je vis bien qu'il n'était pas dupe. « Allons, pensai-je avec soulagement, il a toujours des antennes sensibles. »

Nous convînmes d'un rendez-vous, pour le lendemain. Je lui apporterais des vêtements. Puis je le quittai. Qu'il fût soulagé de se trouver seul, il n'en montra rien. Mais, si peu intuitif que je sois, je le suis encore assez pour sentir ces choses-là.

Je trouvai qu'il ressemblait à un goéland. Je m'étonnai de n'avoir pas fait cette remarque plus tôt. Tandis qu'il maniait, regardait, tâtait, avec une joie dont la simplicité vous serrait le cœur, un de ses vieux complets de tweed, et sa grande robe de chambre qui ressemble à une couverture de cheval, j'observais avec surprise encore ce visage nouveau, auquel je devais être si peu habitué qu'il me semblait avoir changé depuis la veille. « Il *a* changé, me dis-je tout à coup. Ses cheveux… hier ils étaient longs. » Il avait dû les faire couper le matin même, très courts, presque ras, ainsi il ressemblait davantage à tous les autres qui circulaient comme des ombres incertaines dans les vastes salons de l'hôtel. Ils étaient courts, décolorés et clairsemés, cela lui donnait vraiment l'aspect d'un oiseau de mer.

Il disparut quelques minutes et redescendit, vêtu comme autrefois. Ces effets familiers soulignaient son extrême maigreur. Comment croire qu'il eût jamais eu ces mâchoires solides, ce cou robuste.

Comment croire qu'il eût de si peu passé trente ans. Il descendait l'escalier en se tenant à la rampe. Ses pieds semblaient énormes au bout des pantalons dont les plis insolites trahissaient les jambes cachectiques. Toute la démarche en prenait une allure incertaine, glissante, irrégulière, comme apeurée. Les bras eux-mêmes, dans les manches trop vastes, se livraient à des mouvements inhabiles, comme s'ils avaient eu sans cesse à rétablir le précaire équilibre de ce corps misérable…

Nous allâmes prendre un verre dans le petit café juste en face, de l'autre côté de la rue de Sèvres. C'était presque un pèlerinage. Une victoire aussi, – une revanche.

– J'ai bien cru qu'on vous avait embarqué, vous aussi, dit Pierre.

C'est vrai, me dis-je (et cette pensée évidente me parut singulière), c'est vrai qu'il n'a rien pu savoir. Cela me sembla drôle de lui raconter l'affaire, – sur les lieux mêmes. Étrange à la fois et naturel. Le temps simplement bouclait sa boucle dans l'espace, et nous réunissait devant la petite table ronde et les deux bocks qui eussent dû être ceux, deux ans plus tôt, de notre rendez-vous tragiquement manqué. Ce jour-là, l'objet rituel manquait dans la vitrine de Kodak, au coin du boulevard. Cela m'avait alerté. J'étais allé m'asseoir en observateur, dans le petit « tabac » sur l'autre trottoir. Je ne croyais pas à vrai dire à un grand péril : ce n'était pas la première alerte. Toutefois je guettais Pierre pour l'avertir. Je n'eus le loisir de rien faire. On avait dû l'arrêter dans la station même, à la descente du métro : à peine si j'eus le temps de l'apercevoir tandis qu'on lui faisait franchir brutalement les quelques pas entre les dernières marches et la voiture noire. (Ah ! c'était donc lui qu'elle attendait...) Je vis la rafle qui se faisait tout en même temps dans le bistrot ou je devais le rencontrer. Un instinct me fit me lever, j'allai nonchalamment jusqu'à la boutique du coiffeur voisin et m'assis pour me faire raser. Bien m'en prit : je sus plus tard que la rafle s'était étendue à tous les cafés des environs et à tous les hommes sur les trottoirs.

Pierre contemplait l'embouchure du métro, écoutait s'égosiller les marchandes de journaux, – l'une d'elles répétait (était-ce à dessein ?) : *« Libération ! Ce soir ! Le Monde !* et *Libre ! »* Il observait en souriant cette agitation pacifique, – sans Allemands, sans menace. Il dit : « On a peine à y croire. » Je ne sais s'il parlait du moment que nous vivions, ou de l'autre, celui dont ces deux ans nous séparaient. Il regarda sa main gauche, dont l'aspect déjà m'avait bouleversé. « Qui a-t-on arrêté, après moi ? » dit-il encore.

– Personne, dis-je en souriant. Vous le savez bien.

Il me regarda. Je ne saurais décrire son expression. Au vrai je ne compris pas le mélange de gratitude, de fierté, de joie profonde et aussi de détresse et de déchirement que je ne sus pas alors reconnaître, – bien que j'en fusse troublé jusqu'à l'âme.

– Personne ? dit-il et il regarda une fois encore sa main meurtrie et ajouta : « Comment le saurais-je ? », mais ces paroles il les prononça timidement, avec une sorte d'artifice ingénu de l'être sans fatuité qui désire être complimenté.

Je lui servis une pâture généreuse.

– Supposez-vous que nous n'avons rien su ? Tout se sait des prisons, nous avons toujours tout appris. Les chances, les rencontres, les défaillances, l'héroïsme. Comment eussiez-vous su que nous avions tous échappé, dites-vous ? Notre sécurité exigeait de vous le silence devant les bourreaux. A la fin du second jour vous vous êtes jeté par la fenêtre. Sans cette bienheureuse véranda vous ne seriez pas ici. Sans votre courage je n'y serais pas davantage. Vous voyez que nous savons tout.

Pierre regardait droit devant lui. Sur le terre-plein, un enfant poussait une petite brouette.

– Je me suis jeté par peur de flancher, murmura Pierre. Il observait l'enfant qui faisait semblant de vider sa brouette, puis de la remplir. « Ils m'avaient déjà plus qu'à moitié écartelé. Puis ils m'ont laissé six heures dans une cellule, à imaginer la suite. Quand ils sont venus me chercher, j'ai craint de faiblir. » Il tourna la tête et me planta dans les yeux, pour la première fois, son regard de jadis. « Mais je ne pensais pas du tout à vous », précisa-t-il. Son regard fouillait le mien. « Je ne pensais qu'à eux, à mes tortionnaires, *à eux et à moi*. A ce qu'ils voulaient faire de moi. » Il détourna la tête. Je vis trembler un peu le coin des lèvres décolorées. Ses yeux semblèrent s'enfoncer encore, – se durcir et s'assombrir. « Il n'y avait pas que la volonté de nous faire parler. Ce n'étaient pas seulement des policiers. Il y avait un autre jeu là-dessous. Un jeu prémédité, cruel et implacable. L'enjeu était notre âme. » Une grosse voiture s'arrêta devant nous. Un militaire en sortit, grassouillet et nonchalant, quatre ficelles sur la manche. Il s'en fut acheter un journal. Dans la voiture une femme l'attendait, les cheveux blonds tombants, style Hollywood. Elle arborait une expression hautaine et ennuyée. « La vie ou la mort, c'est peu de chose, reprit Pierre. Je veux dire la nôtre et aussi la vôtre qu'en partie nous détenions. C'était assez clair pour eux. Dès ce jour j'ai compris ce qu'ils poursuivaient. » Il posa un instant sur moi son regard d'oiseau de mer. « Avez-vous eu l'idée de leur entreprise diabolique ? »

– Voulez-vous parler, hasardai-je, de l'extermination...

– Oh ! l'extermination... » C'était une interruption, mais sur le mode tranquille et traînant. Un mouvement de sa main décharnée balaya le mot. « Un mort est un mort. De plus, vivants ou morts, des hommes comme nous sont encore quelque chose, – quelque chose que la mort n'interrompt point. Ils le savaient bien », dit-il rêveusement puis plus fort, avec une dureté sèche et âpre : « Ils le savaient bien, ils le savaient très bien. Ce qu'ils voulaient, c'était faire de nous des loques : une loque n'est plus *rien* », dit-il en détachant les mots, et il leva vers le ciel un nez si frêle, dont la peau était si usée que l'on voyait nettement où finissait l'os, où commençait le cartilage. Ses yeux cillèrent un peu sous la lumière. « Je ne parle pas du corps. Un corps en loque, on en meurt ou l'on s'en remet. » Il sourit et dit : « La preuve. Ce qu'ils n'avaient pas brisé eux-mêmes, ma chute l'a démoli. A part cette main-là, où tout est en bouillie, le reste s'est retapé, normalement ou à peu près. » Il fit une pause, la bouche entrouverte, et enchaîna : « Livrer un nom, une adresse ? Oh ! je me demande si cela leur importait vraiment beaucoup, – je me demande si cela nous importait, même à nous. Ne vous méprenez pas, corrigea-t-il tranquillement, vous comprenez bien que… Mais», reprit-il sans transition et il tendait devant lui son nez mince, ses yeux ronds, vraiment il ressemblait à un goéland. «… de le livrer ou non, tout était là. C'était tout le combat. Qui triomphait, si démoli qu'il fût, restait entièrement lui-même. Mais celui qui flanchait…» Il tourna vers moi son visage éclairé par une sorte de sourire grave: «Je n'ai rien livré, dit-il avec simplicité. Mais ce que peut être la vie de celui qui a trahi ses camarades, je me le demande. Ce n'est plus qu'une loque. Un être dégradé à ses propres yeux n'est qu'une loque. La mort vaut cent fois mieux.»

Je pensai à tant des nôtres que leurs nerfs avaient abandonnés (et aussi à moi-même, à la question que je me suis si souvent posée, à mon incapacité d'y répondre), et je suggérai:

– N'êtes-vous pas trop sévère? Une défaillance n'est pas forcément la preuve…

– Oh! coupa-t-il avec un tel accent que, pour la première fois, je reconnus, je vis renaître cette hauteur fière, cette altière superbe, – cet orgueil, pourquoi non? – que depuis deux jours j'aspirais en vain à retrouver: «Je parle des hommes comme moi!»

Je ne reçus pas de lettre de lui, mais je n'en attendais pas. Je l'avais mis au train le 15 juin. Un mot bref de Jean-Jacques m'avait rassuré sur son arrivée. Tout allait bien, disait-il. On avait à Plenmach trouvé Pierre moins délabré qu'on ne l'eût craint. Il progressait chaque jour, « physiquement ». Je butai un peu sur ce mot : était-ce une précision intentionnelle ? Le post-scriptum semblait bien confirmer la chose :

« *Nicole est heureuse,* écrivait son frère. *Du moins autant qu'elle peut l'être. Le comportement de Pierre est un peu étrange.* »

Ce n'était pas pour me surprendre vraiment, mais j'en fus attristé. J'avais beaucoup compté sur ce retour. J'étais déçu et inquiet. Puis tout ceci me sortit un peu de l'esprit, tandis que je liquidais impatiemment ce qui me retenait encore à Paris. Je partis enfin pour la Bretagne, – m'installer dans cet îlot près de Bréhat que je n'avais pas revu depuis cinq ans. Ce n'est pas loin de Plenmach et je m'en réjouissais. Mais je dus rester plusieurs jours dans l'îlot sans pouvoir sortir : trop de choses à remettre en état et d'abord les moyens de transport, mon petit cotre qu'il me fallut sérieusement calfater, et une plate assez endommagée.

Ai-je besoin de dire, après une absence aussi longue, les intarissables heures que je passai sur les rochers, au long de ces premières journées ? Je ne pouvais me lasser du spectacle de la mer, non plus que de celui de l'archipel, de ce paysage plein de magie que la marée transforme incessamment. Un soir, il était neuf heures, il faisait grand jour encore mais le soleil déclinant projetait sur les eaux très calmes les ombres des roches, transparentes et bleues. Je me repaissais de silence et de douce lumière. Je regardais les eaux du Trieux descendre avec le jusant lentement vers moi. Un petit voilier descendait avec elles, que la faible brise n'aidait guère. Je le regardais, lointain et tranquille, avec cette amitié, cette tendresse que le moindre canot suscite en moi. Il était à contre-jour et tout d'abord je ne remarquai pas la couleur de la voile. Puis je découvrais qu'elle était couleur de feu, et quand je constatai que le foc était bleu, je fronçai le sourcil. C'étaient là, autrefois, les couleurs du petit sloop de Jean-Jacques, je le reconnaissais souvent de loin à ces couleurs. Mais comment ce soir eût-ce pu être lui ? Non que je fusse étonné que Jean-Jacques vînt me voir. Il aimait le faire autrefois. Mais non pas ainsi à la fin du jour, et par le reflux à peine commençant, – le flot ne remonterait vers Lézardrieux pas avant six bonnes heures. Comment pouvait-il espérer regagner Plenmach avant la nuit avec si peu de brise, – vent et marée debout ?

C'était bien lui pourtant. Je ne pouvais plus m'y tromper. La petite embarcation venait dans la lumière du soir avec cette lenteur silencieuse, cette impression de calme et de bonheur simple dont je ne suis jamais rassasié. Pourtant cette fois il s'y mêlait dans mon esprit de l'inquiétude. Cette visite était singulière.

Profitant d'une risée, on brassa un peu les voiles et, coupant dans le courant, on mit le cap directement sur la petite jetée au sud de l'îlot. Je m'y rendis pour aider à l'accostage. C'était bien Jean-Jacques. Il me salua de la main. Il amena les voiles tandis que le navire venait lentement sur son erre. « Laissez du mou, pour la marée », dit-il en me lançant l'aussière, et tandis que je frappais celle-ci sur un anneau il commença de capeler la grand'voile sur le gui. Tout ceci prouvait bien qu'il allait passer la nuit sur l'île.

C'était si insolite que je ne sus quel accueil lui faire. J'arborai un grand sourire de bienvenue mais où se marquait aussi un étonnement questionneur. Il regarda mon visage avec une sorte d'intérêt avide, puis sauta sur la jetée et retira ses bottes. Il se releva, me regarda encore et demanda : « Il n'est pas là ? » sur un ton soucieux qui était déjà une réponse. Je dis : « Qui ? » et vraiment, sur le moment, je me creusai la tête. Il me prit par le bras et proposa : « Rentrons chez vous », et nous remontâmes vers la maison. Naturellement, nous n'avions pas fait dix pas que malgré le silence de Jean-Jacques je savais qu'il parlait de Pierre.

J'installai une petite table sur l'herbe rase et deux fauteuils marocains, si commodes. La nuit tombait délicieusement. Le ciel était clair, la brise presque tiède. J'avais retrouvé du calvados. On m'avait rapporté de Suisse des cigares.

– Au vrai, je n'espérais guère le trouver ici, dit Jean-Jacques. C'était un espoir tout de même. Je me demande où il peut être.

– Quand a-t-il disparu ?

– On a trouvé sa chambre vide ce matin.

Il paraissait vraiment soucieux. Je remarquai : « Vous n'aviez pas la prétention de le cloîtrer ! »

– En toute autre occasion… commença-t-il avec un geste comme pour répondre « cela va sans dire ». Mais il secoua la tête. « Ce départ est étrange, je vous assure. »

– Rien ne le laissait prévoir ? questionnai-je.

– Rien ? dit-il d'une voix songeuse. Si, peut-être… Tout de même, je ne le prévoyais pas. Il se tut un moment et dit : « Sa mère est aux cent coups. »

– Et Nicole ? hasardai-je.

– Oh ! vous la connaissez. Elle refuse l'inquiétude. Du moins (il sourit) à la voir… Elle défend votre thèse : il n'est pas, dit-elle, notre prisonnier.

Je dis sans détour :

– Elle l'aime toujours ?

– Oui.

– Et lui ? Je secouai à petits coups la cendre de mon cigare.

Il suivit mon geste avec attention comme si sa réponse en eût dépendu. Il dit :

– J'en donnerais ma tête.

– Alors ?

Il ne répondit pas. Il sirotait l'alcool avec, semblait-il, une grande attention. La nuit déjà nous enveloppait et nous parlions comme deux ombres. Le silence fut long. Il fumait son cigare avec application.

– Vous l'avez vu à Paris, n'est-ce pas ? demanda-t-il enfin d'une voix lente, et j'acquiesçai. « Il ne vous a pas semblé… bizarre ? »

– D'un certain point de vue, reconnus-je. Mais…

Jean-Jacques se leva, et s'approchant de la rive, d'un grand geste du bras lança dans l'eau la fin de son cigare, qui s'éteignit avec un bruit léger.

– D'un certain point de vue, dit-il en écho et me regardant. Il restait debout et commença d'aller et venir à petits pas, la tête basse, en défaisant de maigres mottes de la pointe du pied. « D'un certain point de vue. Vous êtes circonspect dans vos paroles. Oui, il est bizarre d'un certain point de vue. Par exemple quand… Mille diables, moi j'appelle cela être dérangé ! » éclata-t-il. Il s'arrêta et me fit face, les jambes écartées. « Je m'attendais à bien des changements, surtout au physique. Or justement… vous avez bien fait je crois, il avait bon aspect en arrivant ici : vous avez bien fait de le retenir là-bas plus d'un mois. »

– M'y croyez-vous pour quelque chose ? protestai-je.

– Dans ce délai ? Ce n'était pas vous ?

– C'est moi qui l'ai poussé dans le train. Il serait encore là-bas si j'avais attendu qu'il se décidât.

L'ombre devant moi, qui se détachait sur la mer et le ciel où mouraient les dernières lueurs avant la nuit profonde, resta immobile un long moment et silencieuse.

– Oui, rêva-t-il enfin, j'aurais dû m'en douter… Mais na-tu-relle-ment ! dit-il comme s'il avait été éclairé d'une lumière soudaine et il repartit à déambuler lentement. « Et ce silence : une seule lettre. Savez-vous qu'il a écrit *une* lettre à Nicole, une seule ? Et encore, une “lettre”… Elle n'a pas pu s'empêcher de me la montrer. Pauvre petite, a-t-il fallu qu'elle se morfondît pour que… vous connaissez sa fierté, sa pudeur… mais elle n'a pas pu supporter toute seule l'épreuve de cette lettre. Quelle énigme !

« Nicole, une ombre est revenue parmi les hommes, une ombre qui n'a plus même la force de puiser aux sources pures du souvenir. Ah ! laissez-lui le temps, jusque-là n'écrivez pas, ne venez pas. Et pardonnez à votre

PIERRE. »

– J'en sais chaque mot par cœur, sembla-t-il constater, et il se tut.

Il attendait sans doute que je répondisse à la question muette que me posait son silence immobile.

– Étrange, assurément, finis-je par admettre.

J'entendis une sorte de rire retenu.

– Vous pouvez le dire. Incompréhensible. Est-ce une rupture ? Non. Le contraire ? Pas davantage. Pourquoi avoir écrit ? Ou alors, pourquoi diable être venu ? S'il ne l'aimait plus… mais il l'aime. Eh bien ! s'il l'aime… quoi, qu'il le dise !

Je hasardai :

– Il m'avait semblé pourtant, quand il est parti, moins… soucieux, plus équilibré…

– Mais justement ! s'écria Jean-Jacques sur un ton de stupéfaction profonde, voilà, justement !

C'est bien là ce qu'il ne pouvait comprendre, m'expliqua-t-il. Il s'attendait à voir débarquer un Pierre taciturne, ou maussade, ou encore impatient, irritable… mais non. Il a vu descendre à Paimpol un homme presque joyeux, en tout cas alerte, détendu. Ils s'embrassèrent. On avait dû, faute d'essence, atteler le vieux cabriolet des Saint-Gouëno. Une heure n'est pas de trop dans cet équipage pour aller de Paimpol à Lézardrieux, et un bon quart d'heure encore jusqu'à Plenmach. Pierre voulut conduire la voiture : « Pas touché un volant depuis cinq ans, pas tenu de rênes depuis vingt ! » Il la mena bon train, dans le brouillard et la bruine, – un vrai temps breton. Dans les descentes, au lieu de serrer le frein, il lançait le brave bourrin à toute allure, et la voiture sautait de droite et de gauche sur ses hautes roues et ses pauvres ressorts, dans un bruit de ferraille et de bois grinçant. Pierre était ravi, il n'avait rien perdu de son coup d'œil, de ses réflexes. « Pas si déjeté que ça, n'est-ce pas ? » De temps en temps (quand le vieux cheval surmené donnait des marques de fatigue) il arrêtait l'antique carriole au bord de la route, sautait à terre et contemplait la lande, ou du moins ce que la brume en laissait voir, imprécis et décoloré. Pierre aspirait l'air largement en souriant : « Tout ce que j'aime… »

Jean-Jacques aurait bien voulu parler de la fameuse lettre, mais il n'osait pas. Il déclara, en manière d'approche, qu'il était heureusement surpris de l'aspect de Pierre, car il s'inquiétait. Pierre sourit et dit : « Oui, je remonte à la surface. Physique et moral vont de pair, chacun sait ça. Question de temps. J'ai passé à Paris des journées bien noires, nourri des pensées plus noires encore. Dieu merci je les ai secouées, elles sont restées là-bas, avec mes vieilles nippes. » Jean-Jacques crut le moment venu et hasarda : « Nicole ne tient plus en place, depuis ce matin. » Il regardait Pierre, surveillait le visage à demi enfoui dans l'ombre de la capote noire. Pierre ne dit rien d'abord. Même son sourire ne s'effaça pas tout de suite. Il continuait de conduire, dans le brouillard, à une allure que Jean-Jacques trouvait un peu imprudente. Il continuait de parler aussi, mais il semblait que son esprit s'enfonçât lui-même dans la nuit, il répondait par des bouts de phrases équivoques et vagues et tardant, tardant toujours davantage : comme un char que l'on pousse dans un chemin boueux et qui de plus en plus s'enlise et enfin se fige dans une immobilité sans espoir. Jean-Jacques bientôt n'eut plus la force de le remuer ; et le silence envahit la sombre voiture cahotante où le pauvre jour du dehors collait aux vitres poussiéreuses. Le cheval, moins stimulé, se laissait aller à la paresse, et le bruit des sabots s'espaçait, comme celui d'un métronome à bout de course. L'équipage ainsi roula quelque temps encore, – la vitesse acquise, – puis s'arrêta. Il n'y eut plus qu'un silence noir. Pierre enfin tourna la tête et regarda son ami drôlement, en battant un peu des cils. Il dit : « Écoute… », et son visage indistinct s'orna d'un sourire mal assuré, pareil à une excuse, pareil aussi à une supplication pathétique de compréhension et de secours. Deux ou trois fois il ouvrit les lèvres, en aspirant l'air un peu, comme on fait quand on ne parvient pas à se décider à parler. Enfin il réussit à dire : « Écoute… pas ce soir. Est-ce impossible ? Pas ce soir. Demain. » Jean-Jacques comprit très bien : « Ça recommence », pensa-t-il et il s'écria : « Mais mon vieux, elle t'attend ! » Pierre détourna la tête, regarda ses mains sur ses genoux. « Je suis fatigué, dit-il piteusement. J'aurais voulu… Je ne demande qu'un peu de temps, seulement un peu de temps. » Jean-Jacques n'y tint plus : « Écoute, mon vieux… » Mais Pierre brusquement, d'un claquement des rênes, lança le cheval en avant, dans une volonté si évidente d'interrompre ce qui allait suivre que Jean-Jacques se tut.

Ils continuèrent d'avancer ainsi dans le silence, mais Pierre cette fois conduisait sans hâte dans le demi-crépuscule. On eût dit qu'il souhaitait se laisser distancer par la nuit, laisser à la nuit le temps de s'épaissir pour envelopper son arrivée. Et en effet quand la voiture enfin s'engagea dans la longue allée des châtaigniers, les arbres apparurent déjà un peu hallucinants et irréels dans la lumière tremblante des lanternes.

Au détour d'une allée, Jean-Jacques aperçut une furtive

forme blanche parmi les arbres. « Nicole... » pensa-t-il et il se retourna pour regarder par le pertuis. Il la vit qui courait, un peu fantomatique dans le brouillard. Il pesa d'une main sur le bras de Pierre pour faire arrêter la voiture. Il se pencha par la portière mais ne vit rien. Il sentit le sursaut de son compagnon, – le mouvement brusque qui le rejetait en arrière, au fond de l'ombre encore plus profondément. Il se retourna. Dans l'autre fenêtre, le visage de Nicole s'encadrait, tentait de regarder au travers de la vitre poussiéreuse, – avec une bouleversante expression, espoir et terreur mêlés. A peine d'ailleurs eut-il le loisir de s'en imprégner (« pour toute ma vie probablement », souffla-t-il), que Pierre Cange fébrilement faisait claquer les rênes, mais presque aussitôt, comme si ce fût elle-même que les rênes eussent frappée, Nicole s'effaçait dans la brume crépusculaire, dans un évanouissement si soudain que son frère, l'instant d'après, se demandait en toute sincérité si ce n'avait pas été qu'illusion.

« Et peut-être l'eussé-je cru, me dit-il, si je ne l'avais vue entre les arbres, tandis que le vieux cheval laissé à lui-même avançait en somnolant, si je n'avais vu s'enfuir et disparaître la mince silhouette blanche. Dans la lente et branlante voiture, le silence s'épaississait si pesamment que je croyais l'entendre... Mais ce que j'entendais c'était Pierre qui respirait. Je ne voyais de lui, profondément enfoncé sous la capote, dans la faible lueur des lanternes, rien que ses mains sur ses genoux, crispées sur les rênes et doucement luisantes comme deux taches pâles. Il respirait. Il semblait que chaque inspiration fût un effort. Il respirait. Cela ne cessait pas. Dans la patache obscure, délabrée, grinçante et cahotante, tout entourée de brume, d'ombre et de pluie, c'était un bruit éprouvant. »

Dans la nuit maintenant noire comme l'encre, où seul son chandail blanc restait vaguement visible et ressemblait, sans tête et sans bras, à quelque torse grec au fond des eaux, Jean-Jacques parlait d'une voix toute feutrée de songe. Et dans cette obscurité tiède et muette, infiniment immobile, les images singulières suggérées par ses paroles prenaient, pour moi qui écoutais comme du fond d'un captieux sommeil, le pouvoir persuasif du rêve…

La mère de Pierre, souriante et un peu cassée, attendait sur le perron. Nicole derrière elle se tenait maintenant immobile dans la porte entrouverte, imprécise forme blême dans l'obscurité du porche. Pierre arrêta la voiture et descendit. Il fit quelques pas et s'arrêta au bas des marches. Madame Cange ne reconnut pas tout d'abord ce grand corps maigre. Puis elle dit : « Mon Dieu » et fondit en larmes. Elle descendit les degrés à petits pas et se jeta en sanglotant sur l'étroite poitrine. Pierre la serrait contre lui, en lui disant toutes sortes de choses gentilles, mais il ne l'embrassait pas. Non, dit Jean-Jacques, et ce fut là encore un de ces étranges comportements dont la clé, dit-il, lui échappait. Pierre serrait étroitement sa mère en murmurant des paroles ardentes et tendres, mais il ne l'embrassait pas, – et ne quittait pas Nicole des yeux. Il regardait Nicole comme pour dire : « Vous voyez, je ne l'embrasse pas. » Et Nicole, sous ce regard, d'abord devint toute rose, puis toute pâle. Et quand Pierre enfin lâcha sa mère la jeune fille ne bougea pas. Elle restait là, dans la porte, muette et immobile, les yeux élargis.

Pierre monta les marches, avec sa mère à son bras; il monta seulement les marches et s'arrêta et dit doucement: «Bonjour, Nicole.» Et celle-ci dit: «Bonjour, Pierre», mais, dit Jean-Jacques, comme ça, sans bouger. Pierre semblait attendre. Alors Nicole s'effaça de la porte et Pierre entra, sans la toucher, sans même lui tendre la main. Il souriait, et Nicole souriait, et ce n'était pas absolument un sourire triste, c'était tout de même un sourire assez pathétique, – le sourire courageux mais près des larmes des amants à travers la vitre du train.

On avait dans le hall préparé une collation. Mais Pierre prétexta de la grande fatigue du voyage pour s'aller coucher sans attendre. Madame Cange protesta: quoi, pas même un moment, pas même dix minutes? Pierre dit:

– Demain, maman, je vous en prie. Je suis vraiment très las. Il parlait à sa mère mais regardait Nicole. «Je ne suis pas encore… aussi… solide…», il fit un geste et, posant sur Jean-Jacques ses yeux une seconde: «Je me suis leurré sur mes forces, je le crains…» dit-il d'une voix lente avec un sourire mélancolique et il ajouta: «Demain cela ira mieux, chaque jour cela va mieux. Il ne faut que du temps, seulement un peu de temps», répéta-t-il comme déjà dans la voiture. Il dit encore: «Pardonnez-moi», et avec un mouvement de la main gravit les premières marches, puis disparut graduellement dans l'ombre. Nicole avait levé un peu le bras, sans sourire. Madame Cange fixait sur les ténèbres, où s'effaçait le bruit des pas, des yeux rougis. Jean-Jacques dit qu'il sortait pour chercher les bagages, et c'est avec soulagement qu'il quitta la pièce silencieuse.

Telle fut cette première rencontre et peut-être fut-ce elle, se demandait Jean-Jacques à voix haute, qui détermina dès lors entre Pierre et Nicole cette incapacité émouvante de se rapprocher. « Et pourtant ils s'aiment », dit-il encore une fois avec un accent d'évidence. « Mille diables, n'ai-je pas vu… » commença-t-il, mais ce fut pour tomber à nouveau dans une de ses songeries silencieuses. Il en sortit pour dire une fois de plus « qu'il n'y comprenait rien ». Non, il n'arrivait pas à mettre deux et deux ensemble. L'attitude de Nicole, il parvenait à la concevoir : c'est une jeune fille concentrée et fière, douée de cette sorte d'intuition qui nous surpasse, nous autres pauvres mâles logiciens et empêtrés. « Peut-être a-t-elle tout compris, mais elle ne dira pas un mot. » Quant à lui il avait beau se tourner la tête à l'envers il ne comprenait pas, non, pas du tout.

Pierre ne sortait jamais de sa chambre. Qu'y faisait-il ? Il n'écrivait pas et ce n'est pas la bibliothèque de Plenmach qui pouvait l'aider à meubler ces heures solitaires. C'était absolument comme une longue bouderie. Toutefois, il descendait très régulièrement aux repas, où il se montrait souriant et d'une attention affectueuse pour sa mère, amicale pour Jean-Jacques, parfaitement courtoise et respectueuse envers Nicole. Non, il n'y avait rien à redire, sinon… « C'était une attitude parfaitement acceptable, – sauf de lui », dit-il comme si ce fût une précision, et pour qui avait connu Pierre, son ardeur, et cette franchise attachante, cette netteté cordiale, cette absence de solennité dans ses rapports avec les hommes, c'en était une en effet. Les après-dîners étaient les seuls moments qu'il passât de compagnie avec ses hôtes. Aussi bien, chaque soir, quelque voisin venait le congratuler de son retour. Pierre demeurait, mais sa présence autrefois si nourrissante, parfois si exaltante, n'était plus pour chacun que la source d'une accablante perplexité. Il s'asseyait dans un des grands fauteuils de tapisserie, près de l'escalier de chêne, en prenant soin, Jean-Jacques le remarqua, que son visage fût toujours un peu dans l'ombre. Il croisait ses longues jambes maigres et restait alors immobile, impassible et immobile, comme une marmotte.

Nicole aussi, généralement, restait silencieuse. La tête penchée sur le tramail usé qu'elle réparait (dans l'espoir, supposait son frère avec pertinence, de voir Pierre reprendre goût à la pêche en mer), elle soulevait sur qui lui parlait, avec peine eût-on dit, des yeux de sombre ardoise dont le regard songeur semblait frissonner et flotter comme un reflet de lune. D'autres fois, laissant retomber sur ses genoux le grand filet à triple maille qui semblait alors emprisonner ses mains comme de pâles colombes endormies, et levant son front étroit sous la chaude chevelure dont le cuivre luisait vaporeusement sous la lumière, elle plantait un regard cette fois non plus flottant ni frissonnant, mais intensément immobile, sur cette profondeur d'ombre, là-bas, où le visage de Pierre était enfoui.

Ainsi se passaient ces étranges soirées. Une fois, Jean-Jacques était sur le balcon intérieur où il s'employait à descendre un peu le lustre, Madame Cange réclamant plus de lumière pour sa couture. C'était un grand lustre hollandais, que l'on abaissait ou remontait à l'aide d'une corde renvoyée par un rouleau d'embossage et qu'on tournait autour d'un des balustres. Ainsi lui-même dans l'ombre, Jean-Jacques s'aperçut qu'il distinguait mieux le visage de Pierre. «Le visage de Pierre...» répéta-t-il et il eut un très léger rire, teinté de mélancolie. «Un visage de pierre, oui. Un vrai visage de pierre, imperturbable et froid. Mais ces yeux ! » Ils luisaient dans l'ombre, me dit-il, avec la fixité d'un chat. Ils regardaient Nicole. C'était si impressionnant que Jean-Jacques, au lieu de redescendre, restait immobile dans les ténèbres. Ses yeux fascinés par ces yeux qui fixaient Nicole. Il devinait que ce regard obstiné n'était pas celui seulement de cette minute, mais que chaque soir comme ce soir, chaque soir depuis le premier soir, Pierre, à la faveur de l'ombre, devait ainsi dévisager la jeune fille. Cette pensée lui donnait le vertige et il restait là, en proie à une émotion irraisonnée, quand madame Cange quitta son ouvrage et se leva, entraînant avec elle le visiteur de ce jour-là, amateur d'architecture et qui désirait voir les caves voûtées de Plenmach. Pour la première fois les deux jeunes gens demeuraient seuls – ou le croyaient. Alors Nicole, laissant comme elle faisait souvent le filet emprisonner ses mains sur ses genoux, leva une fois encore les yeux sur ce visage caché dans la nuit. Elle ne pouvait le voir, mais peut-être, mais sans doute devinait-elle que par ce regard profond elle répondait à ce regard invisible. Elle était pâle, elle semblait hésiter, à peine pourtant si l'on pouvait percevoir un léger frémissement des cils. Enfin elle dit :

– Pierre…

Jean-Jacques vit, sur les yeux luisant dans l'ombre, les paupières brusquement descendre. Comme si derrière elles le jeune homme eût cherché un abri contre sa propre faiblesse. Mais il ne répondit pas, ne bougea pas. Nicole hésitait. Jean-Jacques voyait trembler les doigts, sous le filet.

– Pierre… vous ne dormez pas ?

La réponse se fit attendre, mais pourtant elle vint, – dans un chuchotement amer :

– Je ne dors pas, non. Je ne dors pas.

La voix de Nicole, douce, tremblante, ardente et désolée :

– Vous souffrez, Pierre, et je ne peux pas vous aider.

Il dit, simplement :

– Non, vous ne pouvez pas, – maintenant.

– Vous ne m'avez pas même serré la main, pas même touchée d'un doigt, dit Nicole étrangement, pas une fois.

A la surprise de Jean-Jacques, Pierre se leva avec vivacité. Il traversa la pièce, traînant ses pieds trop lourds. Dans les yeux de Nicole brilla une lumière fugitive. Mais Pierre ralentit, s'arrêta et s'accroupit, s'assit aux pieds de la jeune fille. Il prit un pan du grand filet et s'emprisonna les doigts au travers des mailles.

– Autrefois, dit Nicole, je mettais ma main dans la vôtre, et quand vous la refermiez la mienne y tenait tout entière.

Pierre jouait avec le filet, les doigts dressés en éventail, à peine semblait-il entendre. Quant à Jean-Jacques, il était en proie à vingt émotions contraires, partagé entre une sorte de curiosité passionnée, et la sensation de se livrer à une indiscrétion attentatoire. Mais il ne pouvait pas même bouger un doigt, paralysé par cette indécision autant que par la crainte de révéler, déjà trop tardivement, cette présence abusive.

Pierre abaissa ses mains, dégagea ses doigts. Il leva vers Nicole son visage anxieux d'oiseau de mer.

– Vous aimez toujours les grenouilles vertes, Nicole ?

La jeune fille ne sembla pas moins surprise que ne le fut Jean-Jacques par cette question saugrenue. Elle dit, d'une voix incertaine :

– Toujours...

– Mais vous ne pourriez les toucher, n'est-ce pas ? Vous n'avez jamais pu. Vous les aimez mais il vous répugne de les toucher.

– Oui, convint-elle. Mais, Pierre, pourquoi...

– Pas même n'est-ce pas, du bout d'un doigt ?

Elle dit, – elle murmura :

– Oh ! Pierre... je vous fais l'effet d'une grenouille ?

Il rejeta le filet et bondit sur ses pieds.

– Grands dieux ! dit-il avec agitation, comment pouvez-vous supposer...

Il avait tendu vers elle sa main valide, mais il la retira presque aussitôt, parut la cacher précipitamment derrière son dos ; et ce fut l'autre main, la main écrabouillée aux doigts informes qui effleura d'un geste tendre les fins cheveux cuivrés. Nicole voulut saisir cette main, mais elle n'en eut pas le temps. Il secoua trois fois la tête avec lenteur, en abaissant sur elle un regard lourd.

– Oh ! Pierre, Pierre, chuchota-t-elle. Est-ce à cause de cette main ? Donnez-la-moi, laissez-moi la poser contre ma joue.

Il hésita, sourit, et lentement la lui tendit. C'était une main difforme et rouge, vraiment assez affreuse. Nicole la pressa contre son visage incliné.

– Donnez-moi l'autre, dit-elle dans une prière murmurée, où Jean-Jacques perçut avec surprise de l'appréhension, de la crainte.

Et en effet, Pierre fermement se dégagea et s'éloigna. Nicole laissa retomber ses mains, poissons pris au filet tendu par ses genoux. Pierre à pas lents gagna la fenêtre. Il contempla de longues minutes le ciel noir. Il devait sentir dans son dos le regard de Nicole, inquiet, insistant.

– Ne posez pas de question, jamais, murmura-t-il.

Nicole longtemps regarda la pâle nuque creuse, avant de dire à mi-voix :

– Il faudra bien pourtant qu'on vous guérisse.

Pierre fit volte-face et s'écria :

– Pas vous !

Les yeux de la jeune fille restaient posés sur lui, élargis mais calmes. Il baissa les siens, comme pour se donner du temps ; il les releva et tenta de sourire. Il dit, avec un effort à peine perceptible :

– Bientôt... quand j'aurai... tout ira bien. Il répéta, comme s'il eût voulu s'en persuader lui-même : « Tout ira... tout à fait... tout à fait bien. » Il agita le menton d'un air rassuré, – très pitoyable, – en disant encore : « Bientôt. Oui, sûrement. » Nicole ferma douloureusement les yeux et se détourna.

Pierre restait appuyé sur la fenêtre, sa grande silhouette se détachait sur la nuit. Sur son visage émacié pouvait se lire, avec une clarté surprenante, un espoir volontaire, une énergie pathétique, que démentait un peu la bouche, aux coins abaissés. Nicole avait repris son travail, mais ses mains tremblaient et les nœuds s'embrouillaient parfois sous ses doigts. Jean-Jacques, dans ce silence, osait à peine respirer au fond de ses ténèbres.

Et puis madame Cange revint, suivie de son invité. Pierre vivement regagna sa place dans l'ombre. Et tandis que sa mère et son hôte reprenaient leur bavardage dérisoire, lui-même une fois de plus appuya sur Nicole son regard lumineux de chat guetteur et patient.

– Alors tout à coup je ne pus plus le supporter, s'exclama Jean-Jacques et comme si cette impatience s'emparait de nouveau de lui il se leva nerveusement et s'en fut regarder la mer. La lune s'était levée derrière Bréhat, et les formes étranges des roches de l'archipel découpaient leurs noires silhouettes sur l'argent palpitant d'une eau incroyablement calme. Cela suggérait quelque paysage préhistorique, une autre planète. Pas un souffle de brise. Le ciel n'était qu'une poussière d'étoiles.

– C'était en moi comme un fourmillement, dit-il. Je n'ai pas pu davantage m'empêcher d'intervenir que je ne le pouvais la minute d'avant de les observer. J'ai remué là-haut, en faisant quelque bruit. Les yeux de Nicole ont battu, elle a relevé les mains et baissé le front sur son travail. Le visage de Pierre s'est levé un peu, ses yeux me cherchaient dans les ténèbres. J'ai descendu l'escalier et me suis approché de lui. « Viens donc faire un tour, Pierre. Le temps est splendide. » Même sa mère, même le visiteur (ce soir-là c'était le capitaine Dhoué, vous savez, du bateau des Ponts et Chaussées), furent sensibles à ce que cette proposition avait d'insolite dans cette atmosphère. Je m'efforçais de fuir le regard de Nicole, mais c'était comme si je l'eusse senti collé à ma nuque, – avide, frémissant, et terrifié. Pierre a décroisé lentement ses jambes, et puis il s'est levé, avec une lenteur hésitante. « Cela te fera du bien », dis-je avec une désinvolture quelque peu forcée. Il est resté un moment debout à me regarder de côté, le temps pour moi de voir le coin d'un œil extrêmement pénétrant et vif. Il a ouvert la bouche. « Prends un cache-col ! » a crié madame Cange. Pierre a souri, il est allé décrocher une écharpe de laine écossaise. J'avais déjà ouvert la porte. Nous sommes sortis et en refermant l'huis derrière nous j'ai aperçu Nicole sous la lumière, comme une vision de rêve, les mains et le filet remontés vers la gorge. Ainsi elle semblait tout entière prise au piège, une nymphe ou une néréide victime d'une pêche miraculeuse et dont le regard dilaté lance un appel muet où se confondent la terreur et l'espoir. »

La lande autour de Plenmach offrait sous le ciel nocturne cet aspect inquiétant qui autrefois, quand enfants ils la parcouraient, emplissait leur cœur d'un frisson délicieux, panique et désir inavoués d'assister soudain à des apparitions ou des sortilèges. Les deux hommes aujourd'hui marchaient en silence, – saisis encore une fois, avouait Jean-Jacques, oui, d'une sorte de peur. Seulement cette peur venait d'eux-mêmes et non plus de la lande.

Le silence entre eux s'épaississait, et Jean-Jacques sentait bien que chaque minute perdue rendait plus difficile l'effort de le rompre. Il saisit le poignet de Pierre, qui tourna vers lui un visage où brusquement il lut l'épouvante. Mais il était trop tard déjà, les mots sortaient de ses lèvres :

– Tu l'aimes, n'est-ce pas ?

Aussitôt l'épouvante disparut. Comme il arrive, non quand la crainte s'est trompée d'objet, mais quand l'objet se réalise : l'appréhension fait place à la résolution de se défendre. A la lumière des étoiles et de la lune naissante, Jean-Jacques vit sur le regard de Pierre, bien qu'il demeurât fixé sur le sien, descendre comme le rideau de fer d'une vitrine. D'une voix sourde, Pierre dit :

– N'essaye pas.

Ces deux mots étaient dits d'un tel ton qu'ils en suggéraient beaucoup d'autres. L'avis d'une peine inutile : « A quoi bon ? Je ne répondrai pas. » Un avertissement, – un conseil et une prière : « Pas cette route : danger. »

Une menace : « Prends garde ! » Une supplication : « Épargne-moi. »

Les deux hommes étaient toujours face à face. Jean-Jacques était un peu désarçonné. Pierre ne cherchait pas à échapper à l'étreinte de sa main. Les yeux avaient repris leur expression impénétrable. Tout le visage de nouveau était de bronze. Jean-Jacques lui secoua le bras avec violence, comme on fait à un enfant qui ne veut pas comprendre :

– Mais espèce de… Sacré nom ! Ne comprends-tu pas que je veux t'aider ?

Pour réponse, le silence.

– Te figures-tu que je ne vous ai pas vus ?

Pierre sourit : « Ah ! Très bien. Mes compliments. »

– Bons dieux, elle t'aime, c'est ma sœur. Ma tête à couper, tu l'aimes aussi. Qu'est-ce que c'est que cette histoire ? Où veux-tu en venir ? Mille diables ! Il s'agit d'un être humain, d'une enfant ! Tu ne comprends pas que tu la tortures ?

– Oui, je la torture, admit Pierre à voix basse, mais distinctement.

– Eh bien !… Jean-Jacques suffoquait. « Ah ! ça… eh bien, elle est forte ! Tu le sais et tu continues ! Corbleu, si c'est le mariage qui t'effraye… »

Pierre dit simplement et calmement :

– Imbécile.

– Bon, dit Jean-Jacques. J'accepte ce terme avec joie. Mais alors pourquoi ce damné silence ? Tu sais que je peux tout comprendre, mais quand même… quoi ! Tu vois cette petite… mille millions de diables, ça ne peut pas durer ! C'est comme si tu voulais… comme si tu n'osais pas… ni la gagner ni la perdre. Eh bien, ça ne va plus. Il faut la gagner ou la perdre. Je suis responsable de… Bons dieux, ne diras-tu pas un mot ?

Il tenait toujours le poignet de Pierre, fermement. Celui-ci ne fit rien pour se dégager. Mais il aspira l'air profondément et dit :

– Je t'en supplie : plus tard. Rien qu'un peu plus tard.

Et soudain d'une voix fébrile :

– Ne comprends-tu pas que je suis... Oh ! Jean-Jacques, mon vieux frère. Je ressemble à un... à un grimpeur accroché à flanc de montagne, entêté mais à bout de souffle. Il peut grimper encore mais les dents serrées. Ne me demande pas de parler... pas maintenant. Plus tard, quand j'aurai... Il se tut comme si vraiment il eût été hors d'haleine. Il respira deux ou trois fois avant de pouvoir ajouter : « ... atteint les hauteurs, d'où enfin... enfin... » Et tout à coup il s'écria : « J'y parviendrai ! Je m'arracherai de cette sinistre vallée pleine de brouillard ! Je les foulerai de nouveau ces cimes cristallines, je respirerai cet air limpide, je me repaîtrai de ces illuminations glacées ! Qui m'en empêchera ? »

– Qui t'en empêche ? lança Jean-Jacques. Cette grandiloquence l'avait irrité. Il n'avait pas lâché le poignet de Pierre et le sentit frémir. Il dit, peut-être cruellement : « Tu ressembles à Hamlet : tu déballes ton cœur avec des mots. Tu ne sais plus agir. »

Pour la première fois Pierre fit un effort violent pour délier l'étreinte sur son poignet. Mais Jean-Jacques tenait ferme. « Tu n'oses plus agir ! répétait-il car il sentait monter en lui une sorte de colère. Nicole n'est pas le seul objet de ce discours, sache-le bien ! Non, non, tu m'écouteras jusqu'au bout », proféra-t-il comme s'il eût reconnu dans un mouvement de Pierre une supplication muette. « Tu es là, depuis des semaines, à tout refuser. Crois-tu donc que la France regorge d'hommes comme toi ? Encore aujourd'hui même... »

Jean-Jacques me dit qu'à l'instant de poursuivre, il eut l'intuition qu'il eût mieux fait de se taire. Mais les hommes rougissent d'obéir à leur instinct si la raison ne vient pas à la rescousse.

– Faire le sauvage comme tu fais ! poursuivait-il. N'accepter de voir personne ! Les quatre jeunes gens de ce matin, sais-tu ce qu'ils voulaient ?

– Je t'ai dit déjà... intervint Pierre d'une voix nerveuse, comme si ce qu'il allait entendre était redoutable.

– ...Que tu veux l'ignorer, je sais. Eh bien, bon gré mal gré tu vas pourtant l'apprendre. C'est trop bête à la fin ! s'écria-t-il avec une impatience coléreuse et il précipita son débit : « Bons dieux, je te tirerai de là, que tu le veuilles ou non. Qui étaient ces garçons ? Quatre rescapés de Buchenwald. La bouche pleine de souvenirs que tu as laissés là-bas, avant de partir pour Hochswörth. Ils ont chanté tes louanges. Ils t'ont dressé des autels. Ils ne tarissaient pas. Il fallait voir ta mère, et Nicole !... Ce qu'ils voulaient ? Ils ont à Saint-Brieuc formé une association qui rassemble tous les Bretons du camp. Ils te veulent pour président, voilà : que tu les prennes en main comme tu l'as fait à Buchenwald. Ils n'en démordront pas, je te préviens. Ils me l'ont fait savoir. Ils sauront patienter. Maintenant tu sais tout », lança-t-il pour finir et il conclut avec brutalité : « Ton devoir strict est d'accepter et tu le sais. Ils ont besoin de toi. Cette fois encore te déroberas-tu ? »

Pierre dit à mi-voix : « Non », mais de ses lèvres brusquement fermées il sembla vouloir happer ce mot pour le reprendre. Il resta immobile et comme figé pendant de longues secondes, sans geste et sans voix. Et puis il murmura étrangement : « N'est-ce qu'une ombre ? » mais c'était si manifestement pour lui-même que Jean-Jacques en ressentit davantage le poids éprouvant du silence, ce silence qui recouvrait les remous tourmentés d'une pensée inexprimable. Que trouva Pierre tout au fond de ce puits de muettes ténèbres ? Quel noir limon, quelle eau polluée ? Dans sa poitrine vibra sourdement une plainte, pareille au gémissement de l'arbre à l'instant de sa chute, après le dernier coup du bûcheron ; il chuchota lentement : « Mon Dieu... » avec un accent si accablé que Jean-Jacques se sentit glacé, paralysé comme on peut l'être à découvrir que l'arbre en s'écroulant va écraser un chien, un enfant. Et puis enfin, après un temps très long Pierre dit à voix basse : « Jamais ? » tout bas et sur un ton d'interrogation désespérée, – mais pour lui seul une fois de plus, pour lui tout seul renfermé et enroulé dans sa coquille de silence.

Jean-Jacques plongea à son secours : il employa ce mot « plonger » pour me faire partager le sentiment que Pierre lui donnait : celui d'un homme qui se noie. « C'était comme s'il se fût lentement enfoncé devant moi dans un étang, lugubre et mortel. J'ai crié n'importe quoi, ce qui me venait à l'esprit, en le secouant par le bras :

– Enfin bons dieux ! vas-tu répondre ? Tout de même, tu ne vas pas refuser ? Sinon qu'accepteras-tu jamais ? Quand diable rentreras-tu dans la vie ? Quand reviendras-tu parmi les hommes ? Ou bien alors fais-toi moine !

« Il s'arracha de l'étreinte de mes doigts, dit Jean-Jacques, comme s'ils eussent été de fer rouge. Il y eut un moment de profonde immobilité, et un silence… un silence… aussi lourd que le plomb. Et puis il chuchota (il me fallut presque lire sur ses lèvres) : “Plus un mot.” Et ma foi, je ne trouvai en effet pas un mot à dire. Nous restions là, face à face, changés en statues de sel. Pierre enfin lentement leva une main, et il s'éloigna d'abord d'un pas ou deux, à reculons. Puis il sembla glisser un peu en crabe vers la pente, dans la lente volte d'un navire qui abat dans le vent. Il gardait tout en tournant sa main levée tendue vers moi, et aussi son étrange regard. C'est la dernière vision que j'eus de son visage. Et puis je ne vis plus que son dos descendant la lande, il s'éloignait si vite qu'il disparut dans les ténèbres comme si la nuit l'eût englouti. »

Je restai longtemps, dans la chaude obscurité de cette nuit d'été, à remuer silencieusement dans mon esprit les sombres imaginations que ce récit y faisait naître. La fatigue et la nuit mêlées conduisaient mes confuses idées à mi-chemin de l'hallucination, et la brise aux lourdes senteurs marines se confondait, dans cette mélancolique rêverie, avec la lutte pathétique que le malheureux Pierre avait menée vingt jours durant pour se survivre, tandis que les froids reflets de la lune devenaient à leur tour l'amère découverte qu'il n'y parviendrait jamais. Car, à n'en pas douter, Pierre avait cessé le combat, et sa fuite matinale était l'aveu de sa défaite.

Je ne sais quelle rêverie Jean-Jacques menait de son côté ; toujours est-il qu'il murmura, avec une lenteur méditative : « Imbécile ! Imbécile ! » et j'entendis trois brefs soupirs moqueurs. « N'avoir pas compris qu'il allait filer ! Il est vrai que les autres non plus… sauf Nicole. Oh ! Nicole… »

Je me levai. La lune était haute dans le ciel.

– Pourquoi supposiez-vous qu'il fût ici ?

– Il a pris le canot. Celui qui lui servait jadis à lever ses casiers. Les gens du feu de Bodic l'ont vu ce matin à l'aube descendre avec la marée. Nous avons espéré… mais il a emporté trop de choses, la pêche pour un jour n'en demande pas tant, il va se terrer quelque part assurément. J'irai demain voir à Bréhat.

J'hésitai avant de hasarder :

– Pensez-vous qu'il soit très sage d'intervenir ?

– L'inaction n'est jamais sage.

La nuit me cachait Jean-Jacques, mais je pus imaginer son mélancolique sourire : Pierre Cange répondait lui-même, ces mots appartenaient à sa légende. J'en ressentis profondément l'ironie et l'amertume.

II

ORPHÉE

Il but la potion et fut pris d'une quinte de toux. Il remonta un peu les couvertures. Je regardais son visage, amaigri comme au premier jour. Mais l'œil avait perdu cette expression d'inquiétude un peu égarée qui m'avait alors tant affecté. Désormais le regard au fond de l'orbite était clair et serein. Non point rassurant pour autant : ce calme-là, cette sérénité, on y parvient aussi quand on atteint le fond du dernier renoncement.

Je sortis avec le docteur.

– En danger ? Non, s'il est bien soigné. Les petites bronches ne sont pas prises. Un point pleurétique à la base gauche, mais peu inquiétant. Évidemment, une radio plus tard, pour être tranquilles. Pour le moment le lit, des soins, et de la prudence. A qui est cette maison ? Le spectacle ici est admirable.

– Au père Laouëdec, de Cronon. Celui qui vous a conduit. Il y couche parfois l'hiver, pour lever ses filets à l'aube. Assurément, le confort…

– Que le malade ne prenne pas froid, c'est tout. Le reste… Dites-moi, la mer est bien haute. Vais-je pouvoir passer ?

– Nous sommes en morte-eau. Le Sillon est toujours praticable. Je souris : « Ce n'est pas une île inaccessible, une île perdue, comme la mienne. »

– Dix fois plus perdue, à mon goût. Qu'importe qu'elle soit reliée parfois à la grande terre, si la plus proche maison est à des lieues ? Enfin, avec un bateau…

Nous nous engageâmes sur la bande rocheuse. Je

tenais le bras du docteur qui n'avait pas le pied très sûr.

– C'est égal, dit-il. Revenir d'Allemagne et choisir ce... cet... ermitage! Vous avouerez...

– Il ne l'a pas tout à fait choisi. Il y eut les circonstances aussi.

– Vous m'avez dit qu'il n'en voulait pas sortir.

– C'est un peu compliqué. Il ne veut pas embarrasser le père Laouëdec d'un malade chez lui, à Cronon, mais il y retournera sitôt guéri. Il ne veut pas aller ailleurs en attendant. C'est tout.

Nous marchâmes silencieusement. Le docteur n'était pas à l'aise sur la roche.

– Il a pris froid en mer?

– Oui. En allant avec Laouëdec poser des casiers, aux Douvres. Un grain les a pris au retour, à la nuit. Les parages sont mauvais, ils ont mis à la cape pour attendre le jour. Ils se sont fait tremper.

– Comment appelle-t-on cette île?

– L'île des Juifs, paraît-il, mais je n'en suis pas sûr. Le père Laouëdec me l'a montrée un jour, avant qu'il l'eût louée. « C'est l'île des Juifs, m'a-t-il dit. Ous'qu'est la tite maison, c'était un couvent jadis. Un couvent de Juifs. Heureusement n'y en a plus. Je ne les aime pas, ces gars-là. » « Un couvent de Juifs, père Laouëdec? Vous êtes sûr? » « Oui, précisa-t-il, des Jésuites. Je ne les aime pas... » A vous de vous faire une opinion, docteur.

Nous parvînmes sur la rive. La voiture à gazogène attendait au bout de la route. Le père Laouëdec nous guettait avec inquiétude.

– L'est pas trop malade M. Pierre?

– Pas trop. Tout de même il serait mieux chez vous, à Cronon? dit le docteur. Il est têtu comme un mulet.

– Quand même, quand même, s'écria l'autre d'un ton de colère navrée. C'est malheureux quand même. Y veut pas fatiguer la vieille, qu'il dit. Mais moi, sacré bordel...

– Il faut qu'il mange bien, dit le docteur.

– Oh ! pour ça y a pas de pet. J'y vas tous les jours relever mes verveux. J'y porte ce qui lui faut.

Le docteur le fit monter dans sa voiture, et ils partirent.

Le vent gagnait. Il était passé de l'Est au Suroît. Les nuages montaient rapidement. Il me parut prudent de changer de mouillage. Je grimpai à bord et conduisis mon petit cotre sous le vent de l'île. Je l'affourchai solidement, et puis m'en fus lentement vers la vieille bâtisse, parmi les ronces et les ajoncs. Les volets battaient un peu. Je les fixai et pénétrai dans la chambre rustique où Pierre reposait.

C'était une pièce fort sombre, bien que les murs en fussent blanchis à la chaux. Mais les filets, les engins de pêche, tout un assortiment d'espars, d'avirons, de cordages, de pots de goudron, de vieilles voiles piquées, et maints autres objets mal définis, encombraient les murs et le sol, mangeant la maigre lumière que l'unique fenêtre étroite et basse laissait passer avec avarice.

– Voulez-vous que j'allume ?

– Je suis assez pauvre en bougies, dit Pierre. Son lit était dans une alcôve, et tout à fait dans l'ombre. Je distinguais tout juste son visage sur l'oreiller. « Laissez seulement des allumettes à ma portée, j'allumerai tout à l'heure, si besoin est. Maintenant filez, avant la nuit. »

– Pas du tout. Je suis fort bien ici.

J'étais rien moins que sûr de lui faire plaisir. Mais je ne m'en préoccupais guère.

– Mais c'est de la folie ! s'écria-t-il. Quelle nécessité… Je me porte comme un chêne. Ce n'est pas pour un rhume… Ce bon corniaud de Laouëdec avait bien besoin d'aller vous déranger !

– Pardonnez-moi, mais avec la tête que vous avez, on peut comprendre qu'il ait pris peur. Au surplus, il y avait trois jours que nous vous cherchions dans l'archipel. Vous voici retrouvé. Cela m'a épargné d'inutiles tracas.

Je parlais sans aménité, je le crains.

Pierre restait immobile. Sa tête s'enfonçait dans l'oreiller.

– Je suppose, dit-il enfin sans bouger, d'une voix neutre, que vous avez l'intention de me soigner, de me guérir, et de me ramener dans le siècle ?

– Je n'ai aucune intention.

Il était immobile. Immobile comme un mort.

– Je ne vous suivrai pas, dit-il.

Je ne répondis pas. Je m'étais assis sur une caisse et m'appuyais contre le mur.

Le silence dura extrêmement longtemps. Le jour faiblissait derrière la fenêtre, passait à l'or et au pourpre. Le vent prenait de l'ampleur, gémissait dans l'ardoise du toit, chantait dans les ajoncs, la marée commençait de retentir en grondements sourds. C'était aussi du silence, cette clameur monotone. La chambre obscure était comme un silence dans un silence.

Pierre s'agitait un peu, – très peu. Il se retenait de s'agiter, je le sentais. A deux ou trois reprises j'entendis venant du lit un bruissement nerveux, le mince clappement que fait la langue que l'on détache du palais. Entre-temps, rien. Ce fut très long. Je ne bougeais pas. Enfin, – enfin – il n'y tint plus et chuchota :

– Allez-vous-en.

Je ne bougeai pas davantage. Je ressentais cette sorte d'excitation, mêlée d'angoisse, que l'on éprouve quand un long effort d'éprouvante patience va recevoir enfin son salaire.

Pierre s'agita encore et dit plus haut :

– Allez-vous-en, je vous en supplie.

Je dis :

– N'y comptez pas.

Il releva le buste, s'appuya sur un coude, tendit vers moi son visage d'oiseau affamé :

– Que voulez-vous ? lança-t-il d'une voix étranglée.

Je ne dis rien et restai tout à fait immobile. J'étais dans le coin le plus sombre de la pièce, mêlé aux espars, aux voiles, aux filets. Je savais qu'il ne pouvait de moi rien voir, – à peine me deviner.

Il se laissa retomber, la tête au creux de l'oreiller. Il ressemblait tout à fait à un trépassé.

– Ne peut-on me laisser en paix ? murmura-t-il au bout d'un certain temps.

Je crus le moment venu et j'articulai d'une voix nette :

– Non.

J'attendis un peu. Il ne bougea pas. Je dis :

– Trouvez-vous qu'il n'y a pas déjà assez de morts ? Que de ses meilleurs fils, la France en a encore trop ? Vous ne me suivrez pas, dites-vous, vous ne retournerez pas dans le siècle. Ce refus, cet abandon, quel nom lui donnez-vous ?

Il soupira, – il semblait exténué :

– Ainsi, c'est cela ?

Je dis :

– Oui, c'est cela.

Il mit longtemps avant de parvenir à prononcer, entre haut et bas, – plus bas que haut :

– Vous me trouvez veule, n'est-ce pas ?

Je ne répondis pas : c'était d'ailleurs une réponse aussi, et probablement la pire. Pierre dit d'une voix tranquille :

– Et je le suis. Seulement... Il sembla méditer avant de poursuivre : «... Comment faire quand le devoir commande de l'être, quand lâcheté et honnêteté vont de pair ? »

Je dis :

– Illusion. J'hésitai une seconde ; j'ajoutai : «... ou subterfuge. »

J'avais touché juste. Il bondit sur son lit, parut près d'en jaillir :

– Subterfuge ? Comment osez-vous... que savez-vous pour... Il se calma aussi soudainement qu'il s'était emporté. « Oh ! dit-il, naturellement : c'est votre droit de penser ainsi. C'est tout à fait votre droit. »

J'étais dépité. Il me semblait vouloir saisir une poignée

de mercure. Mais j'attendis : Pierre s'était laissé retomber, et je le sentais au bord de cette extrême lassitude au-delà de laquelle toute volonté abdique enfin, et se soumet.

L'inépuisable clameur au-dehors s'était aggravée de différents souffles. La pluie martelait le toit en roulant les *r* dans une monotonie endormante. Le ressac chargeait les roches en un tonnerre confus. Le vent assaillait les murs avec une obsédante patience. Mes propres nerfs souffraient de ces rumeurs « toujours recommencées » ; mais elles faisaient avec moi cause commune, – contre Pierre. Il me semblait le sentir lentement, lentement perdre pied, se laisser lentement emporter sans résistance dans les flots enveloppants de la fatigue et de l'obéissance.

Je le vis lentement passer une main sur son visage. Il exhala un soupir convulsif. Puis un autre, plus calme, où s'exprimaient l'abdication et le soulagement, plus encore que l'incertitude et l'angoisse...

Il se soumit :

– Que voulez-vous ? demanda-t-il faiblement.

Je me lançai à l'eau :

– Qu'est-il arrivé à Hochswörth ?

Il n'eut pas même un tressaillement. Prévoyait-il le coup ? Mes paroles tombèrent comme une pierre au fond d'un puits : l'eau muette et noire se referme, et sans doute est-elle agitée d'ondes qui fébrilement se croisent et se recroisent mais on ne peut ni les voir ni les entendre.

J'attendais. J'avais le cœur serré.

Pierre parla d'une voix neutre, à ce point privée d'accent qu'elle semblait venir par-delà même du désespoir :

– J'y ai perdu ma qualité d'homme.

Je ne souhaite à personne d'entendre jamais de telles paroles. Je ne sais si le ciel au-dehors s'assombrit tout à coup, ou si ce fut une illusion : les ténèbres dans l'instant me parurent envahir les derniers recoins de la sombre chambre, déjà profondément plongée dans le crépuscule. Et là-bas, fondue dans l'obscurité pesante de l'alcôve, cette forme immobile, cette tête enfouie dans l'oreiller avec le poids macabre de la mort… Est-ce pour cela que me vint soudainement cette étrange pensée : « Ils l'ont tué… »

Il dit, – oui, c'était bien, semblant sourdre ainsi murmurante du fond de l'ombre, une voix d'au-delà des jours :

– Vous savez d'où je viens. Vous le savez, vous croyez le savoir. Vous dites : de l'Enfer. Je perçus une sorte de rire. « Ah ! oui : l'Enfer !… Le feu, le soufre, les souffrances éternelles… qu'est-ce que c'est ? »

J'avais du mal à l'entendre. Le vent, l'orage… oui, sans doute. Mais surtout mon cœur. La poitrine me faisait mal. Le sang me battait dans les oreilles.

Il répéta lentement, à mi-voix :

– Qu'est-ce que c'est ? La douleur, le froid, la faim… Je vais vous dire : c'est atroce, mais ça se supporte. Oui, il suffit de… il suffit de se faire une âme assez dure. J'entends : comme l'est le diamant ; qui ne se laisse pas entamer. Une âme coriace, c'est un refuge inviolable. Il répéta lentement, sur un ton de constatation impersonnelle : « In-vio-la-ble. » Il reprit : « On m'a battu, roué, assommé. A coups de trique, à coups de barre de fer. On m'a laissé vingt fois pour mort… mais jamais jusqu'à la mort, ils se sont toujours arrêtés à temps ! » s'écria-t-il d'une voix si chargée de ressentiment et de rage que je frissonnai. « On peut tenir sous les coups, la trique, les crachats, reprit-il avec calme. Question de fuite vers l'intérieur. Chacun a sa méthode : l'un se récite du Virgile. L'autre prie. Moi… » Il bougea un peu : « … je m'étais forgé un bréviaire : une invocation, une litanie des hommes que j'admire : Brutus, Louis Blanc, Robespierre… Le noble Bonchamp, Lénine l'opiniâtre, Pascal, Socrate, Copernic… Je pensais avec force à Richelieu mourant d'une agonie sans fin et pourtant poursuivant sans faiblesse son intense labeur… à Renoir paralysé peignant de ses pinceaux attachés à ses mains tordues la lumière et la joie de vivre… à Guillaumet, perdu dans le désert glacé des Andes, gelé, brisé, aveugle, mais, pour obéir à son devoir familial, marchant, marchant dans la tempête et la neige pour qu'on retrouve son corps… Ce domaine-là, les frontières de ce domaine-là, nul ne peut les violer. Oh ! on peut y mourir ! Dieu merci on peut y mourir. Qui y meurt est encore un homme… »

Je l'entendis remuer. Le bois du lit grinça.

– Mourir est facile… Du moins, chuchota-t-il comme pour lui-même (il soupira), « on le croit… On se dit : “Personne ne peut me ravir cette liberté-là. Ils ne me mèneront jamais si bas que je ne puisse d'abord quitter la route.” Seulement… » Tout à coup il s'écria, d'une voix sourde où tremblait une fureur frémissante : « Les chiens ! Les chiens ! Le savaient-ils ? Avaient-ils cette science diabolique ? » Il poursuivit avec une rapidité amère : « Je me demande, je me demande si je n'ai pas été aussi stupidement joué, aussi sottement, aussi aveuglément mené, leurré, dupé, que le taureau dans l'arène… Un chiffon rouge, des banderilles, cela suffit… la même chose cent fois, dix mille fois, toujours cela suffit… La bête s'élance, charge, tient tête, résiste, se révolte, se dépense, s'épuise… et soudain se retrouve vidée, rompue, pesante masse torpide sans volonté, sans ressort…

elle est la chose, le jouet du torero... Comment, à quel moment cela s'est-il produit ? A quel moment a-t-elle perdu le contrôle de ses muscles et de son instinct ? A quel instant, à quelle seconde ? Quand a-t-elle cessé d'être taureau pour se muer en bœuf ? Et nous, et nous ? Quand cessions-nous d'être un être libre, un être qui peut encore choisir, – savoir opter pour la mort, préférer le néant à l'abjection ? Quand ? En quel point de la pente ? Quel jour, à quelle heure ? »

Depuis quelque temps déjà l'orage grondait au loin. Les carreaux plusieurs fois s'étaient allumés d'une vague lueur, trop lointaine encore pour éclairer la chambre. La fulguration d'un éclat plus proche illumina les murs, le plafond, l'alcôve. Je retins un cri. Cette forme immense, décharnée, assise toute blanche au bord du lit, ce visage de mort, ce corps fantomatique, un peu cassé... L'instant d'avant je le croyais couché tout droit dans une immobilité pareille au trépas... Cette apparition inattendue me fit peur comme une vieille femme. J'eus le temps aussi d'apercevoir les poings blafards, serrés étroitement entre les genoux.

– L'erreur première du taureau c'est de croire au combat. De croire à la vérité de la lutte, de croire qu'en maintenant sa vie, qu'en retardant sa mort il s'oppose aux vues de l'ennemi... Cruelle naïveté ! Sa mort importe peu. Ce qui importe à ses bourreaux c'est sa déchéance, c'est qu'il devienne cette chose méprisable qu'on tourne en risée... C'est qu'il passe insensiblement de sa noblesse de bête brave et fière à la soumission abjecte du bœuf... S'il eût refusé le combat... eh bien, on l'eût ramené au toril et conduit à l'abattoir. Et c'est alors qu'il eût déjoué... cette... diabolique...

Une quinte de toux l'interrompit. Il toussa longtemps, avec peine. J'eusse dû le faire mettre au lit. Je n'en eus pas la volonté. Je ne suis même pas sûr d'en avoir eu l'idée. J'étais fasciné et glacé.

– A l'abattoir, on y mène les bêtes ordinaires. Cela fait de bonne viande de boucherie. Les meilleures, celles-là seules valent qu'on les soumette. Je n'ai pas compris, je n'ai pas compris que Hochswörth était à la fois abattoir et cirque. On agitait le chiffon rouge, on piquait des banderilles : la sélection était tôt faite. L'abattoir fonctionnait jour et nuit, mais pas pour nous. Pas-pour-nous ! s'écria-t-il avec un accent si désespéré que j'eus envie de me boucher les oreilles. « O aveugle, malheureux, orgueilleux aveugle ! Ne savais-je pas cela depuis le premier jour, depuis que j'avais déjoué leurs diableries déjà en me précipitant par la fenêtre ? Ne savais-je pas qu'il leur faut des témoins, toujours plus de témoins pour leur infâme victoire ? Pour la victoire atroce du mépris, la science abominable qui a le mépris pour fin et l'homme pour moyen ? Victoire terrible mais fragile, sans cesse remise en cause. Ne savais-je pas ainsi qu'il leur fallait sans cesse, sans cesse jamais assez, sans cesse et sans cesse se prouver à eux-mêmes que l'homme est méprisable ? Or quelle preuve plus probante que l'avilissement d'un être noble jusqu'au dernier degré de l'abjection ? Je le savais, je le savais ! Et pourtant j'ai joué leur jeu. J'ai cru, misérable idiot, j'ai cru pouvoir les battre sur le terrain de leurs propres armes. Je n'ai pas compris la ruse dissolvante du chiffon rouge et des banderilles. J'ai combattu, tenu, résisté, je n'ai pas voulu leur faire l'offrande servile de ma mort. Je pensais : "Je suis encore debout. Plus tard. J'ai le temps." Je n'ai pas senti fléchir mes forces quand déjà je les avais perdues… »

Une chaleur lourde avait envahi la pièce. Je me sentais accablé et moite. La foudre tomba non loin, et la pluie sur le toit roula de plus rudes rafales. Cela me soulagea.

– Chaque épreuve, continuait Pierre, chaque épreuve j'avais cru en sortir vainqueur. Les coups, les appels sans fin dans la neige et le vent glacé, la fatigue atroce des fardeaux ineptes transportés en vain, – je vous l'ai dit : je me récitais mes litanies, je n'ai jamais fléchi. Les feuillées où l'on travaille jusqu'au ventre, qu'il faut nettoyer les mains nues, après s'y être par ordre accroupis en pelotons obscènes et grotesques devant les femmes, de l'autre côté des barbelés; ces travaux dégradants, ces marques imposées de déchéance, tout cela restait extérieur et ne m'atteignait pas. La faim, l'atrophie progressive, l'épuisement, on souhaite en mourir, c'est tout. La mort… nous vivions avec elle. Que peut vous faire la mort plus tôt ou plus tard, quand elle est la compagne de chaque jour? Je suis allé cinq fois à la chambre à gaz. Cinq fois, répéta-t-il lentement pour me faire bien comprendre ce que cela voulait dire. « On nous faisait lever, à minuit. On nous donnait un savon et une serviette, selon le rite, et c'était devenu si peu une tromperie qu'à la fin nous en riions… Oui, nous plaisantions: passé certaine frontière il devient étrangement simple de badiner, de rire de sa propre fin. On dénudait nos pauvres corps. Et nous allions faire la queue. La queue, oui, pour pénétrer dans la mortelle boutique où l'on nous dispenserait enfin la paix et le sommeil… Une fournée pénétrait. Puis une autre. On attendait son tour de mourir. Et puis on nous fermait la porte au nez. Il fallait se rhabiller en tâtonnant et retourner dans nos baraques. On se réveillait de son agonie. Jusqu'à la prochaine fois. » Il répéta avec un étrange naturel: « Ils m'ont assassiné cinq fois en huit mois. »

L'orage était maintenant tout à fait sur nous. Une série de coups de tonnerre accompagnés d'éclats intenses et papillotants m'emplit les oreilles et les yeux. Je vis que Pierre était debout. Dans son pyjama blanc trop large pour sa carcasse émaciée, il ressemblait à un Pierrot étique et misérable. Il devait marcher dans l'alcôve comme autrefois dans sa cellule à Fresnes: les trois pas en long du fauve en cage. La foudre l'éclairait par intermittence, et le figeant une seconde à mes yeux comme une photographie instantanée, donnait à ses longs membres atrophiés des attitudes baroques et inquiétantes de squelette.

– La dernière fois… dit-il et il me sembla que sa voix tremblait, « c'était… quelque temps… quelques semaines seulement avant que le camp fût libéré. Nous savions bien… nous savions bien que la fin approchait… pas si tôt pourtant peut-être… et en tout cas… qu'on nous laissât en vie était une hypothèse si absurde... ». Il s'interrompit et toussa. Je ne sais pourquoi sa toux ne me parut pas très naturelle, – comme s'il eût voulu gagner du temps. «... C'était la dernière queue, la liquidation définitive, cela me semblait... me semblait si évident... Elle était plus longue que jamais et on l'avait commencée de bonne heure. Cette fois enfin je n'étais pas loin de la porte. Depuis neuf jours nous n'avions rien mangé. Rien du tout. Et bu seulement ce que nous avions pu dans les mares immondes. Nous étions là, nus et grelottants, souillés, hideux à voir, tenant sur nos guibolles délabrées sans savoir comment. Il y avait de tout cette fois parmi nous, pas seulement ceux qui, comme moi... C'était une grande fournée, il y avait beaucoup de gémissements et de pleurs. Spectacle vraiment assez... assez... ignoble. J'étais comme dans un rêve, arrivé à ce point... ce point de... dissolution mentale... que je ne pouvais pas même parvenir à ressentir un sentiment de... regret... ou de soulagement... Rien. Pas même d'impatience ou de crainte. Rien, le vide. Un bœuf, un bœuf aux portes de l'abattoir. M'en rendais-je compte ? Je ne sais plus. Peut-être restait-il... oui, comme une ombre, un fantôme de... satisfaction, de fierté (il eut un bref ricanement)... enfin de contentement d'avoir atteint le bout sans déchoir. Jamais en treize mois, jamais malgré la schlague et les menaces de mort je ne m'étais soumis, je n'avais accepté de... toucher un seul cheveu d'un camarade. Dix fois j'avais été laissé sur le carreau après... après de tels refus. J'allais mourir, c'était bien. "Mort, où est ta victoire ?" Je n'étais pas vaincu. « Pensais-je clairement tout cela ? Non, sans doute... C'était comme... tout au fond d'une bouteille abandonnée, un dépôt... si l'on remue la bouteille il revient à la surface, sinon il reste enfoui mais... on sait qu'il est là. C'est tout. C'était tout. J'attendais et ma tête était vide... Ce que je voyais m'apparaissait... comme un cauchemar, mais le cauchemar d'un autre, un cauchemar qui ne vous concerne pas.

« Nous faisions la queue le long d'un mur sale, et de

l'autre côté… l'autre mur… c'étaient les fours. Ils étaient allumés et ronflaient ferme. Vieux spectacle, pour moi. C'était la cinquième fois, n'est-ce pas? Je ne regardais plus – même plus. A chaque instant, des prisonniers, poussant une voiture à bras pleine de cadavres, venaient les décharger. Morts naturelles – enfin typhus, phtisie, inanition… Ça s'entassait.

« Alors…

« J'ai vu le grand SS, tout contre moi. Il disait: "Vous, là." Je n'ai pas saisi tout de suite, pas compris. On m'a poussé, – les copains. Lui m'a pris par l'épaule, m'a envoyé d'un bon coup à dix pas vers les fours. Il est venu, sans se presser. Il m'a montré le tas des morts, le pauvre tas de charogne humaine. "Tu les mettras au four."

« J'ai pensé (à peine): "Bon." Ça ou autre chose… vous savez, le corps… la dépouille… on apprend vite là-bas à la considérer pour ce qu'elle est: un amas de cellules pourrissantes. "L'esprit s'affine dans la douleur…" – surtout il devient la seule chose qui compte. Tout à fait la seule. La seule digne de respect et d'amour. Mieux valent cent fois des cendres, quand l'esprit a quitté cette pauvre calebasse douloureuse, que de voir celle-ci se résoudre en immondices et en puanteurs… J'ai pris dans mes bras la première de ces anatomies pitoyables, si décharnées, si racornies, si grotesquement tordues et disgraciées qu'à peine si je pensais soulever un corps humain… et pourtant… ma pauvre carcasse dans sa nudité repoussante avait-elle meilleur aspect? Si peu… Un mort soulevant un autre mort… Je le soulevai avec peine, soufflant et ahanant, tant le moindre effort m'épuisait. Je le jetai comme je pus sur l'espèce de chariot qui d'un seul mouvement peut basculer et jeter sa charge dans la gueule ouverte du four… Et c'est alors… c'est quand il fut là, sur le dos… que j'ai vu…

« Son visage, je le connaissais: comment l'eussé-je oublié? Pendant plus d'un mois nous avions été enchaînés à la même géhenne. Nous trimbalions à nous deux une sorte de brancard chargé de pierres. Il nous fallait passer sans relâche par un même chemin entre deux baraques. Au coin de l'une d'elles un geôlier nous attendait, un garçon de quinze ou seize ans, jour après jour. Et là, sans jamais varier, il abattait sa trique sur le crâne de celui de nous qui était en tête. A chaque voyage nous changions de place pour recevoir un compte égal de coups de trique... Pauvre vieux, ainsi il était mort avant moi. Je regardais son misérable visage auprès duquel le mien vous semblerait gras. Et alors... »

Il broncha comme le cheval devant l'obstacle. L'effort qu'il fit était si sensible qu'il me sembla recevoir moi-même le coup d'éperon. Il reprit d'une voix sans timbre, tremblante et sourde :

« Alors, il a ouvert les yeux. Les paupières lentement se sont soulevées sur ses yeux troubles, des yeux pâles, sans couleur. Oui. Et il m'a regardé. Il m'a vu. Il a un peu bougé une main et même... ah !... il a essayé, il est parvenu... il a écarté ses lèvres dans un fantôme de sourire. C'était horrible et prodigieux, horrible et bouleversant, mais pour moi c'était seulement horrible, horrible, très horrible. J'ai fait un pas en arrière, je me suis retourné. Le grand SS était là, les mains dans les poches, la trique sous le bras. Il souriait. Il a dit : "Eh bien ?"

« Je n'ai rien dit. J'ai essayé de passer entre le chariot et lui, pour aller rejoindre la queue, pour attendre la mort à mon rang, à la porte de la chambre à gaz. Il m'a rattrapé par l'avant-bras, il m'a jeté contre le four. C'était brûlant et je n'ai pu me retenir de hurler. J'avais l'épaule toute brûlée. Le grand SS me tenait à distance du bout de sa trique. Il m'a dit : "Fous-le au feu. Tout de suite. Sans quoi...", il m'a regardé un instant avec des yeux impitoyables et rigoleurs, et il me poussait vers le four, vers le feu ardent et ronflant : "... tu iras au feu, toi-même." Comme je n'avais pas l'air de comprendre, il s'est retourné, il a crié : "Toi, là, et toi !" Et j'ai vu le visage de deux hommes dans la queue, deux pauvres êtres à demi retombés à l'état sauvage. J'ai vu leur visage s'éclairer d'un espoir immonde... Ils ont fait un pas. J'étais plus... plus faible que je ne croyais. Mes pauvres guibolles m'ont lâché. Je suis tombé. Ah! ils s'y connaissent pour vous relever à coups de trique, fussiez-vous un cadavre! "Mets-le au feu tout de suite! criait-il. Ou sans ça..." Il me maintenait contre le chariot en m'enfonçant sa trique dans le flanc. J'étais trop près de la porte du four, là-dedans les flammes ronflaient et tourbillonnaient, même à cette distance la chaleur était terrible. Le SS a dit: "Non?" Il a fait un signe aux deux hommes, qui ont levé à demi leurs mains, comme deux gorilles... La fournaise me cuisait les reins... ils ont commencé d'avancer, d'abord lentement, parce qu'ils n'étaient pas très sûrs... Le SS riait... Je les ai vus courir.

«Voilà», dit-il d'une voix si basse (un souffle) et si étrangement calme qu'elle me donna la chair de poule. «Je me suis retrouvé avec le chariot vide dans les mains... Le grand cri, l'horrible cri s'est tu, dans le feu le corps rissolait, bouillait, crépitait, et j'ai commencé de sentir l'odeur... Le SS a dit: "Bien, ça... au suivant." Et j'ai mis le suivant. Il était mort, je crois, tout à fait mort. Mais c'est par hasard. Les autres aussi étaient morts, – mais qu'est-ce que ça change?... » s'écria-t-il dans une sorte de glapissement où sa voix se brisa, – et il continua de crier sur un timbre cassé, enroué, fiévreux: «... quand pour y échapper soi-même on a jeté dans un brasier un homme, un homme vivant, un ami, un camarade, avec des yeux qui vous regardent et un sourire... et un sourire... un sourire... un... »

Dieu m'épargne de jamais réentendre l'espèce d'étrange gargouillement qui étouffa la fin de ces mots. Mélange intolérable de sanglots, de paroles sans suite, de mots inarticulés. J'entendais: «Oh... oh... oh... » et dans une lueur, dans la lumière déjà lointaine de l'orage qui fuyait dans la direction des îles anglo-normandes, je vis qu'il s'était jeté sur son lit, à plat ventre, il avait enfoui son visage dans l'oreiller et le balançait de côté et d'autre, comme fait un enfant désespéré.

Et moi, dans mon coin, au milieu des filets et des cordages et des vieux espars brisés je m'étais abandonné aussi à la faiblesse des larmes. Elles coulaient silencieusement, et je ne les essuyais pas, et ne tentais pas même de les retenir. Car j'étais horrifié des sentiments que j'éprouvais : par-dessus la pitié, par-dessus la tendresse fraternelle que m'inspirait un malheur si cruel, si outrageusement immérité, je sentais monter la sensation intolérable d'une nausée et d'une répugnance contre lesquelles je luttais vainement. Répulsion irraisonnée comme celle qui me saisit un jour quand un ami, m'ayant mis dans les mains une étrange reliure, me dit soudain : « C'est de la peau humaine »... C'était ce soir si odieusement injuste que j'aurais voulu prendre sur moi de me lever, d'aller étreindre et embrasser là-bas cette pauvre forme accablée, – mais ce me fut impossible. Et alors je pensais à Nicole, – à Pierre et à Nicole, à leur amour. Et je compris.

– Pardonnez-moi, entendis-je soudain. Voici, n'est-ce pas une faiblesse indigne de... mes nerfs ne sont guère solides encore... Ayez la bonté d'en tenir compte.

« Vous savez maintenant le pire. J'ai continué ce métier pendant sept semaines. J'ai enfourné des corps par centaines, – peut-être par milliers. Ils étaient morts en général, mais probablement pas tous. Je ne vérifiais pas. Cela m'était prodigieusement égal. Parfois, après une série de cadavres raides et glacés, je tenais dans mes bras un corps encore tiède, encore chaud d'un reste de vie. Quelle différence ? Un seul ou dix mille, quelle différence ? C'était trop tard. » Il répéta avec une lenteur amère : « Trop tard... » et une fois encore, durement et pesamment, comme s'il s'adressait à quelque personnage qu'il voulût châtier : « Trop tard. » Et il reprit d'une voix très lente et très basse et voilée : « Com-pre-nez-vous ? Il y a... il est des gestes terribles, des gestes sans appel... que tous les parfums de l'Arabie... On fait ce geste et... trop tard. A jamais trop tard. »

Il se tut et je l'écoutai longtemps respirer avec effort,

il respirait calmement mais avec effort, comme on entend parfois, au fond d'une chambre obscure un dormeur habité d'un songe éprouvant.

– Pendant tout ce temps-là, je n'étais pas même malheureux, reprit-il enfin et sa voix me parut teintée d'une ironie insupportable. « J'étais tellement sûr… il était tellement évident que ce n'était qu'un absurde sursis à ma propre mort. Que mon corps passât à son tour par la gueule ouverte du four ce n'était qu'une question de jours, – question qui dépendait seulement de l'humeur des geôliers. Entre-temps, cet emploi me valait une vie moins profondément misérable : je couchais sur une paillasse, je pouvais me laver, mes cheveux poussaient ; et l'on m'apportait aux repas des choses qui ressemblaient à de la nourriture… Oui, j'ai accepté cette dégradation supplémentaire. Cela m'était égal. Égal, égal, égal », répéta-t-il comme s'il eût cassé des noix entre ses dents. « Pour finir, j'ai pris le typhus. Il paraît que je suis tombé raide, une nuit, au pied du chariot, que je venais de décharger… Pourquoi n'y fus-je pas jeté, comme j'aurais dû l'être, – comme j'étais en droit de l'attendre ? Peut-être parce que… on entendait le canon, depuis deux ou trois jours… les Américains approchaient… peut-être est-ce pour cela… dans la confusion et l'affolement… en tout cas, je me suis retrouvé à l'hôpital, un beau matin. Tiré d'affaire. » Cela me fit mal de l'entendre répéter en riant : « Tiré d'affaire ! » Il dit amèrement : « Voilà… on m'a ramené dans la vie. » Il exhala un long soupir et murmura, chaque mot prononcé à mi-voix sur un ton de colère ou de désespoir : « On m'a ramené parmi les hommes. »

Il se tut. Et après un très long silence il dit :

– C'est tout. Maintenant, je vous en prie, laissez-moi. Et comme je me levais il s'écria : « Ne dites rien ! Pas un mot. Allez-vous-en ! »

Je me détournai. J'étais hésitant et incertain. Qu'eussé-je dit ? Je fis quelques pas vers la porte. Je restais là, immobile et plein d'indécision, la main sur la poignée. Me crut-il parti ? Je l'entendis murmurer :

– Tant d'années encore devant moi. Tant d'années…

Ce ne m'était pas adressé, à moi, à personne. Aux dieux peut-être. J'ouvris la porte.

Une dernière lueur me le montra, un peu recroquevillé sons les draps, la tête vers le mur. Je sortis.

La nuit était très obscure. La lune semblait courir de nuage en nuage, en toute hâte vers la terre. En descendant je me heurtai le pied à la pointe d'un roc et me fis mal. Je gagnai mon petit cotre au calme dans sa crique abritée, et me couchai tout habillé dans la cabine. Je passai les dernières heures de la nuit à m'endormir et à me réveiller vingt fois. Comme Hamlet, j'avais d'un spectre écouté le récit du crime le plus noir qui se puisse concevoir : l'assassinat d'une âme.

Murther most foul, as in the best it is ;
But this most foul, strange, and unnatural…

Tout peut se pardonner, – peut-être même le meurtre. Mais une âme !…

Quand vint l'aube je n'y pus tenir et restai vers la maison silencieuse, et l'enfer muet qu'elle tenait dans ses murs.

Pierre dormait dans l'attitude même où je l'avais quitté. Le drap doucement se soulevait en mesure en dessinant son épaule maigre.

Je restai longtemps, le cœur serré à mourir.

Je regagnai le cotre et appareillai. Le vent était plein nord et m'aida à remonter dans le jusant.

Sitôt chez moi, je m'enfonçai dans un fauteuil. Et depuis, je m'interroge.

En vain, on s'en doute. Que peut-on faire contre l'implacable sentiment que Pierre exprimait par ces mots : « J'ai perdu ma qualité d'homme » ? Qui la lui ferait retrouver, – sinon lui-même ? Il ne servirait de rien de lui dire : « C'est nous qui implorons votre pardon. » Certes, je ne l'abandonnerai pas. Mais comment le convaincre ? Que peut-on espérer ?

Je ne sais pas.

Je ne sais pas. Je ne sais pas.

L'auteur écrivait ces derniers mots en août 1945. Il a repris la plume, pour écrire la suite du récit, en août 1950. Pourquoi ces cinq ans d'intervalle ? La réponse se trouvait d'avance dans la préface de la première édition des Armes de la nuit :

« Est-ce un récit fermé sur lui-même ? Ou la première partie d'un plus long récit ? Ce n'est pas moi qui peux répondre, – pas encore. Il n'est pas interdit de penser qu'il me faudra peut-être un jour écrire la suite. J'aimerais dire : j'espère qu'il le faudra. Non pas pour moi : pour mon héros. Car on dira de lui peut-être, la dernière page tournée : "Mais vous l'abandonnez !" Oui, je l'abandonne. Que faire d'autre ? Que feriez-vous, vous-même ? La nature du crime commis contre lui, le monde jamais n'en a connu de pareille. Comment secourir la victime ? O temps abominables ! C'est l'infernale horreur de ce crime, que la victime ne puisse être secourue. Nous ne pouvons qu'assister impuissants à ses efforts pathétiques, à ses espoirs, à ses échecs. Ne se surmontera-t-elle pas dans l'avenir ? Ah ! je l'espère. Je l'espère de toute mon âme. Mais, aujourd'hui, je ne le sais pas, et ni moi ni personne ne peut rien pour elle, – sinon elle-même. Elle seule. Nul plus que moi ne sera heureux si je puis un jour reprendre la plume, et dussé-je secouer tout l'oubli du monde, relater les étapes de la guérison. »

La Puissance du jour

Ici maintenant, à ma table, de nouveau je m'interroge.

Cinq ans ! Est-ce peu ou énorme ? Je me rappelle les conseils, les prières, les imprécations, les reproches, les adjurations, parfois même les insultes, que je reçus pour avoir écrit : « Je ne sais pas. »

Il y avait ceux qui se sentaient forts d'une conviction, d'une doctrine. Que ne donnais-je à mon héros celle-ci ou celle-là ? Étrange puissance que l'on prête à l'écrivain de régler à sa guise les problèmes intérieurs de ses personnages ! Mais quand ceux-ci *vivent* ? Quand ils sont de chair et d'os ? « Il faut savoir ! » m'intimait un homme remarquable, qui connaît pourtant mieux que moi les limites de notre pouvoir. Comme s'il se fût agi de moi-même – de savoir pour moi-même ! Comme si Pierre Cange n'existait pas, ou n'eût été qu'une pâte malléable entre les mains d'un sculpteur qui peut la modeler à sa guise !

D'autres eussent voulu me le voir jeter au pied de la croix. Très bien, pourquoi pas ? Car certainement vous ignorez qu'on ne fait pas cadeau de la foi, que celle-ci ne peut venir que du dedans, d'une illumination intérieure... Me prenez-vous pour le Saint-Esprit ?

On m'a plus d'une fois rendu furieux. Il est dur de ne pouvoir rien faire pour un ami au désespoir, et de s'entendre donner des conseils comme au jeu d'échecs, comme si l'on jouait en effet avec des pions.

Même ceux qui, comme Pierre Cange... oui : quelle bizarre mécanique que l'âme humaine ! Un jour je travaillais et j'avais condamné ma porte. Je la condamne mal. Il suffit pour la forcer d'un peu de persévérance. On vint trois fois me dire qu'il y avait là quelqu'un qui ne voulait pas repartir sans m'avoir vu. Je finis par le recevoir. C'était un garçon entre vingt-cinq et trente ans. Il avait le maintien assuré, tranquille, un visage placide, peu fin mais ferme, des yeux clairs, un regard très droit. Le teint était basané. Il s'assit, et je vis que sa main gauche tremblait.

– Ma question va vous surprendre, dit-il, et aussi que j'aie troublé votre travail pour la poser. J'aurais pu vous écrire. Mais auriez-vous répondu ? Et puis je ne veux pas vous laisser le temps de réfléchir.

Il n'hésita qu'une seconde avant d'interroger :

– Pierre Cange existe-t-il ?

A peine eut-il parlé que tout son beau sang-froid s'évanouit. La main droite d'abord entra dans la danse. Puis les jambes, qu'il se mit à croiser et à décroiser. Et enfin le visage, le tic convulsif d'une narine qu'il ne retint plus.

– Vous êtes un ancien déporté ? demandai-je, et il acquiesça d'un hochement de tête.

Alors je lui expliquai comme je pus que Pierre Cange existait bel et bien, malgré naturellement certaines transpositions que la nécessité d'être discret... Dès les premiers mots il changea de couleur. Je vis passer dans son regard une lueur panique. Il se reprit et jeta d'une voix sourde :

– Alors, je suppose qu'il faut attendre ?

Je ne compris pas ce qu'il voulait dire, et il eut un sourire pâle. Il leva à demi la main.

– Vous allez me trouver bien sot, dit-il. Mais je mettais tant d'espoir en vous... J'attendais absurdement de vous je ne sais quelle recette... » Le tic convulsif ravagea ses traits et il lança : « Nous sommes fichus, n'est-ce pas ? »

Je me fâchai. Cette fois, j'avais très bien compris. Quoi, même celui-là, même cet homme-là exigeait de moi... Je me lançai dans une protestation véhémente. Avec d'autant plus de révolte que je sais bien que je suis coupable, que nous sommes coupables, que nous leur devons tous des comptes et qu'ils sont en droit de les exiger. Tout rejeter sur le dos des nazis, c'est un peu trop commode.

Il laissa passer cet orage et dit simplement :

– Dans ce cas, il fallait vous taire.

C'est ce que je m'étais dit plus d'une fois.

– Nous sommes des milliers, je ne vous l'apprends pas, déclara-t-il. Des milliers qui se demandent… – J'espère qu'ils ne vous auront pas lu.

Malgré tout, je sursautai.

– Le déplorez-vous pour vous-même ? lançai-je avec un peu de provocation.

Il me regarda longuement, et laissa tomber comme à regret :

– Non. » Il sourit. Ce visage-là avait dû être tranquille et gai, autrefois, et sans souci. « Non, je ne le déplore pas. Il vaut mieux savoir où l'on en est que de prétendre… – Quand même, dit-il avec une dureté soudaine, on n'abandonne pas comme ça les gens. » Non moins soudainement il rit. C'était un rire clair et agréable. Je vis qu'il n'avait presque plus de dents. « Rassurez-vous, dit-il, vous m'avez fait du bien. Vous m'avez tout fait comprendre. Mais maintenant… » Il parut traversé tout à coup par une idée : « On a dû vous sonner les cloches ? »

– Comment l'entendez-vous ? demandai-je.

– Vous n'êtes pas des nôtres, dit-il. C'était du culot que d'écrire cette histoire. En général, nous détestons cela. Surtout si elle est vraie », accentua-t-il sans pouvoir cacher son ressentiment.

– Vraie ou pas… commençai-je.

– Votre livre s'est bien vendu ?

Je me levai. Il eut visiblement peur d'être allé trop loin, son expression devint suppliante et je me rassis. Je repris mon calme en faisant semblant de ranger des papiers sur ma table, des crayons, une règle. Puis je posai de nouveau les yeux sur lui. Les siens me regardaient intensément.

– Ce ne serait pas supportable, dit-il.

Je levai les sourcils.

– Que vous ayez fait de ce... de cette... (il avala presque le mot) tragédie... un morceau de littérature.

Je ne pus me retenir de frapper la table de la règle, avec impatience.

– Pardonnez-moi, murmura-t-il. Je ne peux pas m'empêcher d'être injuste. Cela me fait du bien.

Il se pencha brusquement en avant, et lança son long bras par-dessus la table. Sa main saisit la mienne.

– Naturellement, dit-il d'une voix basse mais pénétrante, s'il s'agissait de vous, vous auriez une solution.

– Naturellement, reconnus-je.

Il se rejeta en arrière.

– Alors pourquoi ne la dites-vous pas ? cria-t-il. Pourquoi ne la donnez-vous pas à Pierre Cange ?

– Qu'est-ce qu'il en ferait ?

Le jeune homme me regarda longtemps, avec une fixité sauvage. « Vous voulez dire, hasarda-t-il enfin avec une lenteur tâtonnante, qu'il faut qu'il la trouve lui-même ? » Je lui rendis la fixité de son regard, sans répondre. Le sang lui monta aux joues, il se leva et il commença d'aller lentement vers la porte. Je me levai aussi. Il s'arrêta et me regarda de profil, sans tourner la tête. Cela lui donnait une expression de coq attentif. Il tendit vers moi sa main droite, longue et maigre.

– Cette main-là, dit-il d'une voix blanche, a poignardé un homme à terre. Le poignard venait d'un SS, et l'homme était un copain. » Il répéta doucement : « Un très, très bon copain. »

Les murs commencèrent à tourner, et le cœur à me monter au gosier. Mais je me surmontai, et je gardai les yeux secs. Je crois vraiment qu'il ne vit rien de mon trouble – de mon immense compassion.

– Vous ne voudriez pas... » commença-t-il – mais il baissa les yeux et il dut faire effort pour achever : « ... me donner l'adresse de Pierre Cange ? – Nous pourrions nous aider mutuellement », expliqua-t-il de façon peu assurée.

– Je ne crois pas, dis-je sans équivoque.

Encore une fois, il rougit. Et subitement il prit mes deux mains, qu'il serra à les broyer.

– Merci, balbutia-t-il. Vous m'avez parlé comme à un homme.

Il ouvrit la porte, et j'entendis qu'il descendait les escaliers quatre à quatre.

CHAPITRE I

Très exactement cinq ans. Ma fenêtre est ouverte sur le soleil d'août. Non plus la mer: les prairies et les arbres. Charmes et peupliers – et le bruit cristallin de l'eau par-dessus la vanne. A cette heure-ci, les chevesnes redescendent vers l'ombre des saules. L'épinoche et le vairon glissent entre les herbes. Le martin-pêcheur trace dans les roseaux son trait fulgurant, bleu comme l'émail, rapide comme la balle. Une grive chante ses cinq notes sur le mode majeur.

A cette heure-ci, cinq ans plus tôt, Pierre Cange grelottait de fièvre et d'horreur de lui-même, sur son grabat de l'île des Juifs. S'abandonnait-il à la mort? Il l'a nié depuis, sans réussir à me convaincre.

Je ne retournai pas le voir. A quoi bon le torturer? Le brave docteur Blot le visitait chaque jour. Il le bourra de sulfamides (c'était la mode alors). Il jugula la pleurésie, mais lui colla une anémie dont Pierre faillit bien claquer. Le père Laouëdec profita de ces quelques jours d'extrême faiblesse pour transporter chez lui un homme trop las pour protester. La mère Laouëdec procéda à une rafle en règle de tous les foies de veau de la région. Elle en gorgea le malade et le sortit d'affaire.

Je quittai donc le golfe sans avoir revu Pierre. L'eussé-je tenté qu'il ne l'eût pas permis. Jean-Jacques même ne fut reçu ni sur l'île, ni plus tard à Cronon. Nicole, à l'automne, partit brusquement pour la Vendée, sous un prétexte quelconque. Je ne sus pas alors ce qu'elle y allait faire.

Puis je m'embarquai pour l'Amérique. J'y circulai tout l'hiver. Les nouvelles m'y parvenaient sporadiquement. Celles concernant Pierre étaient laconiques : il allait bien, accompagnait toujours Laouëdec à la pêche. Jean-Jacques parlait peu de sa sœur. Soit qu'il répugnât à mêler un étranger à ce chagrin familial, soit que Nicole au contraire – cela ne m'eût pas surpris – ait su trop bien cacher son tourment.

Quand je revins à Paris au printemps, elle s'y trouvait. Seule. Son frère voyageait en Hollande pour une de ces absurdes transactions d'après-guerre (ce pays affamé devait acheter d'abord à la France, pour y exporter ses tulipes, une égale quantité d'œillets). Madame Cange ne quittait pas Lézardrieux, où elle habitait chez une sœur, Plenmach étant trop froid l'hiver. Une lettre de Jean-Jacques m'attendait avec l'adresse de Nicole (un petit hôtel, secret et provincial, de la rue de Verneuil). Si les choses eussent tourné autrement, je me ferais aujourd'hui de grands reproches : je fus assez sot pour attendre, privilège de l'âge, qu'elle me fît signe la première. Trop longtemps : quand enfin je m'inquiétai de son silence, elle était déjà tout entière engagée dans son extraordinaire machination.

La voix de l'hôtelière à l'appareil ! Pour qui me prit-elle ? Et voulait-elle protéger sa cliente ou bien n'était-elle pas simplement effrayée pour elle-même ? Quand enfin je compris ce qui se passait, je laissai chez moi tout en plan et filai rue de Verneuil.

J'avais compté sans l'hôtelière. Je parierais ce qu'on voudra qu'elle me guettait. Je me heurtai à elle dans le couloir et sans que je puisse dire comment elle s'y prit, la seconde d'après j'étais dans son bureau, sur un fauteuil râpé, et je la regardais se serrer fébrilement les mains l'une dans l'autre. Avec son nez volumineux et ses lèvres molles, elle ressemblait à un vieux mouton. Un mouton un peu monstrueux, avec un regard de chimpanzé dans des paupières brunâtres et fripées. Son menton tremblait – de peur ou de colère – et j'attendais bien plus un bêlement que des paroles. Pourtant (autant que je pus comprendre dans le flot qui suivit) elle me demanda si j'étais le père de Nicole.

– Pas même un oncle ou un cousin, dis-je. Un ami, c'est tout.

Elle me regarda d'un œil soupçonneux. Venais-je aussi de Vendée ?

– Êtes-vous de la police ? rétorquai-je.

Elle poussa un petit cri et se mit à ressembler à un bouc. Les narines se dilatèrent au bout du nez trop long. Je coupai court à tout ce qui s'amassait dans la bouche entrouverte, entre les joues crayeuses, et demandai, en me levant, le numéro de la chambre. Elle cria presque :

– Ah, non ! C'est trop commode ! Et le scandale ? C'est ici un hôtel de famille, Monsieur, et jamais encore il ne s'était produit... Elle éclata : « On parle d'assassinat, Monsieur ! »

Je pensai : « Fichtre », et j'eus hâte de me débarrasser de cette vieille bique. Pourtant c'était moi qui dès lors voulais en savoir plus.

– Qui l'accuse ? demandai-je.

– Ces messieurs ! dit-elle en montrant le plafond, de quoi je conclus qu'ils étaient là. J'imaginai sans plaisir Nicole au milieu d'eux.

– C'est fort imprudent de leur part, suggérai-je. C'est une histoire absurde ; mais si jamais leur bavardage et le vôtre venaient à lui porter tort, vous n'ignorez pas que la loi...

Elle sauta sur place, comme une brebis effrayée.

– Je n'ai rien dit ! bêla-t-elle. Je veux qu'on me laisse tranquille ! C'est une pension convenable ici. Emmenez-la, si on ne l'arrête pas d'abord. Voilà ce que je voulais vous dire. Qu'elle fasse ses paquets et s'en aille !

Je dis : « Ne craignez rien » en chargeant ces mots – un peu puérilement – de tout le mépris possible. J'avais un beau sermon refoulé dans le gosier et qui brûlait d'en sortir : elle avait sous son toit une très jeune fille, visiblement seule dans la grande ville. Et elle, une femme d'âge, loin de lui porter secours dans le besoin, se hâtait au contraire de l'accabler ! Je dus faire un effort méritoire pour me taire, et lui intimer simplement, avec une autorité soudaine qui la laissa saisie : « Asseyez-vous. » Elle porta une main osseuse à sa poitrine où bagues, broches et pendentifs jetèrent des feux poussiéreux, mais obéit. J'interrogeai :

– Depuis quand est-elle ici ?

– Depuis deux mois. » Elle me regarda avec indignation : « Arrivée fin mars, quasiment sans bagage, Monsieur ! Une petite valise de rien du tout. J'aurais dû me méfier. Mais voilà, on a... » Elle s'interrompit. Je suis sûr qu'elle allait dire : « trop bon cœur ».

– Elle a reçu d'autres bagages entre-temps, je suppose, intervins-je.

– On lui en a apporté. Son frère, à ce qu'il prétendait.

Ce « prétendait » faillit encore me mettre hors de moi. Je ne pus m'empêcher de préciser :

– Son frère en effet, Jean-Jacques – sur son chemin vers la Hollande. » Mais je me fustigeai : « Idiot, qu'est-ce que ça peut te foutre, les suppositions de cette vieille toupie ? » Je repris : « Elle venait de Vendée ? »

– C'est ce qu'elle a écrit sur sa fiche », accorda le mouton en pinçant les lèvres.

– Seule ?

– Justement : c'est à voir. Je ne l'aurais pas acceptée avec un homme, vous pensez bien. Mais elle en recevait trop souvent. » Elle me considéra soudain avec suspicion : « Je ne vous ai pas vu, vous. » Puis comme une réponse à ses réflexions : « Vous êtes plus vieux que les autres. »

Je pensai : « Le réseau. » Et je cherchai comment m'y prendre. Je me fiai à l'inspiration.

– Madame, improvisai-je d'une voix grave, tout ceci dépasse de beaucoup le simple fait divers. Vous êtes mêlée malgré vous, je le crains, à des complications considérables. Cette pauvre petite s'y trouve engagée sans même le savoir. C'est pourquoi... » Je repris mon souffle en songeant : « C'est trop idiot. Elle va se moquer de moi. » Mais elle dit seulement : – « Comment le savez-vous ? » en plantant dans mes yeux un regard pointu. Je balayai l'air d'une main négligente. – « C'est, poursuivis-je, une enfant imprudente. Et si facilement inflammable ! Si vous saviez toutes les sottises qu'elle a faites, ces dernières années ! Je suppose, dis-je d'une voix engageante, que vous n'aimez pas beaucoup, vous non plus, tous ces fous ? Fifis et autres », ricanai-je en singeant le geste d'armer une mitraillette.

Elle m'accorda pour la première fois un regard amène. L'ombre d'une moue complice plissa ses babines de mille sillons convergents, comme sur la peau du lait.

– Madame, lançai-je soudain d'une voix grave, aidez-moi. Elle subit de très mauvaises influences. Dieu sait les bêtises qu'elle a bien pu faire... Qu'est-ce qu'on vous a dit ?

L'ombre de sourire s'effaça, la suspicion revint, mais le plaisir de parler prit le dessus, je crois.

– Un homme a disparu, quelque part là-bas, dit-elle avec un geste vague.

– Là-bas ?

– En Vendée.

– Vous n'allez pas me dire, m'écriai-je en riant, qu'on l'accuse de l'avoir tué ?

– Ça dépend, dit-elle. Elle et d'autres, il paraît. Une vengeance, ou quelque chose comme ça.

Je vis se profiler le visage indécis d'une menace réelle. J'affectai toujours de sourire.

– De quoi ? D'amour ?

– Pensez-vous : de gangstères.

Je me fâchai avec mesure.

– Voyons, voyons, Madame ! Ai-je l'air d'un gangster ? Et cette jeune fille ! Il suffit de la regarder et vraiment vous m'avouerez...

– Appelez-les comme vous voudrez, dit-elle. Ils ont tué l'homme à coups de mitraillettes.

Cette fois je ne pus pas cacher un soubresaut.

– On a trouvé le corps ?

– Non, mais c'est ce qu'on suppose. Puisque – dit-elle en jouant nerveusement avec ses breloques – ce sont des terroristes.

– Des anciens clandestins ?

– Oui, des voyous. Et lui c'était un homme très bien. Un ancien préfet, Monsieur.

Bon. Cela commençait à s'éclaircir. Mais que diable Nicole…

– Il a disparu en sortant de chez lui, continuait la vieille brebis. A dix heures du matin. En pleine ville ! chevrota-t-elle d'une voix aiguë. Cela peut nous arriver à tousss, dit-elle en sifflant le dernier mot et je lus une terreur abjecte dans ses prunelles simiesques.

« Ainsi c'est pour ta peau que tu trembles… Vieille sorcière, qu'est-ce que tu as fait ? Dénoncé des patriotes ? Que s'est-il passé peut-être dans cet hôtel ? » Et je regardai les murs, tendus de cretonne rose et passée, avec une répugnance insurmontable. Je toussai.

– On vous a dit son nom ?

– Oui… un nom comme Boulard… ou Pitard… je ne sais plus.

Cela ne me disait rien. J'attaquai :

– On s'est moqué de vous. On n'a rien rapporté de tel dans les journaux.

Elle ferma un œil, et cela lui donna une expression si louche que je faillis pouffer.

– C'est exprès, dit-elle et une nuée de petits plis chiffonna son visage blafard.

« Tu parles », pensai-je, mais j'en savais assez. Je me levai.

– Le numéro ?

– Dix-sept, dit-elle sans réfléchir, et aussitôt : « Mais vous l'emmènerez ? »

– A moins, comme vous disiez, qu'on ne l'arrête. Est-ce que, ajoutai-je insidieusement, on a arrêté les autres ?

J'eus le plaisir de la voir devenir plus pâle encore, si c'était possible sous toute cette farine.

– Je ne crois pas, dit-elle, et elle se prit de nouveau les mains l'une dans l'autre.

– Rassurez-vous, lui dis-je, l'hôtel sera sans doute surveillé.

Elle me jeta un regard reconnaissant.

CHAPITRE II

Les numéros étaient invisibles dans l'obscurité du couloir tortueux. Je dus allumer mon briquet. Quel étrange silence ! Pourtant j'étais devant la porte – mais rien. Des coups de bélier soudain dans une conduite d'eau me firent bêtement sursauter, puis tout se tut de nouveau. Je me décidai à frapper. Une voix d'homme dit : « Qu'est-ce que c'est ? » Je ne répondis pas. Des pas traversèrent la chambre et l'on m'ouvrit.

J'aperçus d'un coup d'œil, par-dessus l'épaule de la massive silhouette, le plancher jonché de papiers, de linge, d'objets de toilette. Un autre individu, à croupetons, farfouillait là-dedans. Il avait suspendu la lecture d'un carnet pour me regarder.

Nicole était assise sur l'appui de la fenêtre, jambes croisées. Elle fumait une cigarette. Le soleil dans ses cheveux légers auréolait son visage tranquille d'une écume cuivrée. Ses yeux s'arrondirent de gaîté à ma vue, et elle les cligna imperceptiblement, comme pour demander d'avance ma complicité.

– Qui êtes-vous ? dit l'homme. Qu'est-ce que vous voulez ?

Je le repoussai doucement en lui glissant dans un sourire : « Vous permettez ? » et traversant tout ce capharnaüm j'allai serrer Nicole dans mes bras.

– Vous me paierez cela un jour, chuchotai-je. Vous vous croyez une grande fille ? » Elle m'embrassa en riant. Je me dégageai et dis à voix haute : « Voulez-vous nous présenter ? »

Les deux sbires ne l'entendaient pas de cette oreille-là.
– Vos papiers ! dit celui qui m'avait ouvert.
– Les vôtres d'abord, répliquai-je tranquillement.
Il me tendit une carte crasseuse d'un air exaspéré, suivie d'un mandat d'enquête confidentielle, signé personnellement du préfet de Saint-L***. « Qui est-ce actuellement ? » me demandai-je, et en même temps : « Et l'autre, l'ancien, le vichyssois ? »... Je questionnerais Nicole tout à l'heure.

Rien ne m'obligeait à montrer mes papiers à cet argousin. Bien mieux, non seulement son mandat ne lui conférait aucun droit de perquisition, mais en l'outrepassant ce flicaillon de province piétinait assurément les brisées de ses collègues de Paris. Je lui montrai pourtant la carte que je garde pour de telles circonstances : celle de cette Légion d'honneur qu'on m'a octroyée malgré moi, mais qui du moins a l'avantage, quand il le faut, de me servir gentiment de témoin de bonne vie et mœurs.

Visiblement mon nom ne lui dit rien, ce qui me fit plaisir. Il se cura une narine d'un doigt bagué d'or. Je profitai de son indécision pour prendre l'avantage.

– Vous feriez mieux, suggérai-je, de remettre un peu d'ordre ici et de me laisser avec mademoiselle.

Il jeta sur moi un regard luisant ; puis une espèce d'appel interrogatif à son camarade, toujours à croupetons, dont les yeux bovins derrière les lunettes cerclées de fer promenèrent sur ma personne un regard pâle. Le grand lui fit un signe et commença de ramasser le linge.
– Gardons les papiers, décida-t-il.
J'ouvrais déjà la bouche mais Nicole me devança.
– Qu'ils les prennent, dit-elle en balançant la main.
Et de nouveau elle m'adressa ce clignement imperceptible qui m'invitait à la laisser faire.

– C'est merveilleux ! m'écriai-je quand enfin ils furent partis. Affronter des mouchards sans l'angoisse d'être livré – fusillé ou déporté ! Comme la peur s'oublie vite...

pas même dix-huit mois et déjà l'âme s'est rassurée...

– Un peu de thé ? dit Nicole et sans attendre elle alluma le petit réchaud. Elle me tendit sans façon deux tasses où demeurait un fond de thé froid, et j'allai les passer sous le robinet.

– Me ferez-vous maintenant la faveur... commençai-je, le nez sur le lavabo.

– Supposez-vous que je vous aurais laissé à l'écart ? protesta-t-elle sans me laisser finir. Ce thé est éventé, dit-elle. Il ne sera pas fameux, ça vous est égal ?

– Vous m'y avez bel et bien laissé, à l'écart ! protestai-je à mon tour. Si je n'avais pas téléphoné...

– Mais vous avez téléphoné, fit-elle observer en riant. Passez-moi ces tasses, dit-elle et elle me tendit les petites cuillers. Et quand même vous ne l'auriez pas fait, vous pensez bien...

– Qu'est-ce que c'est que cette histoire d'enlèvement ? tranchai-je, et je guettai sa réaction dans le miroir.

Elle était penchée sur la bouillotte et ne parut pas m'avoir entendu. L'eau chantait. Elle en versa dans la théière, qu'elle secoua et vida avant d'y jeter quelques pincées de thé. « D'où tenez-vous cela ? » bougonna-t-elle en posant le couvercle avec soin.

– Un ancien préfet, précisai-je sans répondre. Un nom comme Boulard ou Pitard. N'essayez pas de me donner le change !

Je pus jouir pleinement de sa surprise. Ses lèvres frêles entrouvertes laissaient apercevoir une langue immobile, aplatie d'incrédulité.

– D'où venez-vous ? s'écria-t-elle enfin.

– Pardon ?

– Ils n'ont pas pu recevoir leurs ordres avant lundi, murmura-t-elle en me regardant comme on ferait d'une potiche.

– Quels ordres ? laissai-je échapper – et ses yeux brillèrent de soulagement. Elle se détourna pour dissimuler un sourire, et disposa tasses et cuillers sur la petite table. J'admirai une fois de plus, avec attendrissement, la taille souple et fine, les fragiles épaules, la nuque laiteuse et enfantine sous les boucles légères. Je songeai à la fantomatique jeune fille de Plenmach, telle que me la décrivait son frère – pâle et silencieuse, paralysée par la pitié et l'angoisse, perpétuellement penchée sur son filet de pêche comme une Pénélope accablée – et je me la rappelai dans la ferme des Bordes, trois ans plus tôt, joyeuse, garçonnière, un peu exaltée, collée à son œil-de-bœuf, la mitraillette sous l'aisselle. Dix-neuf ans… elle était donc majeure maintenant.

– Votre thé va s'évaporer, lui rappelai-je.

Elle versa l'eau chaude sur le thé, avec précautions.

– Broussard, énonça-t-elle tranquillement.

Broussard ! Pardi, bien sûr… « Le chacal de Vendée »… arrêté sur les bords de la Bidassoa alors qu'il cherchait à gagner l'Espagne… et depuis, scandaleusement relâché par non-lieu…

– Bien joué, dis-je joyeusement. Qu'est-ce que vous lui avez fait ?

– Rien encore, dit-elle en coupant un citron en rondelles. Nous l'avons mis au vert.

– Rassurez-moi d'abord, réclamai-je. Quelles précautions avez-vous prises – pour vous ?

– Des précautions, s'étonna-t-elle, pour quoi faire ? Il n'a pas de famille. Il se cachait même de ses amis. Il se tiendra tranquille – à supposer que nous le relâchions.

– N'en croyez rien, m'écriai-je, ce n'est pas un couard !

– Justement », dit-elle, ce qui me parut plutôt énigmatique. Je le lui montrai d'un froncement de sourcil. « Il m'a surprise », reprit-elle en me versant le thé. Elle sourit : « On se fait toujours une idée un peu simple de l'adversaire. » Elle me tendit le sucrier ; il me sembla qu'elle réprimait un soupir : « Cela rend les choses plus faciles. »

– Est-ce qu'il nie ses crimes ? demandai-je.

– Non : il les explique. C'est bien pis. » Elle plongea ses yeux dans les miens : « De sorte… » Mais un bout de langue rose cadenassa la suite derrière ses petites dents. Je lus dans son regard comme un appel. « Vous

vous doutez naturellement des raisons qui m'animent ? »

Je dis que je m'en doutais si je ne les comprenais pas bien.

– Ces deux idiots ne trouveront qu'un nom dans ces papiers, dit-elle en me montrant le sol comme s'il en était encore encombré. Un seul nom : celui de Pierre.

Quel machiavélisme ! Je ne pus m'empêcher de rire :

– Ils sont tombés dans le panneau ?

Elle rit à son tour :

– J'espère qu'ils y tomberont, mais est-ce un panneau ? C'est leur métier, ils le font dans les règles. On leur demandait une enquête discrète, avec une seule pièce au dossier : une lettre où l'on parlait de moi, avec mon adresse. Une seule piste à partir de moi : ils la suivront comme de braves corneaux.

– De qui la lettre ? Pas de vous ?

– De qui voulez-vous qu'elle soit ? persifla-t-elle. Une soi-disant maîtresse inquiète, grande amie du préfet actuel... : « Silence et discrétion ! Tâchez seulement de savoir quelque chose. »

– Justement, à propos : j'ai oublié qui c'est, le nouveau préfet ?

Elle me le dit. Peu importe le nom, il ne paraîtra pas dans ce récit. Qu'on sache seulement que son rôle dans la libération de Saint-L***, comme ses anciennes attaches avec le réseau, expliquaient cette complaisance complice.

– Ils vous ont menacée ?

– Comme deux imbéciles. « Assassinat », disaient-ils. J'ai dû leur paraître très forte. Mais ils auront plus de succès auprès de Pierre. Du moins, murmura-t-elle et les coins de sa bouche enfantine eurent un frémissement, je l'espère...

Je couvris sa main libre et la serrai.

– N'en doutez pas. Vous êtes formidable ! Jamais je n'aurais eu l'idée d'un tel stratagème. Il faut être une femme...

– Vous croyez qu'il viendra ? supplia-t-elle avec des yeux qui soudain s'emplirent de larmes.

Je me levai et l'embrassai sur les deux joues. Une goutte chaude tomba sur la mienne et glissa.

– A moins qu'il soit tout à fait fou ! l'assurai-je. Je ne lui donne pas huit jours pour s'arracher à son exil breton !

– Mais après ? balbutia-t-elle d'une voix chavirée.

– Après ?

– S'il repartait ? S'il refusait ?

– Quoi donc ?

– Il va falloir qu'il…

Elle se jeta dans mes bras en sanglotant.

– J'ai peur, hoquetait-elle, j'ai tellement peur !

CHAPITRE III

Il y eut quelques journées pesantes. Était-ce la faute des deux argousins ? Étaient-ils incapables ou malhonnêtes ? Je ne pouvais supposer, si Pierre les avait vus, qu'il fût resté sans réagir. L'attente troublait mon sommeil. Et la pauvre Nicole, quand enfin elle ne résistait plus et m'appelait au téléphone, n'osait pas même questionner. Aux seules intonations de mes premiers mots elle devinait mon ignorance.

Entre-temps, j'avais fait un saut à Saint-L***. Saturnin m'attendait au train. Je ne l'avais pas revu depuis sa fuite précipitée, après que, pendant près d'un an, il eut tenu entre ses mains les destinées du réseau que l'arrestation de Pierre avait laissé sans chef. C'était alors que je l'avais connu.

Saturnin n'était pas son nom, on s'en doute. Il se nommait Saint-Sernin, c'est sous ce nom qu'avant-guerre déjà, jeune professeur de lettres, il publiait des vers ésotériques dans les revues d'avant-garde ; depuis, on sait que son *Ganymède* lui a valu quelque célébrité. Mais nous, ses camarades, continuons de lui donner son nom de résistance, ou plus familièrement encore, celui de Sat.

Il attendait au portillon, grand et droit, un peu fort, dans son éternel velours gris. Toute sa personne était une symphonie de gris. Les yeux, le poil, même le teint. Un teint d'ailleurs assez beau, très mat, on eût dit d'un autre olivâtre, mais c'était chez lui moins la couleur de l'olive que le ton chaud de la rainette. Le visage était long et ferme, bien en chair, sous une chevelure léonine, mais légère, et d'un blond végétal déjà mêlé d'argent, en sorte qu'elle avait la couleur du feuillage des saules. Le regard était clair, insistant, dans des paupières épaisses, comme gonflées. Il m'avait toujours paru un peu triste.

Je montai dans sa vieille Amilcar (elle était déjà vieille avant la guerre). Il la mit en marche à la manivelle, avec ses mouvements lents, mous d'apparence et maladroits, mais plus chargés d'énergie qu'il n'y semblait. Et il m'emmena chez lui où nous attendait Thérèse.

De celle-ci et de Sat, j'avais fait la connaissance sous l'occupation. Je cherchais un correspondant en Vendée pour y diffuser notre « littérature », et Pierre m'avait envoyé à lui. Nous fûmes amis tout aussitôt. Il m'avait peu caché de sa vie. Je sus que Thérèse et lui, en conclusion d'une liaison heureuse, s'étaient mis en ménage après Munich. Pour des raisons connues d'elle seule (ou que Sat en tout cas ne voulait pas trahir) Thérèse avait toutefois refusé le mariage. Tout Saint-L*** pourtant les tenait pour mari et femme. Il me semblait, quoi qu'il en dît, que Sat souffrait un peu de cette situation. Il avait cru la décider tandis qu'elle attendait un fils, mais l'enfant mourut en naissant. Une fille leur naquit plus tard, au maquis, dans des circonstances romanesques, et Thérèse enfin se laissa mener à l'autel, peu après la libération.

Je retrouvai avec plaisir l'appartement minuscule, bourré de livres et d'objets. Pour la plus grande part, des bouteilles : une surprenante collection de flacons de toutes tailles et de toutes époques, depuis les fioles irisées provenant de fouilles jusqu'aux dames-jeannes obèses et de guingois. D'autres avaient des formes d'animaux, ou de fleurs, ou même d'arbres aux branches coupées. Tout cela, sous les lumières presque perpétuellement allumées de ce logis un peu sombre, brillait de mille feux discrets, glauques et cristallins.

Le sourire de Thérèse m'accueillit comme autrefois, le constant sourire de la belle Thérèse aux yeux de jais, grande elle aussi, onduleuse, splendidement pâle (jamais fardée) sous les nattes très noires lovées en triple couronne, « Gravida » qui avait si souvent fait l'agent de liaison dans le réseau sans jamais avoir su le nom de personne. Elle servit le thé.

C'est alors que j'appris ce que je voulais savoir. Le nœud de l'affaire était la complicité du docteur Mouthiers. Je ne connaissais pas le docteur, mais c'était chez lui deux ans plus tôt que Saturnin, talonné par la Gestapo (avertie par Broussard) avait trouvé asile, avec bien d'autres, parmi les fous. Comment Broussard eut-il vent de ce qui se passait à l'hospice ? Le docteur fut prévenu à temps par le médecin de la préfecture : la milice ne trouva plus que les malades et leurs gardiens.

C'était là, dans un pavillon solitaire, que Broussard aujourd'hui était gardé à vue. Cette symétrie me réjouit fort. Sat parut n'y prendre garde que pour la première fois. Ses fortes lèvres bien dessinées se détendirent, esquissèrent ce sourire que j'avais toujours trouvé mélancolique. Thérèse rit avec force. Elle avait des dents éclatantes et un mouvement de la gorge bien séduisant. Saturnin la regarda rire, et de façon un peu subite me proposa de me conduire à l'hospice – à une lieue et demie de la ville. Je demandai d'abord à voir l'enfant. Thérèse se leva pour desservir ; de la cuisine elle s'excusa de ne pouvoir répondre à ma demande : l'enfant était chez sa grand-mère. Saturnin avait déjà ouvert la porte. Je me pressai aussi, comprenant qu'il avait hâte sans doute de rentrer ensuite.

En effet il me déposa à l'hospice sans y rester. En route, d'un air un peu absent qu'accentuaient parfois des silences distraits, il m'avait raconté les circonstances de l'enlèvement. Elles sont sans importance – au surplus elles seront relatées plus loin. Il ne me sembla pas qu'il fût très enchanté de l'entreprise. Je ne voulais pas déjà parler de Nicole ; ni de Pierre, puisqu'il ne m'avait pas encore demandé de leurs nouvelles. Je fus pourtant sur le point de lui poser franchement la question de ce qu'il pensait de la chose. Je ne sais plus ce qui me retint. Peut-être l'expression de Sat, en me parlant de tout cela, m'inquiéta-t-elle un peu.

Je fus reçu à l'hospice avec une prévenance chaleureuse par le vieux docteur et sa femme, sommé de rester dîner et coucher. Tout le long du repas nous ne parlâmes guère que du poète et de son équipée – des péripéties tragi-comiques de toute l'aventure. Madame Mouthiers alluma un feu léger dans le bureau de son mari et nous laissa avec du café, du whisky, des cigares : c'étaient encore de vrais trésors à cette époque.

Notre premier échange, quand nous fûmes seuls, fut de rire. Nous rîmes sans bruit, les yeux dans les yeux, le whisky en main. « Votre femme ne sait rien ? » demandai-je. Il parut confus. « Non, avoua-t-il, et cela me tourmente. Elle m'en voudra plus tard de cette discrétion. Mais elle est encore mal remise des angoisses qu'elle a eues naguère. Elle en rêve la nuit, me réveille parfois par des cris. Nous ne sommes plus jeunes, dit-il en souriant, et je dois ménager son cœur.

J'entrai dans le vif du sujet :

– Quelles sont les chances que l'on découvre Broussard ici ?

– Nulles, dit-il, ou à peu près. Savez-vous, persifla-t-il en pointant vers moi sa barbichette blanche, savez-vous qu'il a véhémentement reproché le non-lieu à son avocat ? « Il fallait faire traîner l'instruction ! lui dit-il. Dans quatre ans l'on m'eût acquitté sans tambour ni trompette dans l'indifférence générale. Au lieu que me voici rejeté tout vivant dans la fosse aux lions ! » Ce n'est pas un sot. Il sait bien qu'il doit son non-lieu à trop de gros bonnets qui redoutent les éclats d'un procès au grand jour, où ils seraient fatalement compromis. Si quelque patriote indigné descendait Broussard au coin d'une rue, ils seraient nombreux à respirer plus à l'aise.

– Sa disparition ne va-t-elle pas les inquiéter ?

– Sans doute, s'ils viennent à l'apprendre. Mais ils préféreront qu'on n'enquête pas trop à ce sujet.

– Et lui ?

– Il ne se déplaît pas ici.

Ma surprise accentua son sourire. Ses yeux se plissèrent

derrière les lunettes oblongues et les sourcils blancs s'agitèrent comiquement.

– Il se sent en sécurité, dit-il.

Je constatai une fois de plus combien il est difficile de deviner le caractère d'un homme devant soi : je ne sus pas si ces mots et si cette ironie reflétaient la bonhomie ou une cruauté vengeresse.

– J'ai la réputation d'être un brave homme, continua-t-il, d'avoir horreur du sang et de l'injustice. Broussard se dit que sous ma protection sa vie n'est pas en danger. » Ses yeux continuaient de pétiller, ses sourcils de frémir. « Il oublie que je connais tous ses crimes, ou plutôt, précisa-t-il, il accorde lui-même à ses crimes une dénomination plus flatteuse. » Je me demandai si ce n'était pas moi qu'il s'amusait à mystifier – à maintenir dans l'incertitude pour découvrir mes propres sentiments. Ses yeux ne me quittaient pas, brillants et rieurs. « C'est vrai, dit-il, qu'il m'a fallu quelque énergie pour qu'il ne fût pas abattu comme un chien. »

Je posai mon verre et demandai :

– L'eussiez-vous laissé exécuter dans d'autres circonstances ?

Il rit doucement et but une gorgée de whisky.

– Aurais-je eu tort ?

– Ce n'est pas ce que je demande, spécifiai-je en souriant.

– Quelles circonstances ? questionna-t-il en regardant la lumière à travers son whisky.

– Jouons-nous à cache-cache ?

– Je ne sais pas, dit-il. Qu'êtes-vous venu me demander ?

– La tranquillité de Nicole.

Cela parut le surprendre, quoique sans excès et sans émotion. Je ne sais pas encore s'il s'attendait à entendre ce nom.

– Que craignez-vous pour elle ?

– Cela dépend, accordai-je. Savez-vous qu'elle s'est mise en flèche ?

Cette fois il fronça les sourcils et son regard se fit grave et froid comme pour un examen clinique.

– Comment cela ? dit-il en laissant percer de l'inquiétude.

Je lui dis deux mots des argousins et j'enchaînai :

– Quel fut son rôle exact dans ce rapt ?

Je crains que pendant une seconde l'idée ne l'ait traversé que j'étais peut-être un mouchard, moi aussi. Qui de nous, après quatre ans d'alertes, d'angoisses, parfois de trahisons stupéfiantes, n'a pas été victime d'une de ces suspicions fugaces envers les plus sûrs d'entre nous ? Il commença d'allumer un cigare comme pour gagner du temps, puis d'un coup son visage s'épanouit dans une sorte de moquerie penaude. Il me regarda avec affection et répondit :

– L'inspiratrice. C'est elle qui a décidé Saturnin. Et moi, ensuite. Elle était assise là », dit-il en me montrant un fauteuil vide. Il finit d'allumer son cigare avec soin. « D'abord tout ce projet me parut insensé. Qu'on descende ce salaud, bon, j'en étais. Mais le séquestrer ! » Il souffla l'allumette et la jeta dans la cheminée. « Vous avez bien connu Pierre Cange ? Bien sûr, c'est vrai – excusez. Moi, non. Il est venu trois fois à Saint-L***, en deux ans. Mais il n'a jamais voulu rencontrer que Saturnin. Ce sont des amis de quinze ans, vous savez. » Il me versa un peu de whisky. « Elle est folle de lui, n'est-ce pas ? »

– Elle vous l'a laissé entendre ? m'exclamai-je.

– Non. Oh ! non, pas du tout. Mais, dit-il avec un sourire de brave médecin de campagne, n'oubliez pas que j'ai quelque habitude des diagnostics… Remarquez, j'avais bien entendu dire – il s'interrompit : « Toute cette machination m'a d'abord paru formidablement farfelue ! »

Je n'osai pas lui avouer que, après réflexion, c'était encore mon opinion.

– Mais elle a un sacré petit cerveau bien construit, reconnut-il. Nom d'un chien, elle sait ce qu'elle veut !

J'ignore si les choses se passeront comme elle l'espère, mais il faut convenir... Vous avez compris de quoi il retourne ?

– Je crois, dis-je. Elle veut entraîner Pierre Cange dans un dilemme à sa mesure.

– Ce n'est pas bête. Ce n'est pas bête du tout. » Subitement il partit d'un rire cristallin, dont la chaude jeunesse m'enchanta. « Petit démon, balbutia-t-il. Elle m'a possédé comme un conscrit ! Savez-vous que d'abord elle prétendait seulement me consulter ? Je m'y suis laissé prendre – cela paraissait raisonnable : un psychiatre ! Et j'ai marché comme un seul homme : c'est moi qui ai préconisé cette thérapeutique. “Une responsabilité, ai-je recommandé. Il faut trouver le moyen de le charger d'une grande responsabilité.” Malheureux ! Je n'avais pas parlé qu'elle m'avait ficelé dans mes propres paroles, comme une momie ! Empaquetez c'est pesé ! Pouvais-je me défiler ou me dédire ? Quelle corrida ! Elle était là, tranquille et menue au fond de son fauteuil, et moi je me débattais sous les banderilles comme un gros taureau mystifié. Une vraie petite brute garce d'une douceur terrible ! Quand elle m'a lâché, à quatre heures du matin, j'étais tout juste bon à ramasser à la cuiller. »

Je pouvais fort bien m'imaginer la scène. J'allais parler quand il reprit :

– Elle avait eu beaucoup plus de mal avec Saturnin.

Je le vis regarder le fond de son verre avec attention. Il pinça les lèvres d'un air absorbé, la moustache contre la barbichette, et leva enfin les yeux sur moi.

– Comment l'avez-vous trouvé ? dit-il.

– Qui ? Saturnin ?

– Oui. Vous ne vous êtes aperçu de rien ?

J'hésitai. M'étais-je aperçu de quelque chose ? Peut-être. Mais c'était subtil. Je préférai dire :

– Non... il me semble.

Je pensai pourtant que dans l'auto, en venant, il m'avait paru contraint. Avait-il voulu me parler sans en trouver l'occasion ? N'avait-il pas osé ?

– Vous savez, dit le docteur enfin, que Thérèse l'a quitté ?

On peut juger si je restai pantois.

– Mais j'ai pris le thé chez eux ! m'écriai-je.

– Chez lui, corrigea Mouthiers. C'est vrai qu'ils se voient quasiment chaque jour.

« Pourquoi ne m'ont-ils rien dit ? » pensais-je.

– Séparation discrète, dit le docteur comme s'il eût entendu. En fait, ils ne l'ont pas rendue publique. » Il regardait toujours le fond de son verre qu'il tournait entre ses doigts. « Naturellement, c'est le secret de polichinelle, une si petite ville… Ils le savent très bien d'ailleurs. Mais Saturnin ne voudrait pas que l'on pensât… Ont-ils même cessé de s'aimer ? Je ne crois pas. C'est là qu'est la tragédie. »

Il leva enfin les yeux sur moi :

– J'aurais cru qu'il vous en parlerait. Il a pour vous grande estime, je sais qu'il désire beaucoup…

Il se tut. Et il ouvrit la bouche quelques secondes avant de reprendre :

– Il ne vous a pas montré… » il détourna les yeux pour dire : « … sa fille ? » Il agita les doigts. « J'ai l'air de cancaner mais vous l'apprendrez de toute façon, probablement par Sat lui-même… » Il me regarda avec tristesse : « C'est le portrait craché de Broussard. »

Mouthiers me raconta plus tard que je demeurai à ce point stupide qu'il se reprocha d'avoir été trop brutal. Mais une pareille révélation, pour ceux qui avaient connu ce couple aux heures clandestines, renfermait en un seul mot une masse de circonstances tellement incroyables et de développements tellement immondes, que s'il fallait admettre que c'était vrai, il y avait bien de quoi sentir le sol se dérober.

Mouthiers comprit à mon expression toutes les pensées qui m'assaillaient.

– Non ! jeta-t-il en hâte. Ce n'est pas aussi atroce que vous croyez. Oh ! reconnut-il, ce n'est pas gai. Mais enfin…

Il dit que personne, hors les très rares amis que Sat avait mis dans la confidence, n'avait rien compris à ce drame. « Drame de la misère. C'est étrange, n'est-ce pas ? » Il dit qu'il devait laisser à Saturnin le soin de m'expliquer les choses quand il en aurait envie. Lui d'ailleurs, peu intime avec Sat, ne les savait pas de première main. Tout ce qu'on pouvait dire, c'était que Sat n'était pas sans porter une part de responsabilité. L'éternelle histoire de la poule et de l'œuf : qui a commencé ?

– La misère ? m'étonnai-je. Je ne me suis jamais aperçu…

– En effet, il fallait le savoir pour s'en rendre compte. Thérèse était admirable. Mais quand Sat, en quarante, a résigné son poste de professeur au lycée de Saint-L*** parce que, disait-il, enseigner sous la tyrannie c'était s'en faire implicitement complice, de quoi supposez-vous qu'ils ont vécu ?

– Pas de fortune, l'un ou l'autre ?

– Aucune. A peine des économies… Toute pureté intègre porte un revers : une sorte d'égoïsme transcendant, dévorateur. Peut-être Sat attendait-il de Thérèse… Bref, coupa-t-il, sachez seulement que celle-ci, dans un de ces malentendus tragiques que la misère porte avec elle, put se croire l'objet d'une ingratitude, d'une absence de tendresse accablantes. Que pendant une de ces périodes d'accablement elle ait cherché ailleurs plus de chaleur et de compréhension…

– Mais auprès de Broussard ! ne pus-je m'empêcher de l'interrompre avec une indignation effarée.

– Son fils ! son fils ! dit vivement Mouthiers en se

frappant la poitrine du doigt comme pour se reprocher sa distraction. « Je n'éclaire pas ma lanterne : Michel Broussard. Vous ne l'avez pas connu ? Un garçon fin et charmant. Un peu veule, peut-être. Paix à son âme. »

– Il est mort ?

– Dans le bombardement de Poitiers. Je vous raconterai cela un jour. Il ne s'entendait guère avec son père. Mais il n'a jamais eu le courage viril de l'affronter en ennemi. Pour en revenir à Thérèse, le garçon n'avait pas cessé de l'aimer depuis qu'ils avaient ensemble fait leurs études à Bordeaux. De sorte...

– Et l'enfant est de lui ?

– A n'en pas douter. Mais c'est au grand-père qu'il ressemble. Double malédiction. Je crois que Saturnin est capable de tout comprendre. Il aimait Thérèse assez fort pour l'absoudre. Mais il voit dans cette ressemblance une sorte de guet-apens démoniaque, une fatalité ricanante où sa pensée et son action sombrent dans la gaudriole d'un sordide vaudeville : avoir tout renoncé, tout risqué pour combattre les hommes comme Broussard, pour flétrir au grand jour cette canaille – et en abriter à jamais sous son nom le rejeton reconnaissable ! C'est dur à avaler.

– C'est affreux, dis-je avec conviction. Je ne pense pas seulement à Saturnin. Je pense à nous tous. Il traîne au fond d'une telle histoire une odeur de comique absurde, un relent de farce ubuesque. » Je murmurai : « C'est tout à fait insupportable. »

Une pensée me vint, pénible : « Et Thérèse qui n'accepta de se laisser épouser que pour cette enfant... Savait-elle ce qu'elle faisait ? Et Saturnin... »

– Vous comprenez, dit le docteur, que Nicole ait eu quelque mal à le décider.

Je ne discernai pas tout de suite pourquoi. Au contraire, commençai-je, il paraîtrait vraisemblable...

– Pour le commun des hommes, peut-être, dit le docteur. Pas pour Saturnin. Vous imaginez-vous qu'il puisse supporter l'idée d'avoir, en acceptant, cédé peut-être à des motifs impurs ?

En effet, c'était vrai. La mort de Broussard, Saturnin ne pourrait s'empêcher de se dire, s'il la décidait, que ses motifs peut-être n'étaient pas désintéressés. Et je crus déchiffrer du même coup pourquoi Nicole l'avait choisi, lui.

– Saperlotte ! m'écriai-je avec admiration, elle est forte !

Le docteur comprit très bien de qui je parlais. Il rit :

– Un petit démon, je vous l'ai dit. Un vrai diable angélique. Saturnin n'y a vu que du feu – c'est le cas de le dire.

– Vous ne l'avez pas éclairé ? m'inquiétai-je.

– Bien sûr que non ! Cela n'eût rien changé, n'est-ce pas ? Sauf, peut-être, pour Pierre Cange.

– Oui, vous l'avez compris aussi. » J'étais saisi d'une gaîté émerveillée. « Petite araignée secourable, elle tisse sa toile magique ! Mais croyez-vous, demandai-je et j'étais repris d'une gravité inquiète, croyez-vous que Pierre s'y laissera prendre ? Que savez-vous au juste de son drame ? »

Le docteur fit entendre, entre ses grosses lèvres, une série de petites bripettes, tandis qu'il se grattait les poils de la barbiche.

– Pas grand-chose, dit-il. Il ne s'est confié à personne, semble-t-il. Nous en sommes tous réduits aux hypothèses… S'il se laissera prendre ? Cela dépend de lui. » Il me regarda et ses yeux de bon chien briard sous les sourcils broussailleux reflétaient sa propre inquiétude. « La méthode est bonne mais elle n'est pas sans fissure, loin de là. D'abord nous aurons à persuader Cange que nous aurions agi de même, s'il n'eût pas existé. Or ce n'est probablement pas vrai. Nous n'avions, ni les uns ni les autres, assurément la moindre envie de laisser Broussard se pavaner après ce scandaleux non-lieu. Pas même Saturnin. Mais notre idée à nous était plutôt de le descendre, discrètement, quelque jour. »

C'était étrange d'entendre ce vieil homme pacifique énoncer ce projet sanguinaire avec bonhomie.

– Oui, il faut que Pierre s'y laisse prendre, reprit-il. S'il devine la moindre chose, il est à craindre qu'il nous glisse entre les doigts. Et cette fois ce sera pour de bon. Je l'ai dit à Nicole, elle le sait, et elle en prend le risque. C'est incroyable, s'écria-t-il, les ressources de courage et d'énergie que peut contenir un petit corps fragile de fillette candide !... Je l'ai prévenue d'autre chose : à supposer que nous réussissions, ce n'est qu'un premier pas. Le tout premier pas d'une longue marche pénible. Il y aura encore tout ça, dit-il avec un grand geste qui semblait, à travers la fenêtre et la nuit, embrasser les choses et les gens, la campagne et la ville. Il faudra qu'il affronte tout ça, qu'il y prenne sa place, qu'il s'y intègre de nouveau.

Il se renversa dans son fauteuil, bâilla, s'étira en tendant les bras et serrant les poings.

– C'est un – travail – d'hercule » bredouilla-t-il en bâillant. Sa bouche se referma avec un claquement mouillé. « D'y penser seulement, on se sent courbatu. Venez, allons nous coucher. »

CHAPITRE IV

Le lendemain matin le docteur Mouthiers me fit visiter son hospice. Je crois que je partage envers les fous la posture commune de l'esprit : horreur et fascination. De toute la visite je garde le souvenir le plus impressionnant de la division des silencieuses. Quinze ou vingt femmes ensemble dont la folie est le silence. Depuis qu'elles sont internées elles n'ont pas prononcé un mot. Pas un seul. Tout le reste en elles est normal : elles travaillent avec soin et méthode à des objets de lingerie, parfois même avec art, écoutent ce qu'on leur dit, paraissent heureuses qu'on les félicite. Mais elles se taisent. Mouthiers me présenta la doyenne, une femme un peu forte, au visage tranquille, qui faisait de la broderie fine. Elle sourit poliment en réponse à mon salut, mais sans desserrer les lèvres qu'elle ne cessait de tenir un peu pincées l'une sur l'autre, avec une expression de raillerie discrète. Elle me montra pourtant son travail avec aménité. Le docteur m'expliqua devant elle que, internée dans cet hospice depuis vingt-quatre ans, elle n'avait pas depuis lors prononcé une seule syllabe. Cela la fit sourire. Elle baissa la tête sur son ouvrage avec une moue de vieille enfant espiègle. Mouthiers lui demanda de me dire simplement bonjour. « C'est un écrivain, lui dit-il. Soyez gentille avec lui, il vous enverra ses livres. » Elle releva les yeux sur moi, et son expression d'espièglerie s'accentua ou plutôt se mua en quelque chose de beaucoup plus direct : une méfiance moqueuse, sûre de soi. Tout le visage disait : « Vous ne me ferez pas tomber dans le panneau. » Et souriante elle reprit son travail, lèvres pincées, en me surveillant du coin de l'œil.

– Avez-vous une idée de ce qui se passe dans une telle cervelle ? demandai-je quand nous fûmes sortis. Pas une syllabe en vingt-quatre ans ! » Je frissonnai : « C'est vertigineux ! »

– Pas une idée, dit-il. Persécution peut-être, mais rien ne vérifie cette hypothèse. Dans les divagations des autres, voire dans leurs cris ou leurs violences, on peut parfois saisir le fil d'une piste. Mais ces femmes-là !

– Elles n'écrivent jamais non plus ?

– Jamais. Ni ne lisent. Quand je viens parfois leur lire moi-même une lettre, de la famille ou d'un ami, je ne sais jamais si elles écoutent. Elles continuent de travailler, les yeux baissés, avec cette expression que vous leur avez vue. Elles ne sourient même pas à la fin. Rien. Elles sont impénétrables.

Nous approchions d'un pavillon isolé dans les arbres. Un grillage assez fort l'entourait ainsi qu'une petite pelouse, comme autour d'un court de tennis. Un homme y marchait lentement de long en large. Je remarquai que deux jeunes garçons, assis sur l'escalier de pierre, surveillaient chacun de ses pas.

Quand nous longeâmes la grille, il s'arrêta, tourné dans notre direction. Il salua le docteur Mouthiers d'une légère et brusque inclination de tête. Le docteur ne répondit pas. Je notai d'un coup d'œil le front carré sous les cheveux en brosse, deux yeux d'acier, une petite moustache noire à peine piquée de poils blancs, la mâchoire proéminente, le cou trapu. Pas une seconde il ne jeta les yeux sur moi. Je revis le lion méprisant du zoo d'Anvers, allongé dans sa cage étroite, qui ne cessa pendant la demi-heure où je le contemplai de fixer le mur derrière moi, sans daigner m'accorder un regard, comme s'il n'y eût eu devant lui que le vide.

*

* *

Un faux pressentiment m'avait fait croire qu'à mon retour Pierre Cange m'attendrait chez moi. Je fus déçu, presque surpris, de trouver la maison vide. Les jours qui suivirent, je l'ai dit, furent éprouvants pour ma patience et mes nerfs. Et les coups de fil de Nicole, malgré leur retenue et sa fierté sans fêlure, n'aidaient guère à me garder l'esprit tranquille.

Que l'événement rarement réponde à l'attente, c'est un fait d'expérience banale. Cela ne nous empêche pas d'être pris à l'improviste. J'avais imaginé bien des choses, sauf d'être moi-même convoqué dans un cabinet d'avocat.

Le nom de maître L'Hanry m'était suffisamment connu pour me dispenser d'une enquête. De sa vie partagée entre le barreau et la politique, je savais ce que chacun sait. Trois jours ministre dans un gouvernement éphémère, il gardait de ce bref passage au pouvoir une ambition qu'il ne cachait pas. Ami et protégé de Léon Blum, il avait de celui-ci disait-on la droiture et l'intégrité, mais aussi les impulsions velléitaires mêlées d'une indulgence excessive.

Une courte lettre de lui me demandait de passer à son cabinet le lendemain à onze heures. *Précises* avait-il souligné d'un trait d'encre, et un renvoi en bas de page expliquait : *pour une confrontation*. Il avait ensuite barré le dernier mot qu'il avait remplacé par *entrevue*.

Cela me mit mal à l'aise. Non pas pour moi, on le devine. Mais je me mis à craindre, ce qui était bien naturel, que l'affaire Broussard ne fût pas restée aussi « confidentielle » que Nicole et ses amis l'avaient imprudemment prévu. Mon premier souci fut de retrouver qui Broussard avait choisi pour le défendre. Heureusement le non-lieu n'était pas très ancien. Je fouillai le vieux coffre où je jette en vrac journaux et hebdomadaires.

Je mis bientôt, dans l'un d'eux, la main sur le nom de Massy-Vergnoux. Tiens, bien sûr ! Les crapules s'entraident.

Pas de danger de ce côté-là. L'Hanry et Vergnoux se haïssent. Bon, je verrais bien le lendemain.

J'arrivai à l'heure et fus introduit aussitôt. L'Hanry souleva son corps un peu lourd, en souriant et en me tendant une main large et forte par-dessus l'énorme bureau encombré. Je vis une ombre se lever aussi d'un fauteuil, à contre-jour, et se détacher en silhouette contre la fenêtre ensoleillée. L'Hanry et moi échangeâmes quelques mots aimables, et je me tournai vers la silhouette. Je devinai que le visage souriait. Un pas vers moi en changea l'éclairage : je reconnus Pierre Cange.

Je fus moins surpris de le trouver là que de n'y avoir pas songé plus tôt. Non que je fusse informé de leurs relations – j'ignorais qu'ils se connussent. Mais parce qu'il me parut soudain lumineusement absurde d'avoir attendu qu'il vînt me voir directement.

Je n'eus pas le loisir d'analyser cette illumination. Je la sentais d'ailleurs trop complexe – les rapports de Pierre avec moi ; mes relations avec Nicole ; une prévention à la mesure de l'amitié ; l'appréhension d'un dialogue sans tiers ; que sais-je encore – mais ce poudroiement d'idées se dispersa sous les premiers mots de Pierre Cange. Il me tendit la main (celle qui n'était pas écrasée) et murmura :

– Pardonnez-moi ces fortifications.

Je pensai d'abord qu'il s'excusait de son exil breton, de cette barrière élevée entre lui et ses meilleurs amis. Puis l'idée me vint que la présence de maître L'Hanry était encore une barrière. Je m'aperçus alors que cette découverte me soulageait d'un très léger ressentiment.

– Je m'excuse, dit l'avocat, d'entrer sans circonlocution dans le vif du sujet. Mon temps est minuté : rançon abominable d'une vie trop pleine. Eh bien, dit-il en tournant vers moi un visage amusé, il paraît que notre ami Broussard a disparu ?

– Nous pouvons, intervint Pierre avec vivacité, faire à

maître L'Hanry toute confiance, vous n'en doutez pas.

– Assurément, dis-je en souriant. Disparu ? Cela dépend.

– Je m'excuse, répéta L'Hanry, de vous presser. Déblayons, déblayons. A-t-on besoin de moi ?

– Pardon ?

– Cette disparition ne met-elle personne en danger ?

Voilà : j'étais pris au piège. Ma première réaction fut l'humour : c'est chez moi, je suppose, une réaction saine dans toute situation inextricable. Mais la présence pathétique de Pierre Cange m'empêchait de me réfugier dans cet amusement stérile. Si je répondais : « Non, personne » – si ainsi je rassurais Pierre – c'était bonnement trahir Nicole. Si je répondais « oui » pour l'inquiéter, c'était reconnaître secourable l'intervention de L'Hanry, et celle-ci pouvait tout compromettre.

Je m'en tirai d'abord en arborant une expression de méditation muette. Je me frottais lentement de l'index le bord inférieur des lèvres, les yeux vagues posés sur L'Hanry. Je remarquai la forme bizarre de ses oreilles : étroites et longues, très ourlées, prolongées par un lobule épais et flasque d'une longueur incroyable, comme je n'en avais vu qu'aux mandarins de porcelaine. Il me sembla qu'on ne pouvait avoir de pareilles pendeloques sans constamment en ressentir une gêne physique. Comme s'il avait suivi ces pensées absurdes, l'avocat introduisit dans l'oreille droite le bout de son petit doigt, qu'il agita d'un air absorbé.

– Maître, prononçai-je enfin, je m'excuse à mon tour de ne pouvoir répondre avec la netteté convenable. Les crimes de Broussard vous sont connus – (« Certes », dit la paume levée de L'Hanry) – sa liberté est un scandale, les amis et les parents de ses victimes ne peuvent tolérer…

– J'en suis un, dit L'Hanry. Parent et ami d'un homme qu'il a fait mourir au bagne.

– Vous comprendrez d'autant mieux, repris-je, pourquoi je ne puis pas vous dire, ni vous demander – (je n'en sortirai pas, m'aperçus-je. Je patauge et pour cause)… Maître L'Hanry, énonçai-je en caressant d'un air embarrassé le bras de mon fauteuil, vous devinez évidemment de quoi il s'agit. La plupart des victimes appartenaient au secteur vendéen du réseau que Pierre Cange dirigeait ici. Je ne faisais point à proprement parler partie de ce réseau, mes activités se trouvant d'une autre nature ; nos relations étaient, si je puis dire, parallèles. Encore aujourd'hui, je suis bien plus un confident qu'un compère. Je sais qu'on est fort désireux de tout faire savoir à Pierre Cange, et celui-ci ne peut douter que sa présence enfin me plonge dans la joie. Il est possible qu'il désire à son tour vous mêler à l'affaire, et avec raison. Mais je ne me sens pas le droit d'en préjuger. Si cette réticence vous blesse, maître L'Hanry, j'en aurai un profond regret. Je ne puis toutefois faire autrement.

Allons, me dis-je, pas trop mal tourné. Et de plus, c'est parfaitement vrai. L'Hanry regarda Pierre Cange, caressa de sa large main un crâne un peu chauve.

– C'est raisonnable, c'est raisonnable, dit-il. Il souleva son grand corps. « Messieurs, ne nous embarrassons pas de vaines politesses. Je ne puis vous donner tort, dit-il en se tournant vers moi. Éclairez votre ami Pierre. Quoi que vous décidiez ensuite – dit-il à celui-ci – ma personne vous est acquise. »

Nous n'eûmes guère le loisir de nous attarder. Il nous poussa de son sourire vers la porte aussi résolument qu'il l'eût fait de ses bras. Les adieux, la poignée de main, la porte ouverte et refermée, tout cela fut fait sans hâte mais sans temps perdu. Nous traversâmes la sombre antichambre et nous trouvâmes enfin, Pierre et moi, un peu étourdis, en haut du vaste escalier rococo de la vieille maison silencieuse.

CHAPITRE V

Sur le quai, les arbres noirs arboraient la fraîche parure verte et tendre de leurs bourgeons éclatés. Le soleil, à travers les branches, tigrait la pierre grise et froide de jaspures frissonnantes. La Seine était lourde et verte. Par-dessus les façades blanches, de l'autre côté du pont, Saint-Gervais dressait sa tour attentive. Nous marchions sans parler. Pierre laissait glisser sa main ouverte sur le granit, dans une caresse sans fin.

Nous marchions. Je me rappelai une promenade, vingt ans plus tôt, dans les mêmes parages ; j'aimais une jeune fille, et elle m'aimait « bien ». Nous ne parlions pas, chacun attendant que l'autre ouvrît le feu d'une explication fatale, sûrement douloureuse. Ce fut moi – puisque je souffrais – qui enfin n'y tins plus et qui me décidai. Il me semblait donc aujourd'hui que je devais laisser à Pierre le soin de mesurer d'abord la force de son impatience. Je me faisais quelque idée de la torture qu'il subissait, mais je ne faiblis pas.

Nous franchîmes la passerelle de fer. Le plancher résonnait sous nos pieds. Un enfant courant se jeta dans les jambes de Pierre qui le remit sur sa route en souriant. Nous traversâmes silencieusement le jardin de Notre-Dame. Et Pierre enfin alla s'accouder sur le vieux mur couvert de lierre qui surplombe la Seine en son point le plus étroit. Nous regardâmes couler l'eau. Je ne dis rien.

– Vous m'en voulez beaucoup ?

La voix semblait venir du fond du fleuve. Pierre ne quittait pas des yeux la surface miroitante et ses circonvolutions sans fin. Nous étions l'un contre l'autre.

– Absurde, répondis-je. Mais de quoi parlez-vous ? Vous en vouloir pour quoi ?

Je sentis contre mon bras son haussement d'épaule.

– Pour tout cela. Tout ce dont l'amitié peut se plaindre.

– Ce ne serait pas l'amitié, protestai-je doucement.

Il se tourna vers moi, le visage éclairé.

– Vous n'êtes pas froissé ? Que j'aie voulu mettre L'Hanry entre nous, précisa-t-il. Je ne – » il dut reprendre sa respiration : « Je ne *pouvais* vraiment pas faire autrement. »

Je posai la main sur son avant-bras que j'étreignis une seconde. Il se mit à passer et repasser l'ongle du pouce sur la pierre.

– Je suis démoli jusqu'à l'os, dit-il sur le ton d'une constatation tranquille. Tout me fait mal. Naturellement, déclara-t-il comme si c'eût été chose évidente, c'est *vous* que je voulais voir, de toute urgence. Mais j'aurais pu rester huit jours sur le trottoir avant d'oser sonner à votre porte. Vous êtes l'homme qui m'a confessé, dit-il d'une voix sourde en manière d'explication. Et je ne veux pas... – il ferma son poing pour en donner un petit coup sur le granit – je ne veux pas l'oubli ! scanda-t-il en serrant les dents. Je ne le veux pas ! Je vous répugnerais, n'est-ce pas, si vous me voyiez oublier – où si je vous demandais d'oublier ?

Je ne dis rien. Il eut un petit rire.

– Il n'en est pas question, heureusement. La « chose » est là entre nous, solide comme cette pierre, dit-il en frappant de nouveau le parapet. Vous comprenez, quand j'ai voulu vous voir, que j'aie buté dessus.

Il me jeta de coin un coup d'œil rapide, qui me parut moqueur.

– L'Hanry, qui ne sait rien sur moi, c'était tellement plus facile... Je lui ai fait prendre en main cette rencontre avec vous : ensuite, dit-il en riant, je ne pouvais plus me défiler. La preuve…

J'eus le temps de me trouver très sot d'avoir, une fois de plus, tout compris à contresens. Ainsi, L'Hanry n'était pas une « fortification » : c'était une passerelle ! La seule hypothèse à laquelle je n'avais pas songé.

– Nous voici donc, disait Pierre, de nouveau face à face, avec la chose que nous connaissons… Que nous connaissons seuls, vous et moi… Qui nous divise ou qui nous lie ? Ou les deux ?

Il arracha une ramille de lierre, qu'il commença d'enrouler distraitement autour de ses doigts écrasés. J'aurais voulu l'en empêcher, tant les feuilles saines, sombres et luisantes rendaient la peau plus rouge encore et grivelée. Mais naturellement je n'osai pas.

– Cette ville est atroce, dit-il sans aucun accent d'amertume. Tellement belle et humaine ! Regardez : cette splendeur de pierre, derrière nous, ce jaillissement d'espoir et d'amour. Et ces maisons si calmes, en face, faites pour la famille et l'amitié – pour la chaleur de vivre au-dessus, au-dessous, à côté d'autres hommes !… Peut-on imaginer que moi, moi ici qui les regarde, accoudé sur ce parapet séculaire, moi vêtu comme ces passants et qui comme eux respire le souffle des rues tranquilles, que moi, un jour, j'ai mis – de ces deux mains-là…

« Incroyable », souffla-t-il d'une voix rauque. « Il arrive, savez-vous, que quelquefois… quelquefois je me demande vraiment… s'il est vraiment possible… que soit vraiment arrivé… Je ne veux pas ! répéta-t-il en frappant la pierre derechef. Pas guérir de cette façon-là ! Les hommes qui oublient leurs faiblesses me dégoûtent ! »

– J'ai peur, dis-je avec une tendresse navrée, que cela ne soit pas à craindre avec vous.

– N'en soyez pas si sûr, dit-il avec une ironie qui me fit souffrir pour lui. L'esprit est terriblement retors. Il bouscule la mémoire et entoure la conscience de chausse-trapes sans nombre. Et comme celle-ci ne demande qu'à y tomber…

Il considérait machinalement sa main enguirlandée de lierre. Il reprit lentement :

– J'avais cru tout régler en choisissant la mer et la pêche. On ne peut à la fois être homme et ne pas l'être : pas de milieu – à moins d'être un salaud. Je n'étais plus un homme à mes propres yeux. Alors, quoi être ? Quoi faire de soi ? Quand Jean-Jacques m'eut crié : « Fais-toi moine ! » tout s'était éclairé d'un mot : la contemplation. Redevenir une bête, une chose, un morceau de nature. Pêcher comme le tigre chasse. Cela a sa noblesse. Bon. Mais un jour…

Il s'appuya des paumes sur la pierre, se redressa un peu.

– J'ai fait les campagnes d'automne et d'hiver sur un petit harenguier, *Les Sept Sœurs*. Vous vous rappelez sans doute cette tempête en septembre, à l'équinoxe. Vous n'étiez plus en Bretagne mais l'écho vous en est parvenu peut-être. Nombre de sardiniers et de thoniers se sont perdus. Moi, dans la nuit de ce dimanche-là, je dormais dans mon lit. Mal. Je savais que malgré le temps *Les Sept Sœurs* était sorti la veille au soir, pour profiter de la présence d'un banc qu'on signalait bloqué dans la passe, et propre à donner une foutue bonne pêche. J'avais failli partir à son bord bien que ce fût mon jour de congé, mais la mère Laouëdec s'était mise en colère vu que je n'étais guère costaud encore sur mes guibolles. Grâce à quoi je me trouvais au chaud, et ma foi assez lâchement content d'y être. Mais, vers la fin de la nuit, on a cogné à notre porte. A celle des voisins, aussi. On criait. On a vite compris que c'était à cause des *Sept Sœurs,* en difficulté à l'entrée du port ; et qu'on avait besoin de tous les hommes valides pour le canot de sauvetage. Je passai donc en vitesse mon chandail, mes bottes, mon ciré. Trois minutes plus tard je courais dans les rues de Cronon, avec Laouëdec sur mes chausses. La jetée était noire de monde dans la pâleur d'une aube brouillasseuse. Des femmes surtout, et des vieux. Ils ont poussé à mon passage des cris chaleureux, j'ai reçu des claques dans le dos, et des sourires dans le visage. Et alors subitement j'ai pensé – perçu soudain que je n'étais plus du tout en train d'agir en chose, en bête, en morceau de nature, mais de nouveau et malgré moi en homme... Je courais et j'ai continué. Pas pu m'arrêter, naturellement. Et j'étais heureux peut-être, mais tout autant furieux, piteux, honteux, comme un évadé qui, au matin, s'aperçoit qu'il s'est trompé de mur, qu'il a sauté dans une cour au beau milieu de la prison... Et quand, un instant plus tard...

– Ça suffit, vermine !

J'eus le temps, avant de me retourner moi-même, de voir Pierre Cange se jeter loin du mur comme si celui-ci eût été brûlant. Il était blanc comme un linge. Il fit un pas. Ses lèvres se tordirent :

– Qu'est-ce que...

Près de moi, un vieux pêcheur à la ligne décrochait du hameçon un poisson mordoré. Il nous sourit, cligna de l'œil.

– Y a pas plus vermine que la brême. Ça ne vaut pas tripette sur la table, et le temps de dire ouf ça vous siffle le ver de l'hameçon ! » Il l'assomma sur le bord de la murette et avec une moue méprisante le mit dans son banneton.

Pierre Cange semblait pétrifié. Il jeta sur moi un regard embué d'une humiliation incroyable. Un flot de sang lui monta au visage, et avant que j'eusse le temps de dire un mot, il s'était retourné tout d'une pièce et filait sur ses longues jambes maigres dans la première direction venue.

Je n'hésitai pas longtemps. Je compris sans la possibilité d'un doute que si je le laissais échapper c'en était fini une fois encore. Trop d'orgueil : infernale faiblesse. Jamais il ne trouverait en lui-même la force de braver mon regard après ce pataquès absurde, tragique, horriblement ridicule. Je me lançai sur ses talons.

Il traversa le jardin ; le quai ; s'engagea sur la passerelle de fer, où enfin je le rejoignis. Dès que je fus auprès de lui, il reprit une allure normale. Il enfonça profondément les mains dans ses poches, leva un peu le visage comme pour considérer le ciel par-dessus les toits.

– Je me conduis comme un enfant, grommela-t-il. Je m'en rends compte, vous savez. » Nous fîmes quelques pas en silence, puis il dit : « Un enfant livré aux bêtes. »

Au bout du pont, il s'arrêta. Il regarda d'un côté puis de l'autre comme s'il ne savait où aller. Je le pris par le bras et nous rebroussâmes chemin. Je cherchais des yeux, dans le jardin, un coin tranquille. Mais il m'entraîna inconsciemment vers les groupes d'enfants, jouant au milieu de la poussière, là où ils faisaient le plus de bruit. Comme s'il eût espéré y trouver refuge – contre moi, ou contre ses pensées ? Nous nous assîmes sur un banc à l'ombre de Notre-Dame.

CHAPITRE VI

Nous restâmes longtemps sans parler. Silence supportable : les cris, les rires des enfants le meublaient et aussi les bavardages sans queue ni tête des gens autour de nous. Un homme, merveilleusement chauve, pérorait devant une assistance médusée de dames tricotantes. Assis dans son fauteuil de fer, les jambes écartées, il parlait avec cette assurance tranquille que donne l'expérience de toute une vie, soulignant ses paroles du battement solennel d'un melon un peu râpé. Il portait un gilet suranné, étrangement semé de fleurettes blanches. « Madame, disait-il avec un accent un peu méridional qu'avait dû corriger un long séjour parisien, Madame, pas d'illusion ! Des guerres, il y en aura toujours. Question de races. Jamais les Slaves n'aimeront les Germains, les Anglo-Saxons les Latins. Ils se battront toujours. » Son visage, d'une maigreur qui parvenait à être adipeuse, remuait dans un col cravaté de noir. Il abaissa d'un geste sec son index ganté d'un pécari grisâtre. « C'est comme un chien griffon : s'il rencontre un basset, ils se battent. La race, répétait-il, la race, Madame. Le reste est foutaise. »

Voilà donc, pensai-je, tout ce qu'il a compris… Combien de morts, combien de millions de morts faudra-t-il…

– La question, en somme, est celle-ci, prononça Pierre tout à coup : est-ce un homme ? Est-il plus homme que moi ?

– Qui ? demandai-je. Le type au gilet ?

– Oui. Ce n'est pas la première fois que je me pose

cette question-là, mentionna-t-il avec un soupir comme de lassitude. Parfois il me semble que si un jour… un jour je parvenais à me répondre… Qui mieux que moi sait bien, sait tout à fait, hélas, que l'homme et l'espèce humaine ne sont pas synonymes… L'homme zoologique, je veux dire. C'est ce qui est terrible. Un singe est un singe, un bœuf est un bœuf et un chat un chat – un être humain n'est pas un homme forcément. Pas du tout. Voilà toute l'histoire.

Ces mots jetèrent pour moi un embryon de lumière sur l'obscure signification du récit que la malheureuse interjection du vieux pêcheur avait si stupidement interrompu. Je revis Pierre en bottes et ciré – comme si je l'avais vu – courant dans la tempête sous les encouragements et la chaude affection humaine des habitants de Cronon… A la fois heureux et dépité d'agir « en homme », disait-il… Pourquoi dépité ? Pourquoi, selon ses propres paroles, « furieux, piteux, honteux » ? Comme un évadé, disait-il, qui au matin s'aperçoit qu'il est toujours dans sa prison… Quelle prison ? Qu'appelait-il ainsi ? Piteux, si j'avais bien compris, de se retrouver « homme »… Étrange et folle contradiction pour qui savait que sa tragique phobie était, par un acte innommable, d'en avoir justement perdu la qualité…

J'avais pensé tout haut, en m'adressant à lui, avec cette brutale franchise dont je sentais confusément qu'elle convenait à son mal. Il m'avait écouté en regardant droit devant lui, le buste rejeté en arrière, appuyé sur le dossier crevassé du banc un peu crasseux. Quand j'en eus fini avec mes questions, Pierre eut un vague sourire et il ferma les yeux.

– Je me demande si je pourrai vous le faire comprendre, soupira-t-il enfin. Est-ce une expérience transmissible ? Oh ! s'écria-t-il avec une ardeur passionnée, pourtant il le faudrait, il faudrait qu'au moins elle permette à d'autres de déchiffrer… la signification incroyable… la formidable et diabolique tentative dont le monde des hommes a été l'objet. Et il ne le sait pas !

dit-il avec une sorte d'impatience véhémente. L'avions-nous – l'avais-je moi-même clairement comprise ou devinée du temps qu'elle s'exerçait contre nous ? Peut-être pas, peut-être qu'il a fallu le recul... et la méditation... En tout cas le monde des hommes ne sait pas, encore maintenant, le danger qu'il a couru ! Il ne l'imagine même pas et par conséquent la menace subsiste – elle subsiste et ce n'est pas, lança-t-il d'une voix que cette impatience rendait rauque et rapide – et il se pencha vers moi et il me saisit le genou qu'il serra dans son poing – ce n'est pas une menace simplement politique, ou sociale, religieuse ou ce que vous voudrez, il ne s'agit pas de liberté, de justice, de foi, de droit des gens, de démocratie ou de quoi que ce soit de semblable, il s'agit, cria-t-il, de l'espèce ! De-l'es-pè-ce ! répéta-t-il en martelant les syllabes comme pour les faire entrer de force dans ma tête. Il s'agit de l'homme en tant qu'espèce ! répéta-t-il encore. En tant que... en tant qu'il est... en tant que d'être un homme est une chose une et indivisible ! » Il me serrait toujours le genou et me regardait au visage, guettant à mon expression un signe au moins de compréhension. Le lui donnai-je ? Il me lâcha et s'adossa de nouveau sur le dossier crasseux. « Nos tortionnaires ont échoué, dit-il en reprenant son calme. Ils ne voulaient pas que nous fussions de la même espèce qu'eux, ils ont voulu mettre en cause cette unité. Ils n'ont pas pu. Mais d'autres essaieront ! cria-t-il. Le monde est plein de ces hommes qui n'acceptent pas l'unité de l'espèce, qui veulent que d'autres hommes soient autre chose qu'eux. Ils essaieront ! répéta-t-il. Ils tenteront encore sous leur mépris et leurs coups, ou la force de leur argent, ou celle de la misère, du chômage, ou bien celle de la peur, de cette immense peur des hommes qu'il est si facile de manier – et si tentant – ils essaieront encore de les faire devenir bêtes ou plantes... Est-ce que vous comprenez ? » demanda-t-il avec une inquiétude pathétique.

– Je crois, dis-je. Enfin, j'espère. Je crois que j'avais compris tout de suite. Dès le jour de votre récit.

– Mais les autres ? Les peuples, les millions d'hommes qui ne savent pas, parce qu'ils n'y songent pas, parce qu'ils nous prennent pour des gens seulement qui ont eu du malheur, un énorme malheur, c'est tout ! Ce général qui nous disait, après sa visite du camp : « Poor beggars, what they've gone through… » en hochant la tête et mâchant son chewing-gum. Et il semblait vraiment et sincèrement plein d'horreur et de sympathie. Mais pas plus. Horreur et sympathie, pas plus. Nous voyions bien qu'il ne comprenait rien. Et nous nous sentions frustrés, vidés, abandonnés, désespérés, et il y a peut-être des copains qui sont morts, après, qui se sont laissés mourir, seulement à cause de ça…

Il me sembla voir son nez s'amincir, ses joues se creuser. Il reprit :

– … parce que… cette incompréhension… elle nous privait de notre seule raison de vivre encore, de notre seule justification d'avoir jour après jour survécu à tant d'abomination.. d'y avoir survécu et donc, comprenez-vous, de l'avoir acceptée de quelque manière… Des témoins égorgés, témoins de la plus monstrueuse tentative perpétrée contre l'espèce humaine, si nous n'étions même plus cela, qu'est-ce que nous étions ? Si je ne suis même pas cela, qu'est-ce que je suis ? Un survivant de la Méduse ? Qui a sauvé sa misérable vie de plantigrade parce qu'il n'a pas craint, lui, pour la sauver, de flanquer dans le feu…

Il ferma les yeux en secouant la tête, les rouvrit sur les miens, sembla me soupeser :

– Non, murmura-t-il, comment vous aurais-je fait comprendre… la signification profonde… de ce désir qui m'a pris de me sentir chose, bête, morceau de nature… A première vue sans doute c'était une façon de me faire trappiste, oui… un trappiste intégral, coupé non seulement de la société humaine dont il ne veut plus être, mais de l'humanité même, dont il ne *peut* plus être… seule issue qui m'était laissée pour continuer de vivre sans cet irrémédiable sentiment d'ignominie. Mais ensuite…

Une ombre, depuis déjà quelque temps près de nous aimantait mon regard. C'était celle d'un homme de dos, appuyé contre le tronc d'un marronnier. Une omoplate s'y écrasait, l'autre saillissait sous un tissu de serge noire – le tissu un peu râpé d'une soutane. Il paraissait regarder jouer les enfants, mais la tête, légèrement tournée vers nous, était immobile et semblait attentive... Écoutait-il ?

– Ensuite, disait Pierre, j'ai compris moi-même autre chose. Compris que je cherchais aussi autre chose. Une limite. *La* limite. Cette limite entre la bête et l'homme que je n'avais pas franchie puisqu'elle n'est pas franchissable. Celle qui par conséquent vouait d'avance à l'échec cette tentation de fuite et cette tentative. Et alors, quand, à Cronon, cette nuit-là, je me suis retrouvé de plain-pied parmi les hommes – toujours parmi ceux, toujours pareil à ceux auprès de qui je ne suis plus digne de figurer – quand tout le faux-semblant où je vivais depuis deux mois m'est crûment apparu, quand j'ai compris dans un éclair que je ne pouvais pas, fût-ce pour un jour, fût-ce pour un moment, que je ne pourrais jamais m'absenter de ma condition d'homme, – ma *condition,* comprenez-vous bien, non pas ma *qualité,* et c'est cela qui est terrible ; quand justement il m'a fallu comprendre que j'avais perdu cette qualité sans pouvoir jamais rejeter cette condition – alors, oui, j'ai été malheureux, honteux, dépité, une fois encore au désespoir...

Et comme si en effet le désespoir soudain le reprenait, il plia le buste en avant, les coudes sur les genoux, les tempes dans les mains, regardant entre ses pieds le sable gris, où un ancien pâté achevait sa vie éphémère.

– Que peut-on faire ? murmurait-il. Que peuvent être des gens comme moi ? Témoins ? Le monde nous récuse, nous refuse ou nous oublie. Que tenter encore ? Nous ne sommes plus *rien.*

L'abbé ne s'appuyait plus sur son arbre. Il s'était approché de nous sans que je le visse venir. Il regardait Pierre. Je vis qu'il était grand, jeune encore, mince, et beau. Une cicatrice courait de la racine du nez au menton, et donnait à la commissure des lèvres une expression de pitié soucieuse. Il dit :

– Vous êtes le Christ.

Pierre leva la tête.

– Vous avez rassemblé sur vous seuls les péchés du monde, dit l'abbé. On vous a trahis et livrés, on vous a enfoncé la couronne d'épines, on vous a préféré Barabbas, on vous a craché au visage, on vous a battus de verges, on vous a fait boire le vinaigre. On vous a fait porter jour après jour le gibet écrasant, on vous y a ignoblement cloués au milieu des larrons, et Dieu vous a abandonnés... Et aux pieds de vos millions de croix il n'y avait pas ceux et celles qui vous aimaient, personne ne vous a essuyé la sueur du visage, personne n'a répandu sur vos pieds sa chevelure, on n'a pas rendu votre corps à Marie mais on a massacré celle-ci avec vous... Jésus assumait les maux et les péchés d'un monde malheureux, vous avez assumé ceux d'un monde atroce. Ce monde malheureux n'a pas su reconnaître aussitôt Jésus, il n'a pas su aussitôt qu'Il était sa Conscience souffrante ; et ce monde atroce ne veut pas encore vous reconnaître, reconnaître en vous son ignominie. Mais le jour où les peuples auront compris QUI vous étiez, ils mordront la terre de chagrin et de remords, ils l'arroseront de leurs larmes, et ils vous élèveront des temples.

Il souleva son vaste chapeau rond, inclina légèrement la tête, et s'éloigna sans hâte parmi les arbres.

*

* *

Comme s'il leur en eût donné le signal, les enfants cessèrent de jouer, leurs cris se turent peu à peu, les gens l'un après l'autre quittèrent le jardin sous le soleil de midi… Pierre, sur son banc, ne bougeait pas. Il gardait les yeux fixés sur ses genoux, où reposait sa main écrabouillée. Je n'osais pas briser un silence où, peut-être, les paroles de l'abbé continuaient-elles de retentir en résonnements sourds. Je vis enfin les doigts informes se replier et se rouvrir. Pierre leva la tête. Était-ce une illusion ? Mais je crus retrouver sur son visage une expression perdue depuis longtemps. Il me regarda et sourit.

– Allons-nous chez vous ? proposa-t-il.

Nous nous levâmes. Un taxi filait le long du quai (ils venaient de reparaître dans les rues parisiennes, ils étaient souvent libres car on les trouvait chers). Je lui fis signe. Pierre le regarda s'arrêter devant nous, avec une surprise visible. Je le poussai dedans. Il s'y assit, se carra sur le siège avec volupté, allongea ses jambes, et ne put s'empêcher de rire.

CHAPITRE VII

Maintenant il marchait de long en large à m'en donner mal au cœur. Les questions partaient à l'improviste, et moi je m'attachais, du fond de mon fauteuil, à y répondre de la façon la plus ambiguë possible. Il s'énervait, et parfois il jetait sur moi un regard plein d'une suspicion furieuse. Du moins, pensais-je, en ce moment il ne songe pas à lui-même.

– Mais enfin ! criait-il. Les crimes de Broussard sont patents ! S'il nous était tombé entre les pattes il y a seulement dix-huit mois, nous l'aurions fusillé sur simple vérification d'identité.

– C'est probable, reconnus-je.

– Tudieu, alors, qu'on le descende ! Cette séquestration est absurde !

– Qui voulez-vous qui le descende ? dis-je avec innocence. Nicole ?

Pendant un temps très court, cette question parut le laisser interdit. Il se remit en marche en maugréant d'un ton exaspéré : « Nicole !… Nicole !… » Il me fit face.

– Bon sang, proféra-t-il entre ses dents, ils ne sont pas tous morts, dans le réseau. Nicole ! En voilà une idée ! Pourquoi voudriez-vous…

– Mais sans elle, mon cher, Broussard se pavanerait encore dans les rues de Saint-L*** !

– Comment, sans elle !

J'entrai dans les explications avec une prudence de Sioux. Juste assez pour le ferrer comme une truite.

– C'est elle qui a tout mis en branle ? s'écria-t-il.

Qu'est-il donc arrivé à ce réseau ! Sont-ils tous devenus des couards ?

– Ils préfèrent peut-être la mer et la pêche, dis-je d'une voix suave.

Je pus me demander trois secondes quelle pièce du mobilier il allait mettre en miettes. Il se contenta de jeter sourdement : « Salaud. » Je lui répondis par un bon sourire.

Il se balança un peu sur ses jambes, le visage rouge. Ses lèvres tremblèrent.

– Votre cruauté est inadmissible, chuchota-t-il.

Je haussai les épaules :

– N'appelez donc pas des couards des gens que vous avez abandonnés, prononçai-je.

– Mais Saturnin m'avait succédé ! protesta-t-il.

– Mais vous êtes revenu.

– Non ! cria-t-il, je ne suis pas revenu ! Mes loques sont revenues, pas moi !

– Alors, conclus-je, ne vous étonnez pas que Nicole vous remplace.

Subitement il saisit une chaise par le dossier, la planta devant moi et s'assit.

– Écoutez, dit-il en retenant sa voix. Vous savez bien que ce n'est pas l'affaire d'une femme.

Je fis un geste évasif.

– C'est une sale besogne, plaida-t-il. S'il faut la faire, qu'on la fasse. Mais pas Nicole. Pas une jeune fille !

– C'est assez mon avis, en effet. Eh bien, faites-le-lui comprendre.

– A qui ?

– A Nicole.

Il se mit nerveusement sur ses jambes, repartit à déambuler.

– Je ne veux pas la rencontrer, dit-il fiévreusement. Je ne peux pas. » Il me regarda d'un air suppliant : « Vous savez bien pourquoi. » Il me tourna le dos.

– Eh bien, dis-je tranquillement, dans ce cas, tout me paraît très simple : retournez à la pêche. » Je voulais le mettre en colère, et en effet il se retourna tout d'une pièce. Mais, à ma grande surprise, il fut secoué d'une sorte de rire.

– Vous allez un peu fort… » dit-il sur un ton de protestation mi-plaisante, mi-excédée, et je me sentis inquiet. Je craignis d'avoir découvert mon jeu. Mais il ajouta avec naturel : « Parlons sérieusement. Pourquoi Saturnin, par exemple, n'a-t-il pas pris la chose en main ? »

– Il le pouvait moins que personne.

– Comment ! Pourquoi cela ?

– Vous le lui demanderez.

– J'ai assez de ces cachotteries ! explosa-t-il. Mais qu'est-ce que vous me voulez donc tous ? Vous ne pouvez pas me laisser tranquille ? Au moins parlez-moi clairement, que j'y comprenne quelque chose !

– Que voulez-vous comprendre de plus ? tonnai-je à mon tour. Broussard, après un non-lieu scandaleux, a été remis en liberté. Le réseau, qu'il a criminellement aidé la Gestapo à décimer, s'en est justement ému. Mais il fallait quelqu'un pour nouer et guider cette colère en vue d'une action positive. Saturnin ne le pouvait pas, et vous étiez à la pêche. Il fallait donc bien que Nicole…

– Il fallait, il fallait ! commença-t-il, avec une violence qu'il abandonna de façon très subite. Il secoua les épaules : « Ce qui est fait est fait », reconnut-il avec une placidité imprévue. Il se mit du bout du pied à jouer avec le coin d'un tapis, tête basse. Il médita ainsi un temps assez long. « Et vous estimez naturellement, articula-t-il enfin en me glissant un regard de coin, que j'aurais dû… que je devrais… » Il leva son visage : « C'était pour me coincer, n'est-ce pas ? »

Je fus assurément interloqué, mais bien plus encore réjoui et soulagé. Énormément soulagé. Je n'aimais guère le côté piège de ce canular tragique. Certes, j'avais souhaité de tout cœur que Pierre y tombât, mais c'était faute de mieux, et non sans éprouver quelque sentiment d'humiliation – pour lui que nous abusions, pour nous qui lui tendions la vie d'un homme comme appât, cet homme fût-il mille fois assassin. J'étais heureux et soulagé que son caractère eût su aiguiser et guider sa clairvoyance, et que tout désormais se fît dans la lumière.

Je m'attendais maintenant à devoir mener le combat rudement. Je m'y préparai intérieurement, rassemblai en silence toute mon énergie. Je fus confondu une fois de plus. Il avait joui visiblement de ma surprise, son visage s'était égayé s'il continuait de porter les marques d'une incertitude pathétique.

– Quand partons-nous ? dit-il sur le ton d'un homme qui cède à une insistance importune.

Cette proposition inopinée, qui allégeait d'un coup mes nerfs tendus pour la lutte, me fit presque envoler de mon siège : je me sentis aussi vide qu'une baudruche. Et je restai sans voix.

Pierre sourit. C'était un sourire encore accablé, mais quand même un sourire. Il soupira.

– Télégraphiez au docteur Mouthiers, dit-il. Et prévenez que nous arrivons.

*
* *

– Et moi ? demanda Nicole à l'appareil.

– Venez si vous voulez, lui dis-je. Mais…

– Oh ! dit-elle, venir ? Non, non, je ne proposais pas cela. Non, non, répéta-t-elle avec une vivacité inquiète. Ni pour lui ni pour moi ce ne serait… Il y a longtemps que je patiente, murmura-t-elle, je puis bien être assez forte pour patienter encore.

Il y eut dans l'écouteur un de ces silences qui ressemblent

– pour moi qui hais cet appareil – à un trou noir.

– Je voulais dire… reprit la voix de Nicole.… Dois-je faire quelque chose ? Puis-je encore être utile ? Je l'ai fait revenir, c'est déjà merveilleux… Il ne repartira pas ? s'écria-t-elle. Il est bien accroché ?

– On peut le croire, dis-je honnêtement. Vous n'avez pas à craindre en tout cas qu'il retourne à la pêche… J'espère avoir rendu pour lui ce mot-là odieux ; et vraisemblablement, par conséquent, la chose… Ma foi, repris-je, écoutez : actuellement, pour vous, je pense qu'il vaut mieux attendre. A moins – oui, peut-être après tout, précédez-nous, faites-vous donner l'hospitalité à Saint-L*** par l'un ou par l'autre, Saturnin ou même, si ce n'est pas trop risqué, par le docteur… Vous seriez ainsi à portée… Mais ne sera-ce pas un peu excessif pour vos nerfs ?

– Mes pauvres nerfs en ont vu d'autres, dit-elle. C'est plutôt qu'il me serait odieux de me cacher. Écoutez, je verrai, dit-elle. Je ne sais pas encore… Vous partez demain matin ? (J'acquiesçai.) – J'ai donc jusqu'à onze heures ce soir pour décider, le train de nuit est à – je crois – quarante-deux… Vous verrez bien. Au revoir, conclut-elle. Bon voyage… Prenez bien soin de lui », dit-elle avec une si chaude tendresse que j'eus le cœur remué. Et je crus entendre sa voix, à lui, sa plainte, son effroi : « Un enfant livré aux bêtes »…

CHAPITRE VIII

J'avais sans doute espéré plus qu'il n'était raisonnable d'attendre. Je crains d'avoir pensé que de mener Pierre à Saint-L***, de le réintégrer parmi les hommes de son ancien réseau, à l'heure d'une lourde responsabilité à prendre, c'était là le pas essentiel.

Peut-être l'était-ce, après tout. Mais non pas suffisant, loin de là. La guérison d'un esprit malade ne va pas si simplement.

Nous parvînmes à Saint-L*** au milieu de la nuit. La destruction des voies et des ponts rendait encore à cette époque les transports irréguliers. Nous avions changé de train à Poitiers. Je me rappelai, dans les ruines de la gare, ce que m'avait dit le docteur.

– Vous connaissiez Broussard le fils ? demandai-je à Pierre.

– Très peu, à peine, dit-il. Saturnin me l'a présenté un soir. Le garçon avait paraît-il quelque velléité d'entrer dans le réseau. Cela n'a pas eu de suite. Je crains qu'il n'appelât scrupules ce qui était lâcheté foncière.

– Vous savez qu'il est mort ? Ici même ? Dans le bombardement de la gare ?

– Pauvre type, dit Pierre. Il aurait pu mourir plus utilement.

La micheline nous trimbala jusqu'à Saint-L***, à travers la nuit, dans une horrible odeur de mazout. La voiture de l'hospice nous attendait. Une heure plus tard nous étions couchés dans nos chambres, sans avoir rencontré personne.

*
* *

On nous laissa dormir tard. Je fus prévenu à neuf heures que l'on nous attendait à onze dans le bureau du docteur. A moins vingt, je frappai chez Pierre et j'entrai. Je vis tout de suite que quelque chose n'allait pas.

La valise était sur le lit, entrouverte. Je ne sus s'il était en train de la défaire ou la refaire. Pierre était au milieu de la chambre, les bras chargés d'objets de toilette. Il alla les poser (ou les reposer ?) sur la tablette, et me fit face, la tête un peu baissée, les yeux noirs. Je fis semblant de ne m'apercevoir de rien.

– Êtes-vous prêt ? demandai-je. On nous attend.

– C'est une erreur, dit-il.

– Pardon ?

– Ma présence ici est une erreur, précisa-t-il d'une voix rapide et basse. Pour tout le monde. Pour eux et pour moi.

– Il est peut-être un peu tard pour vous en aviser – commençai-je sans beaucoup d'espoir, et en effet il trancha court.

– Ne vous fatiguez pas. Je m'en vais. Vous expliquerez aux autres…

– Je ne leur expliquerai rien du tout, coupai-je à mon tour. Prenez au moins la responsabilité de vos enfantillages.

– Exquise remarque », railla-t-il tandis que ses mains cherchaient, avec une nervosité panique, les poches de sa veste pour s'y fourrer. « Et combien juste ! Combien congrue à l'objet. Il ne s'agit pas plus, après tout, que de condamner un homme à mort. Jeu d'enfant, jeu d'enfant », dit-il en ressortant sa main valide dont il fit claquer les doigts avec une négligence affectée.

– C'est bien ce que je dis : que les grandes personnes

s'en chargent. Eh bien, bonne pêche ! lançai-je excédé et c'est animé d'une vraie colère que je me retournai vers la sortie.

– Pas si vite ! » cria-t-il, et il bondit sur la porte qu'il atteignit avant moi. Il la ferma d'un tour de clé. « Non, non, répéta-t-il plus calmement, pas si vite. » Il saisit un fauteuil qu'il fit pivoter et m'intima : « Asseyez-vous. » Je me demandai ce que je devais faire. J'optai pour le plus facile : je m'assis.

Il fit alors la dernière chose à laquelle je m'attendais. Il s'assit lui-même à la vieille table noire, un peu écaillée, qui servait de bureau à la petite chambre. Il prit du papier dans le tiroir, tira son stylo et commença d'écrire.

– Que faites-vous ? m'écriai-je. Vous vous fichez de moi ?

– Je donne mes ordres, dit-il.

Cette fois, je bondis sur mes pieds.

– Vos ordres ! A qui donnez-vous des ordres ? Qui donc croyez-vous prêt à les recevoir ?

Pierre posa son stylo sans hâte et se tourna vers moi.

– Il faudrait s'entendre, dit-il. En qualité de quoi m'avez-vous amené ici ?

– Plaît-il ?

– Je suis toujours, ou bien j'ai cessé d'être, le chef de ce réseau. Si je ne le suis plus, qu'on me laisse tranquille. Si l'on s'adresse à moi, c'est qu'on me considère encore comme à sa tête – et je donne mes ordres.

– Est-il vraiment possible, murmurai-je, que vous en soyez là... Après tout, les deux sans doute vont ensemble.

– Les deux ?

– Désespoir infernal et infernal orgueil... le désert de l'âme avec l'autocratie. Mais en effet c'est naturel. Le mépris de soi-même appelle fatalement le mépris d'autrui. – Ainsi donc, vos ordres !... Pourquoi me retenez-vous ici ? Sans doute afin de me faire l'honneur de me désigner pour les transmettre ? Votre planton, en somme ?

– Cessez de faire l'idiot, dit Pierre. Je ne comprends rien à votre histoire. Premièrement : le réseau existe-t-il encore, oui ou non ?

– Oui on non ? Bien sûr que non.

Pierre resta bouche bée.

– D'où sortez-vous ? dis-je sans douceur. Bons dieux, avez-vous si bien bouché vos yeux et vos oreilles ? Un réseau ? Et pourquoi faire ? Nous ne sommes plus en guerre. Il y a plus d'un an qu'elle est finie sur tous les fronts.

– Mais…

– Il reste les hommes du réseau – ceux qui ne sont pas morts. Médecin, journaliste, boulanger, ou libraire, ou maître d'école, qui font leur métier de leur mieux dans la paix revenue et n'ont plus d'ordre à recevoir de vous.

– Alors, bon sang de bonsoir, qu'est-ce que diable…

– Le non-lieu de Broussard les a émus et indignés, chacun séparément. Nicole a renoué les fils. Ils vous attendent, ils ne feront rien sans vous, ils ont besoin de vos conseils, de votre autorité morale. Mais ils n'ont que faire de vos ordres, espèce de… satrape ! Je vais, mon petit vieux, vous dire une bonne chose. J'ignore quels « ordres » vous alliez leur donner, si peut-être j'en ai quelque idée. « Qu'on le tue » ou « qu'on le relâche » ou « que le réseau désigne trois membres en tribunal » ou même « qu'on tire au sort ». Mais quel que soit cet « ordre », n'espérez pas me faire croire qu'il eût été le fait d'un homme responsable. Nous ne sommes plus au temps des bouts de papier secrètement transmis. Ce qu'il y a, mon vieux, c'est que vous avez foutrement peur de vous trouver face à face avec vos camarades, voilà ce qu'il y a. Et de discuter ferme avec eux. De soutenir votre idée et de la leur imposer s'il y a lieu par votre empire. Au prix de cette peur, la sale petite vie d'un Broussard ne pèse pas lourd à vos yeux. Il est diantrement plus soulageant d'en disposer d'un trait de plume et ni vu ni connu de retourner dare-dare à la pêche, que de mettre soi-même dans la gueule d'un four…

Je m'interrompis, supposant qu'il allait se retourner et me sauter à la gorge. Il n'en fit rien. Il restait de dos, sur sa chaise, la tête inclinée tirant un peu sur sa pauvre nuque creuse. Mais cette attaque m'avait épuisé moi-même. La cruauté me rompt les nerfs. Il y eut un silence assez long, assez embarrassant, pendant lequel je ne sus que faire.

Et puis Pierre se mit sur ses jambes, et commença de traverser la chambre. Quand il fut à ma hauteur, il dit – sans me regarder : « Descendons », et il alla ouvrir la porte.

Il s'était jeté dans l'escalier comme on plonge dans l'eau froide. Mais à mesure que nous descendions, sa marche se faisait plus hésitante, de sorte que sur le palier je le dépassai sans vergogne, c'est moi qui frappai au bureau du docteur, et moi encore, dès qu'on eut répondu, qui ouvris la lourde porte, matelassée de molesquine.

Un bourdonnement de conversations nous frappa au visage, aussitôt suivi d'un brusque silence, si total et subit qu'il en prenait une consistance presque palpable. Il sembla que Pierre s'y fût heurté comme à quelque invisible muraille. Il s'arrêta net, et je vis passer dans son regard une lueur d'effroi incroyable. Ses lèvres devinrent couleur de craie. Ses épaules remontèrent un peu, et dans une sorte de trébuchement aveugle il passa devant moi d'un trait, comme si quelqu'un l'eût jeté en avant d'une bourrade brutale entre les omoplates. Il fit ainsi cinq ou six pas précipités, franchit la porte que je tenais ouverte, pour s'enfoncer dans le silence et s'immobiliser au seuil de la pièce, comme un navire pris dans les glaces. J'y pénétrai sur ses talons et fermai la porte derrière moi.

Il y eut presque aussitôt un cri.

– Cornélius !

C'était Saturnin qui l'appelait par son surnom de

guerre. Le cri fut suivi d'un « Ah !… » général, de joie, de chaleur, d'affection. Saturnin se précipita. Derrière lui, trois autres gars s'étaient levés et s'avançaient aussi, le visage rieur et ouvert. Saturnin ouvrait grand les bras. Je vis bien que c'était là le prélude à une accolade, et je commençai de trembler.

Pierre en effet recula d'un pas ou deux sur la porte, sa main valide serrée contre la molesquine, derrière ses reins, l'autre tendue un peu en avant, dans un geste de protection craintive.

– Non – non – dit-il avec une vivacité abrupte. Je vous en prie – non…

Saturnin s'arrêta court, les bras encore ouverts sur le vide, tandis que tous ses traits se figeaient dans une déception stupéfaite. Mouthiers s'était à demi soulevé derrière son bureau couvert d'un feutre vert tout râpé, taché d'encre, troué de brûlures de cigarettes, mais sur lequel des dossiers s'empilaient dans un ordre irréprochable. Il considérait Pierre à travers ses lunettes oblongues, sans sourire mais sans gravité, dans l'attitude tranquille d'une expectation attentive. Les trois gars s'étaient arrêtés à leur tour, et restaient immobiles derrière Saturnin ; leur visage, me sembla-t-il, reflétait moins la déception qu'une surprise offusquée. J'en souffris vivement. Car j'imaginais sans peine comment des cœurs sans détour allaient interpréter cette réserve apparemment hautaine de leur ancien chef. J'aurais voulu crier : « Ouvrez les yeux ! Tâchez donc de comprendre ce qui ce passe ! » Mais comment l'aurais-je pu ?

Un drôle de bruit survint du côté où Pierre se trouvait. Je tournai la tête. C'était un rire, qui s'était écrasé dans le gosier tendu, entre les mâchoires crispées, et qui sans doute prétendait à être un rire de bienvenue, le plaisir des retrouvailles, mais ne parvenait qu'à imiter désagréablement une toux convulsive et moqueuse. J'en souffris davantage encore. Comment faire – et que faire – pour aller à son secours ?

Saturnin, les trois garçons et le docteur restaient immobiles. Leur attente se faisait semblable si leurs sentiments visiblement ne l'étaient pas. Le docteur toujours considérait Pierre Cange comme il eût fait d'une éprouvette où le liquide va cristalliser à moins qu'il ne précipite. Saturnin avait lentement laissé retomber ses mains, il s'efforçait de sourire quand même, les yeux comiquement agités, comme s'il eût regardé de son ami les oreilles l'une après l'autre. Les trois gars avaient baissé la tête et lorgnaient le tapis d'un air un peu buté.

– Je vous demande pardon », dit Pierre. Il se détacha de la porte, dont le matelas de molesquine se détendit avec un bruit mou. Les trois gars relevèrent la tête. « Ne me demandez pas – je ne saurais vous expliquer. Il y a des choses qu'on peut faire, d'autres qu'on ne peut pas, le docteur connaît bien ces sortes de... » Il claqua des doigts comme pour couper court. « Ne m'en veuillez pas de cette attitude, même si je conçois –... je bafouille », constata-t-il, en riant cette fois plus aisément. « Saturnin, dit-il en s'avançant et il lui prit l'avant-bras de sa mauvaise main, n'avez-vous pas été bien plus surpris de mon silence depuis dix mois ? Depuis que je suis revenu ? Vous n'avez jamais supposé, n'est-ce pas, que c'était l'indifférence ? » Saturnin secoua la tête, le visage traversé d'un sourire franc. « Docteur, reprit Pierre en lâchant le bras de Saturnin, je me conduis bien mal. Je ne me suis même pas présenté. » Il faisait preuve d'une soudaine et pour moi assez incompréhensible aisance. Son visage avait repris des couleurs, il souriait de façon juvénile sur ses dents abîmées. Le docteur inclina la tête avec une grimace un peu ambiguë. Pierre s'avança vers les trois gars immobiles. « Ni à vous », dit-il. Mais il ne leur tendit pas la main. Il se planta devant le premier, et il me vint à l'œil de l'esprit l'image déplaisante de ces vieilles culottes de peau qui demandent des nouvelles des gosses pour se faire bien voir de leurs hommes. Mais ils ne leur tendent pas la main. Quand Pierre tutoya le gars pour lui demander son nom, je pensai : « C'est complet » et en effet je vis rougir l'autre, passer dans son regard une lueur de mépris révolté. « Manéon, boulanger », dit-il et les coins de sa bouche s'abaissèrent un peu. Ce fut le tour du second : « Potrel, instituteur. » Le sourire, sous une moustache fine, distillait une ironie subtile, et j'en étais furieux. « Altman, libraire », dit le troisième en regardant la cheminée par-dessus l'épaule de Pierre Cange. « Merci », dit celui-ci. Il souriait toujours avec aisance. Il revint vers moi. C'est alors seulement que je vis, sur les tempes et au creux des yeux, les perles poignantes de la sueur.

CHAPITRE IX

Saturnin raconta le rapt. Il y avait d'ailleurs peu à dire. La petite boulangerie de Manéon avait servi de poste d'étude, pendant cinq ou six jours ; elle était bien placée en effet, sur le cours Gambetta, pour surveiller les allées et venues de Broussard. On s'aperçut que – depuis le non-lieu – celui-ci sortait de chez lui seulement de très bonne heure, pour y rentrer tôt encore (vers neuf ou dix heures) et n'en plus sortir de la journée. Circonstance favorable : le cours n'est animé qu'à huit heures, à midi et le soir. Entre neuf et dix il est quasiment désert. La voiture de l'hospice, conduite par Saturnin, suivit le cours chaque matin pendant toute une semaine, de sorte qu'elle devint familière aux rares promeneurs. Sans doute le devint-elle aussi à Broussard qu'elle dépassait régulièrement en quelque point de son trajet matinal. Aussi le jour où elle s'arrêta près de lui, portière grande ouverte, tandis que le canon d'un revolver lui pressait les reins, à peine eut-il le temps de s'étonner de rien que déjà il se trouvait assis dans la voiture, entre Potrel et Manéon.

– Il n'a pas essayé de crier ?

– Pas du tout, dit Potrel en caressant sa petite moustache pour dissimuler un amusement que ses lèvres minces et rouges ne parvenaient pas à retenir. « Il ne nous a pas même regardés. Il était pâle, ça oui. Rudement pâle. Ça faisait plaisir à voir. Mais il n'a pas prononcé un mot. Nous non plus. Il a dû passer là un drôle de quart d'heure. »

– Quand la voiture a traversé le bois de Jumièges, dit Altman, il a sûrement cru sa dernière heure venue.

– Vous y étiez aussi ? demanda Pierre.

Je vis Altman rougir. Pas beaucoup, rosir plutôt. La peau de son visage semblait si transparente qu'on avait l'impression de voir au travers toutes ses émotions.

– Non, dit-il en regardant Potrel de coin. Mais celui-ci caressait sa moustache en souriant, sans lever les yeux du tapis.

– Nous nous y sommes arrêtés, dit Potrel après quelques secondes. Dans le bois de Jumières, précisa-t-il. Un bon bout de temps.

– Il n'a pas essayé de se sauver ?

– Oh ! non ! dit Potrel avec un gloussement narquois.

– Et il n'a rien dit ? Rien demandé ?

– Non.

– Et vous ?

– Non plus.

J'imaginai la scène… La voiture arrêtée dans les bois… Broussard, entre Potrel et Manéon… Et cette attente immobile, dans le silence… Quel quart d'heure, en effet !

– Qu'attendiez-vous ? demanda Pierre.

– Nous ne savions pas trop. Peut-être qu'il crie, qu'il se débatte, qu'il tente de s'enfuir.

– Cela aurait précipité les choses, expliqua Manéon de sa voix profonde et timbrée, que les *r* un peu gras imprégnaient d'un parfum populaire. « Au premier mouvement je l'aurais descendu. »

– Pourquoi ne l'avez-vous pas fait, de toute façon ? lança Pierre avec une volubilité subite, où surnageait un regret explosif mêlé de ressentiment.

Il n'obtint pas de réponse. Manéon haussa les épaules et fixa le bout de ses souliers. Potrel au sourire ambigu eut l'air de guetter Saturnin, d'attendre ce que celui-ci allait dire. Saturnin lui-même parut parfaitement conscient qu'on lui laissait le soin de répliquer. Il approcha la main de son visage, ses doigts s'agitèrent autour de la bouche et du nez comme pour en retirer les fils d'une toile d'araignée.

– Nous étions convenus – commença-t-il… Mais la

fin de la phrase sembla lui rester dans la gorge. Il jeta sur Potrel un regard équivoque, où se mêlaient visiblement des sentiments divers. Les doigts reprirent autour de son visage leur manège indécis. « On ne tue pas un homme comme cela, marmonna-t-il. Sans compter que… – Quoi, lança-t-il d'une voix plus ferme, si vous êtes ici, Cornélius, ce n'est pas par hasard. Si je pouvais vous répondre d'un mot, nous aurions pu nous répondre aussi bien tout seuls. Nous n'aurions pas attendu que vous veniez du fond de votre Bretagne. »

– Mais, s'exclama Pierre, ce n'est pas vous qui m'avez fait venir ! Je suis venu de mon plein gré !

– Sans doute, sans doute, dit Saturnin. Nous ne vous avons pas positivement appelé, c'est vrai. Pas positivement, répéta-t-il. Mais dans le fond nous étions persuadés…

Pierre me jeta un drôle de regard. Je me sentais à la fois peu à mon aise, et pourtant assez amusé. Et puis je jouissais de cette tranquillité béate de celui qui, ayant remis ses responsabilités en d'autres mains, n'est plus qu'un spectateur qui marque les points.

– Écoutez, dit Saturnin d'une voix changée, avec une brusquerie un peu gauche, laissons cela pour tout à l'heure. Je voudrais vous en parler seul… – Cornélius, reprit-il plus fermement, comme s'il avait repris enfin son sang-froid, nous ne jouons pas à cache-cache. Il n'est pas un de nous ici dont la vie n'ait été bouleversée de quelque manière. Je ne sais pas quelle a été *toute* votre expérience, si je sais qu'elle nous a privés dix mois de vous voir. Vous ignorez la mienne. Celle de Potrel, celle de Manéon. Celle peut-être aussi du docteur. Nous ne ferons rien de bon si d'abord…

– Pardon, pardon ! intervint Manéon.

Cette voix avait décidément un pouvoir, un ascendant étranges. Une sorte de limpidité fluide et drue, comme l'eau d'une fontaine.

– Pardon, répéta-t-il. S'il y a encore des problèmes pour vous, il n'y en a plus pour moi. Des expériences, oui, j'en ai eu. Mais non pas personnelles, peut-être, ce qui m'a facilité le choix, je veux bien ; qui me l'a facilité une fois pour toutes. Mon opinion est claire. Il faut exécuter Broussard. Vous y viendrez aussi tôt ou tard, après avoir coupé plus ou moins de cheveux en quatre. Beaucoup de temps perdu pour rien, voilà tout. Et d'énergie. Moi, je suis prêt. Quand vous voudrez.

La question que je me posais, Pierre l'exprima à voix haute.

– Qu'est-ce que vous attendez, alors ?

Manéon sourit. Ce fut seulement à ce sourire que je pris garde à sa grande jeunesse. Pas atteint vingt-cinq ans, assurément.

– Je suis un homme fidèle, expliqua-t-il. Ce n'est pas moi qui briserai ce que notre lutte avait scellé. Je ne ferai rien qui puisse nous diviser, rien sur quoi nous ne soyons parfaitement d'accord. C'est par dégoût pour ceux qui nous divisent que j'ai pris justement la voie où je suis entré.

Je toussai pour m'éclaircir la voix.

– Parlez-vous en votre nom personnel, Manéon, ou bien représentez-vous ici votre Parti ?

– Ni l'un ni l'autre, dit-il. Longtemps avant d'entrer au Parti, j'ai eu l'honneur de commander ici la Section Viala, jusqu'à mon arrestation. Je crois pouvoir dire que je parle en son nom.

– C'est notre cas, je pense, à tous les trois, dit Potrel. Section Vallès.

– Section Voltaire, dit Altman.

Pierre méditait. Je ne suis pas sûr qu'il eût clairement suivi ce que nous disions. Il marmonnait « Bon… bon… très bien… » en se rongeant la peau d'un ongle. Il leva enfin les yeux sur Manéon.

– Donc… en ce qui vous concerne… vous êtes pour ?

– Pour l'exécution immédiate ? Oui, pour. Tout à fait pour.

– Et vous ? demanda Pierre en portant son regard sur Potrel.

– Plutôt pour», dit celui-ci. Sa petite moustache frémit sur le sourire des lèvres rouges, qui laissèrent filtrer l'éclair d'une dent. «Plutôt, appuya-t-il. Mais naturellement il faudrait d'abord...» Il s'interrompit: «Enfin, tenez-moi "pour", en attendant, si cela peut vous aider.»

Depuis quelques secondes ce qui retenait mon attention, c'était le visage d'Altman. Le libraire paraissait au supplice. Il était rose, puis blanc, puis presque rouge, et blanc une fois encore. Je m'avisai qu'il ressemblait à un lapin russe, au fond de son clapier, tout ramassé, prêt à bondir par la première ouverture venue. Ce désarroi était si patent que j'en ressentis un malaise physique. J'eusse voulu cesser de l'observer, mais comme toujours l'évidence presque palpable de ce tourment humain attirait mes yeux comme un aimant.

Je me levai, allai vers la fenêtre. Le parc était plongé dans le léger brouillard du matin. Là-bas, parmi les arbres, derrière le grillage entourant le pavillon solitaire, une ombre ne cessait d'aller et venir avec une lenteur pesante.

– Et vous? demanda Pierre dans mon dos, et je devinai que c'était le tour d'Altman.

Je n'eus pas le cran tout de suite de me retourner. Le malaise s'accentua dans mes genoux et mes poignets.

Altman ne répondait pas. Pendant quelques secondes on n'entendit, venant du ciel, que le bourdonnement d'un avion lointain. Je finis quand même par faire volte-face. Ce fut d'abord le visage de Manéon que mes yeux rencontrèrent. Il regardait droit devant lui, le visage froid, sur lequel je crus lire un mépris indicible.

– Ne pourrais-je pas – dit enfin une voix enrouée par l'émotion. Altman toussa, reprit : « Ne puis-je me dispenser de répondre, pour le moment ? »

Ces paroles à leur tour tombèrent dans le silence. Pierre gardait son regard planté dans celui du libraire, il avait levé les sourcils en signe d'étonnement, et les lèvres de l'autre se mirent à trembler – oh, très peu, à frémir plutôt comme l'eau sous la brise, mais ce frémissement incoercible était d'une éloquence pathétique. Pierre eut un sourire pâle.

– Disons alors, n'est-ce pas : plutôt contre.

– Je n'ai pas dit cela, protesta Altman nerveusement. Je n'ai rien dit. J'ai demandé seulement un délai pour répondre.

– Mais ce n'est pas non plus, insista Pierre, plutôt pour ?

– Non plus, en effet, mais de là…

– Plutôt contre, trancha Pierre avec une autorité retrouvée, qui me parut de bon augure. Il pivota vers Saturnin.

– Et vous ?

– Contre, dit Saturnin.

Manéon tourna vers lui un visage stupéfait. Ses lèvres s'ouvrirent comme pour une question brutale. Mais le regard de Saturnin s'opposa au sien avec une telle force qu'il me sembla entendre le bruit des mâchoires refermées.

CHAPITRE X

Le plus simple – et le plus clair aussi – consiste je crois à publier ici les notes que j'ai trouvées plus tard parmi les papiers de Pierre. Il était alors dans un sana des Pyrénées, luttant durement pour sa vie – sa vie sur laquelle veillait avec une tranquillité étrange une Nicole patiente et paisible.

Cette réunion matinale chez le docteur Mouthiers fut en effet la seule à laquelle j'assistai. On ne s'étonnera pas que je n'aie pu ni voulu jouer indéfiniment le rôle de nurse auprès de Pierre. Peut-être aussi – je l'ai dit – croyais-je un peu imprudemment que de l'avoir mené à Saint-L*** était le pas essentiel pour sa guérison. Au reste, il est vrai que je ne pouvais personnellement plus grand-chose pour lui. Quand dans l'après-midi je repris le train pour Paris, j'avais conscience de le laisser – si je puis m'exprimer ainsi – entre bonnes mains. On entend ce que je veux dire : dans les mains d'une nécessité plus forte que sa phobie.

Je suppose que ces notes, il les rédigeait à la nuit, sur cette petite table noire où il avait voulu écrire « ses ordres ». Elles font preuve d'un soin singulier. Ce ne sont pas des pense-bête, destinés à lui rappeler, à l'heure où il lui faudrait se prononcer, les points les plus notables de ce qui fut dit pendant son séjour à l'hospice. Il semble, à mesure que ses entretiens progressaient avec Saturnin d'abord, puis avec Manéon, avec Altman et Potrel, et pour finir avec Broussard lui-même, qu'il ait commencé d'entrevoir une vérité salutaire par d'autres voies que celle que nous avions choisie. Cela ne déprécie en rien le mérite de Nicole dans cette remontée des enfers. Il fallait bien partir de quelque chose. Et quand j'y pense, je me rappelle combien, malgré ses assises tragiques, toute cette entreprise m'avait d'abord semblé « farfelue », selon le mot du docteur. Nous savons maintenant qu'elle ne l'était pas – que grâce à elle Nicole avait su déclencher dans ce qui subsistait de Pierre Cange un mécanisme paralysé mais qu'elle savait indestructible. Peu importait après tout que ce fût à l'occasion du scandale Broussard, envers lequel aussitôt Nicole avait pris le premier rôle, ou de n'importe quoi qui se fût présenté à la place. La merveilleuse intuition de cet « ange diabolique » gardait un affût implacable pour toutes circonstances où l'esprit de Pierre pourrait trouver son salut ; on doit tenir pour assuré qu'elle aurait, à défaut de l'affaire Broussard, su tôt ou tard engager Pierre sur d'autres chemins sans retour.

Amorcées par cette affaire-là, les étapes de la résurrection s'en déduisirent, elles passèrent par Saturnin et l'hospice, l'ancien préfet traître et assassin, les folles silencieuses, et cette opération du cerveau à laquelle il assista et qui laissa dans son propre esprit un éclair foudroyant, pour finir par cette brève aventure espagnole où Nicole enfin le retrouva sur les hauteurs où elle l'attendait. Amorcées par toute autre affaire, toute autre circonstance, d'autres étapes s'en fussent déduites, différentes – la guérison eût été la même : celle-ci est toujours en nous seuls.

Pourtant je me suis souvent demandé, depuis, quelle place les événements extérieurs avaient tenue dans cette résurrection. Je me le suis demandé avec inquiétude. Car s'ils ne s'étaient pas produits, que serait-il survenu de Pierre ? Or ces événements furent nombreux, on le voit, dans un court espace de temps : pas plus de quelques semaines. Oui, je me suis inquiété longtemps, et j'ai longtemps hésité à me répondre. S'il avait fallu l'intervention d'un tel bouquet de circonstances pour guérir Pierre, que vaudrait cette guérison ? Mais c'était que, ces épisodes, je les apercevais alors sous une fausse perspective : celle du chroniqueur que j'allais devenir. Sous la plume, l'événement devient péripétie, il perd son caractère fortuit et de simple incident, parfois banalement quotidien, prend l'aspect de la patte de mouche sous la lentille du microscope. Qu'une folle mette le feu aux rideaux de son dortoir, cela n'est rien de plus qu'une des mille vicissitudes qui surviennent chaque jour dans la vie d'un asile. Et Pierre probablement eût cessé d'y songer bien vite. Ce qui en fit pour lui (et pour moi) une circonstance mémorable, c'est que l'incident le confronta dramatiquement à son propre problème. Sans ce problème, ce n'eût été qu'un peu de feu et de fumée.

Ainsi en fut-il aussi, j'en suis certain, des autres « épisodes », – de l'opération, de l'Espagne, et même du traître Broussard. Quand, marchant au hasard dans les rues en proie à quelque tourment ou quelque question pressante, vous en trouvez soudain la réponse dans le titre d'un livre à la vitrine d'un libraire, ou bien sur une affiche, ou dans les paroles échangées par d'autres promeneurs à portée de votre oreille, direz-vous que ce furent là des épisodes, que la réponse vous est venue de l'extérieur ? Ne serait-ce pas une fausse perspective ? Au vrai, cette vitrine, cette affiche, ces promeneurs n'eussent pas existé pour vous, si tous vos sens n'avaient tendu les griffes de l'attention pour y saisir votre pâture. Ce qui vient du dehors n'est que l'équivalent du révélateur en photographie : l'image était déjà sur le cliché. Peu importe le bain où on la plonge, ce bain ne la modifiera point. Il sert seulement à la faire sortir.

Tout cela, dans les notes de Pierre, apparaît clairement pour qui sait les lire. Il semble vraisemblable que d'abord il pensa simplement griffonner quelques repères où se retrouver le moment voulu. Mais très vite on le voit emporté bien au-delà du problème déplaisant de la vie ou la mort d'un traître. Les notes s'étendent et s'élèvent. Elles deviennent – comme tout ce récit d'ailleurs – la chronique patiente d'une pensée. Le soin, la minutie, la précision un peu froide et sèche mais constamment conforme à son tempérament analytique, avec lesquels il a transcrit l'essentiel des dialogues, dialogues qui sans doute tournent tous autour du problème Broussard mais le transcendent presque à chaque ligne, tout cela montre combien cette préoccupation bientôt passe dans son esprit au second plan, avec l'angoisse qu'il en ressentait.

*

* *

NOTES DE PIERRE CANGE

23 mai 1946.

Saturnin. Très réticent. Embarrassé devant les autres. « Une expérience personnelle », disait-il : visible en effet que celle-ci domine sa décision – ou son indécision. Et moi, alors ? Intéressant, pas rassurant.

Manéon. M'attire beaucoup, m'effraie un peu. Expérience des camps : Buchenwald. Y fut dans l'admiration du comportement des communistes. N'a pas connu Hochswörth ou ses équivalents. Dégoûté de n'avoir retrouvé ici que la désunion, les luttes d'intérêt. Entré au parti l'an dernier en novembre. Droit, franc, lucide, – insaisissable. Difficile de savoir *au juste* les raisons déterminantes de ce qu'il décide. Dans le cas Broussard, prétend agir hors du Parti. Probable, en effet. Crois savoir d'ailleurs que le Parti, s'il recommandait les attentats en période de lutte armée, les juge sans portée en période de lutte froide. Mais Manéon eût-il décidé de même s'il n'était pas du Parti ? Ou sans l'accord de celui-ci ? A essayer d'approfondir.

Altman. Attendrissant mais, je crois, peu solide. Homme à secouer et à bousculer. Courage physique certain : a participé en 43 à l'affaire de la Centrale de Rubec ; posé lui-même les plastics (blessé à la jambe par l'explosion). Courage moral plus douteux : repris par la petite ville et les petites affaires ; un tantinet antisémite ? n'aime pas passer pour Juif (s'arrange à faire entendre qu'il ne l'est pas : résultat contraire à son désir – les gens se demandent s'il l'est ou non). N'avait pas peur des balles allemandes, ni du bagne. A sûrement une peur panique du scandale et de l'opinion publique.

Potrel. Intelligence déliée, grande sûreté dans ses jugements sur autrui. Mais les utilise à des fins pour moi impénétrables. Ne montre pas d'ambition ostensible : il reste instituteur. Autrefois j'aurais dit : zélateur franc-maçon, aujourd'hui je ne sais pas. Ne parviens pas à surmonter à son égard une réserve instinctive. Je lui fais sans doute grand tort.

Résultat première journée : Manéon pour, Potrel plutôt pour, Altman plutôt contre, Saturnin contre. Rudement bien manigancé, B*** peut se féliciter. Je suis de plus en plus coincé.

Pourtant, si je voulais, je pourrais donner à Sat une voix prépondérante. Donc relâcher Broussard ; et laisser Manéon faire ce qu'il veut, si ça lui chante. Moi, m'en laver les mains.

Pourquoi pas ?

Au fond, solution équitable.

24 mai.

Saturnin est venu me prendre pour déjeuner. Pas chez lui, au *Grand Cerf.* Sur ma surprise, m'apprend de but en blanc sa séparation d'avec Thérèse.

M'a raconté toute son histoire. Résultat pratique pour moi : son « contre » me semble sans valeur. Rien à voir avec le cas même de Broussard, la justice, ou la charité (Altman) la légalité ou quoi que ce soit : empêchement totalement subjectif.

Si donc je supprime sa voix, majorité « pour ». Mais en réalité tout alors est faussé : section Vigny absente et au surplus Sat a commandé près d'un an tout le secteur, puis les derniers mois le réseau. Impossible. Dois absolument l'amener à une décision objective.

25 mai.

Saturnin. Son histoire m'a hanté toute la nuit. Me demande ce qu'il y a en elle qui me frappe en un point absolument vital. Une sorte de *fatum* grotesque semble dénaturer les actes méritoires et les frapper de ridicule (lui) ou d'ignominie (moi). Essentiel de savoir comment et pourquoi. Le partage exact des rôles (entre le *fatum* et nous) – notre part exacte dans cette dégradation.

Prenons point par point. A la rentrée d'octobre 40, Sat quitte l'enseignement. Raison : continuer sous la tyrannie serait la reconnaître légale.

Décision discutable (puisque c'était du même coup abandonner ses étudiants) : juste selon morale de pureté, fausse selon morale de responsabilité. Choix inévitable. Sat choisit la première, rien à dire, c'est son droit.

Résultat personnel immédiat : la misère. Seulement n'était pas seul : Thérèse. L'y entraînait du même coup. Était-ce aussi son droit ?

Mais Thérèse consentante. Mieux : approuvait cette décision, avec ses conséquences. Donc, parfait.

SAT. – Pas si parfait.
MOI. – Pourquoi ?
SAT. – A cause de toute la distance entre accepter et supporter. Thérèse acceptait d'avance la faim et le froid. Mais dans la privation et sous les morsures de ces hivers terribles, au retour des queues interminables et sans espoir, elle ne sut pas toujours retenir quelques larmes. Je ne sus pas toujours, de mon côté, les accueillir comme j'aurais dû : avec compréhension et tendresse. Mais elles avaient la couleur du reproche, et comment admettre des reproches à moins de consentir d'avoir eu tort ? Ce que je ne pouvais reconnaître.
MOI. – Mais sans les accepter vous pouviez les excuser.
SAT. – Oui, et je l'ai fait. Mais un jour de neige et de glace elle se laissa, dans sa fatigue, aller jusqu'à me blâmer violemment de rester près du poêle à écrire mes vers, tandis qu'elle s'abîmait les mains à sa lessive. C'est vrai qu'elle les avait gonflées et crevassées. Elle me les montrait. Je suis un être vif et susceptible, et l'humiliation que je ressentis, vous pouvez l'imaginer. J'eus un geste malheureux : sans un mot, je mis mon cahier au feu. Plus d'un an de travail. Douze ou quinze cents vers.
MOI. – Au feu ! complètement perdus ?
SAT. – Complètement.
MOI. – Mais c'est un vrai désastre !
SAT. – Sans doute. Ni l'un ni l'autre ensuite nous n'avons pu jamais surmonter tout à fait cette déchirure.

Ce fut là le point crucial. Ces mains gercées et ce geste, ce cahier au feu. Déjà apparaît l'atroce : deux êtres qui s'aiment et s'estiment prennent ensemble une noble décision. Courageuse, difficile, discrète, méritoire, assez exemplaire. Ils s'y tiennent avec persévérance. Simplement, l'épreuve révèle en chacun d'eux des faiblesses infimes, insignifiantes, – et pourtant suffisantes pour aboutir à ce cahier brûlé, à cette œuvre détruite, à l'amour ravagé.

Le cœur se révolte. Mais contre qui, ou contre quoi ? Qui ou quoi fait payer d'un tel prix la pureté de l'esprit, la droiture du caractère ?

Cette déchirure, le temps, loin de la réduire, l'élargit. La moindre plainte de Thérèse (du froid, de la fatigue) sonnait désormais pour Sat comme une condamnation du choix qu'il avait fait. Il devint dur, puisqu'il souffrait. Elle se crut mal aimée, objet d'une ingratitude intolérable. Il s'enferma de plus en plus dans son travail et son activité clandestine.

MOI. – Vous compreniez cela ?
SAT. – Oui. Nous n'avons été aveugles ni l'un ni l'autre, je crois. Mais nous y assistions impuissants. Il nous arrivait de tenter désespérément de nous expliquer. Nous y passions parfois toute une nuit. Mais au jour il lui fallait rejoindre sa galère, et moi mes vers, – avec ce cahier brûlé entre nous. Et tout recommençait.

Ainsi accablée croyait-elle de misère et d'abandon, Thérèse trouva quelque apaisement à redoubler son rôle tutélaire auprès du jeune Michel Broussard, son ancien condisciple à Bordeaux, paraît-il. Sat suppose que Michel jamais n'avait cessé d'aimer Thérèse, et lui-même, quoiqu'il le trouvât mou et indécis, l'aimait bien. Thérèse et Sat depuis longtemps tentaient de l'arracher à l'influence néfaste de son père, sans tout à fait y parvenir. Un jour il fut arrêté, par hasard, dans une rafle, battu et maltraité, envoyé à l'île d'Yeu en attendant l'Allemagne. Broussard le sauva in extremis de la déportation. Plus que jamais divisé entre la gratitude filiale et une vérité enfin entrevue, il chercha de plus en plus auprès de Saturnin un soutien moral. C'est à cette époque que celui-ci me le présenta, espérant le faire entrer au réseau.

Quand Saturnin dut fuir et se réfugier ici, à l'hospice, Michel et Thérèse sans doute furent comme deux enfants désemparés qui appuient l'un sur l'autre leur désarroi – c'est du moins ce que Sat suppose – Michel déchiré de doutes, Thérèse de griefs et d'amertume.

Elle céda.

La suite ressemble à une parodie clownesque, une Orestie revue par Offenbach.

Thérèse doit fuir à son tour. Michel la conduit à Poitiers, la met au train pour le Quercy. Il reste coucher dans un hôtel près de la gare. Pendant la nuit, tout le quartier est écrabouillé sous les bombes. « Et voilà pour lui », dirait Shéhérazade.

Cette mort, Thérèse naturellement l'ignore quand elle rejoint les Causses, où Sat se cache depuis l'affaire de l'hospice. Ils fuient maintenant de ville en ville et cette vie errante les rapproche. Elle met une fille au monde dans un maquis près de Cahors. Le bébé est confié à une nourrice, dans une ferme.

A la libération, Saturnin passe sans transition du rang d'obscur professeur de lettres à celui de poète consacré : de Toulouse à Orléans, de jeunes troupes d'amateurs fervents récitent son *Ganymède*. Elles le réciteront bientôt à Paris, et même à l'étranger. On lui offre une chaire de poétique à l'Université de Poitiers.

MOI. – Plus d'ombre entre Thérèse et vous ?
SAT. – Plus la moindre. Le cauchemar est loin, l'amour revenu dans toute sa lumière. Nous circulons beaucoup. Enfin, prévoyant une vie plus sédentaire, nous décidons

de ramener l'enfant à Saint-L***. Je ne l'avais pas vue depuis plus de six mois.

Là-dessus, un silence. M'attendais-je à ce qu'il allait dire ? En gros, peut-être. Mais cette mise à nu… Une farce. Une sinistre farce.

Il semble que la révélation ait été aussi foudroyante pour Thérèse que pour Saturnin. Celui-ci est d'ailleurs persuadé que Thérèse, à force de vouloir oublier cette unique faiblesse et même de la nier à ses propres yeux, lui attribuait réellement la paternité de la fillette. « Amère bouffonnerie », murmurait Saturnin : lui qui suppliait vainement Thérèse de l'épouser ; elle qui ne s'y décidait enfin que pour l'enfant ; et l'enfant qui…

Sat à sa vue fut submergé par des sentiments qui le plongèrent dans l'aversion de sa propre personne.

MOI. – La ressemblance était tellement frappante ?
SAT. – La bouche, les yeux, tout. Un absurde coup du sort… Je peux vraiment tout comprendre, et je voulais tout pardonner. Mais j'y échouais sans cesse. Quand je voyais l'enfant, je ne pouvais m'en empêcher : toujours le même reflux d'idées atroces…

Et il tournait contre Thérèse une colère torturante, l'aimant, la haïssant, la condamnant et l'absolvant tout à la fois. Certains jours il écrasait six ans d'heureuse union sous l'image d'une trahison infernale : qu'elle eût choisi pour le tromper l'heure où planait sur lui la mort, les tortures – et avec le fils de Broussard ! De Broussard le flic, de Broussard qui poursuivait, arrêtait, torturait les hommes comme lui. D'autres fois il s'accusait d'une monstrueuse injustice. On ne condamne pas l'enfant pour le père, encore moins pour le grand-père. Mais le petit visage malgracieux était déjà dur et buté, Sat ne pouvait s'empêcher d'y lire les signes d'une nature ingrate. Pourtant il s'efforçait de s'attendrir, prenait l'enfant dans ses bras, l'embrassait fougueusement. N'eût-il pas su aimer autant que la sienne propre une fille adoptive ? Puis – au détour d'une porte, dans un miroir – il apercevait à l'improviste les yeux d'acier, la petite bouche proéminente, et il se sentait crucifié.

MOI. – Et Thérèse ?
SAT. – Je lui faisais souffrir la damnation. Elle ne savait ce qu'elle abhorrait davantage : d'être condamnée ou absoute. On ne condamne pas sans mépris, on n'absout pas sans compassion. L'un et l'autre procèdent d'un jugement, non de l'amour. L'amour ne condamne pas, il n'absout pas : il survole. Seul un amour assez haut dans un si grand malheur eût permis, disait-elle, de supporter le poids de ce cataclysme.
MOI. – Mais elle ?
SAT. – Elle ?
MOI. – Justement : vous pardonnait-elle ?
SAT. – Non.

Je note ces répliques parce qu'à m'en souvenir je reste étonné. Il m'a paru pourtant naturel, à ce moment-là, de poser cette étrange question ; et qu'il y répondît comme s'il la trouvait naturelle lui aussi. Incapable qu'elle était, expliqua-t-il, de suivre dans les silences farouches de Saturnin les détours de la lutte torturante qu'il menait contre lui-même, elle y voyait seulement les amertumes d'un mari bafoué et les répulsions d'un juge. Elle commença de le mépriser en retour pour cette sécheresse d'âme. De sorte que quand Saturnin, à l'issue de cette guerre contre lui-même, ayant surmonté enfin sa colère, sa souffrance, son ressentiment, put laisser libre cours aux mouvements du cœur, il ne trouva devant lui qu'une femme fermée, et qui s'était si bien durcie pour ne pas souffrir qu'elle n'avait plus à lui offrir qu'une affection sans chaleur, fidèle sans doute et sincère, mais qui le laissa grelottant. Ils grelottèrent ainsi quelques mois, jusqu'à ce qu'enfin Thérèse, à la sortie de cet hiver deux fois glacial, avide de retrouver un calme et un équilibre qui du moins lui permissent de vivre, lui demanda sa liberté. Et tout brisé, tout transi que le laissât ce dernier coup, c'est sans rancœur ni amertume que Sat la lui accorda.

26 mai.

Viens de relire toute cette histoire (me suis couché ce matin à trois heures passées pour finir de la rédiger).

Elle me déprime atrocement.

Résumé : un homme de valeur sacrifie sa carrière à son idéal. Cet idéal triomphe. Résultats :

apparent : sa valeur est prétendument reconnue ;

réel : sa vie sombre (comme il dit) dans un mélo grotesque ;

(prétendument : l'influence de Sat sur la jeunesse est certaine, mais il la sait fragile : d'une part on s'évertue à la saper (son influence) par tous les moyens : chahut des étudiants en droit à son cours sur Éluard. « Et Maurras !... Et-Maurras !... » sur l'air des lampions. On lui laisse entendre que s'il n'évite pas à l'avenir ces incidents, on devra lui retirer sa chaire...)

Le mélo, lui n'est ni prétendu ni apparent. Sat le porte en plein cœur. Pas dit encore qu'il saura s'en tirer indemne.

Et je me sens coupable vis-à-vis de lui. Dans quelle mesure n'attendait-il pas de moi confidence pour confidence ? M'a laissé comprendre qu'il a ressenti cruellement ma défection pendant ces mois pénibles. Si seulement il avait pu, disait-il, s'appuyer sur quelqu'un qui…

Il a dû me voir changer de couleur. Qu'a-t-il compris ? Il s'est interrompu et nous avons écouté les demoiselles du cru, déguisées en tziganes, racler leurs aigres violons.

CHAPITRE XI

– Il ne vous a rien dit, en définitive ? demandais-je à Saturnin quelques mois plus tard.

Il était à Paris presque en solliciteur. De nouveaux chahuts, pendant ses cours sur Desnos et les poètes assassinés, avaient couvert sa voix : « Brasillach !... Bra-sil-lach !... » Les étudiants s'étaient battus, on avait cassé des bancs et des carreaux : la chaire de poétique fut supprimée.

– Non, rien, dit Saturnin.

Je le trouvais énormément vieilli (à trente-sept ans !). Tout ce qui m'avait échappé à Saint-L*** m'apparaissait maintenant avec une évidence cruelle. Pendant ces quelques mois sa chevelure bouclée était passée du poivre et sel au gris d'argent. Son visage s'était affaissé. Deux débuts de bajoue encadraient son menton d'un aveu d'abandon progressif.

– Rien, répétait-il en secouant mollement sa crinière pâle. J'ai senti que je touchais en Cornélius une blessure toujours à vif. Je n'ai pas insisté. Et pourtant...

Je lui fis faire le geste familier : celui d'enlever du bout des doigts, sur son visage, les fils d'une toile d'araignée.

– Pourtant j'avais plus que jamais besoin de lui, à ce moment-là... Besoin de quelqu'un comme lui, d'un ami comme lui qui m'aurait confié à son tour une épreuve pas encore surmontée... comme je devine qu'a été la sienne... comme est la mienne, dit-il avec une sorte de soupir retenu, comme elle est toujours...

Il se tut, puis il eut en me regardant un rictus mi-triste, mi-moqueur.

– Je ne veux pas vous ennuyer avec mes histoires…

Je sais d'expérience qu'il n'est, sur de telles paroles, qu'un seul moyen d'aider un homme : c'est de se taire ; et de garder sur lui un regard amical, indubitablement attentif. Saturnin contempla ses doigts. Il les ouvrait, les refermait. Il leva la tête :

– Thérèse est revenue, dit-il d'une voix blanche. Nous vivons de nouveau ensemble.

S'il cherchait à capter dans mes yeux ce que je penserais de cette nouvelle, il ne dut pas y trouver grand-chose : il ne m'apprenait rien. Thérèse m'avait écrit. J'entendis :

– C'est… l'enfer.

Je le croyais sans peine. Oui. Que pouvaient désormais ces deux êtres, sinon se déchirer ?

– Elle avait cru trouver quelque chaleur auprès de… d'un… oh ! dit-il, ne parlons pas de lui. Il est à plaindre plus qu'à blâmer. C'est un destructeur-né. Il n'y peut rien. Tout ce qu'il touche tombe en ruines. Il dépense à les restaurer ensuite une énergie incroyable, et parfaitement vaine. Tout retombe toujours et c'est naturellement, le plus souvent, sur sa tête… Thérèse a une horreur animale des ruines, une plus grande peur encore d'en être une. Elle est arrivée chez moi pantelante. Que pouvais-je faire ?

Il dit à voix plus basse encore :

– Que devais-je faire ?

Il parut s'enlever tout un paquet de fils sur le visage.

– Et pourtant je savais que rien de bon ne pouvait sortir de là. Rien. C'est de cela que j'aurais voulu parler à Pierre, mais je ne l'ai pas pu.

– Mais Thérèse, m'écriai-je, n'était pas revenue encore à cette époque ?

– Non, non, dit vivement Saturnin en décroisant et recroisant ses mains. Mais (sa voix trembla) je la savais malheureuse…

J'hésitai avant de hasarder :

– Vous l'aimez toujours ?

Il hésita aussi.

– Peut-on répondre ? dit-il enfin. Comment le savoir ? Il n'y a plus rien de naturel entre nous.

Pas une parole, pas un seul geste. Le moindre est coupé au pied, tout de suite. C'est inextricable.

Il ajouta d'une voix navrée, comme une explication :

– Il n'est pour moi pas d'amour exprimable sans abandon. Et je ne puis plus m'abandonner. Je ne pourrai plus jamais.

– Ce n'est pas sûr », dis-je, mais c'était sans conviction.

– Plus jamais, répéta-t-il. Oh ! je me connais bien.

Je laissai passer quelques moments sans rien dire.

– Qu'allez-vous faire ? demandai-je enfin.

Il me lança un regard de chien qu'on noie.

– Je n'en sais rien, dit-il. Cela va continuer comme cela, je suppose. Jusqu'à ce qu'elle me quitte de nouveau, ajouta-t-il dans un murmure.

Était-ce cet homme devant moi, cet homme dont la veille j'avais entendu deux jeunes gens discuter : « *Ganymède,* mon vieux, c'est fort, c'est dur, c'est viril ! Ça vous enlève, mon vieux. C'est Vigny et Mallarmé ! »

– Le souhaitez-vous demandai-je.

– Cela m'arrive. » Il leva sur moi ses yeux pâles : « Je ne m'habitue pas non plus à cette enfant », dit-il sur le ton dont on ferait l'aveu d'une tare honteuse.

Il secoua les épaules comme pour se débarrasser d'un fardeau – à moins que ce ne fût un frisson.

– Assez sur moi, dit-il, revenons à Cornélius. Non, je ne sais rien de plus sur lui – sur son expérience des camps – pas plus aujourd'hui qu'alors. Il ne m'a rien dit, jamais. Vous vouliez savoir si je lui en tiens rigueur ? Je mentirais à le nier. Ne parlons pas de l'amitié : s'il ne peut entièrement payer la mienne de retour, je n'ai pas à lui en vouloir. Mais, dit-il avec une fierté soudaine, il a accepté les aveux de faiblesse d'un homme dont les mérites appellent, il me semble, une certaine considération. S'il ne voulait pas répondre à ces aveux par une confiance égale, il ne devait pas les écouter; ou alors il lui fallait...

– C'est abominable... ne pus-je m'empêcher de murmurer.

– Pardon ? dit Saturnin interloqué.

– Tout cela est tellement injuste, continuai-je. Nous ne demandions pas de récompense mais quand même... » Je voyais fixés sur les miens ses yeux questionneurs. « J'ai payé cher aussi, confiai-je, ma fidélité à mes croyances, Saturnin. Peut-être pas en apparence, moi non plus. Mais ce que j'ai perdu dépasse tellement ce que j'ai gagné ! »

– Vous aussi ? murmura-t-il.

– Comme tous les autres, constatai-je. Il n'y a pas eu de récompense. Pour personne. Il y a eu des palmarès, des prix et des accessits, dont nous n'avions que faire. Mais la seule chose qui importât...

– Vous aussi... marmonnait Saturnin et il avait l'air à la fois stupéfait, navré, rassuré.

– Oui... La chaleur du cœur, poursuivais-je, les joies de l'amitié, quels coups n'ont-elles pas subis ! Sur les cinq grands amis que j'avais, deux sont morts, deux autres m'ont trahi. Ce qui est pire encore, l'un d'eux s'est trahi soi-même : ces piètres lauriers sur ma pauvre tête, il ne me les pardonne pas. Lauriers empoisonnés : de tous les êtres que j'aimais, personne ou presque qu'ils n'aient plus éloignés que rapprochés de moi.

– Vous aussi... répétait lentement Saturnin. Ah, dit-il, je me rappelle ce que vous écriviez : il n'est qu'un seul bonheur au monde, c'est de trouver de la noblesse en ceux qu'on aime... Pourtant, s'écria-t-il avec une ardeur pathétique, pourtant nous en avions trouvé ! Elle existait ! cria-t-il. Qu'est-elle devenue ?

– Êtes-vous sûr que Pierre, en pensant à vous, ou à moi, ne se le demande pas aussi ?

Un flot de sang lui monta au visage. Ses yeux s'embuèrent, vacillèrent.

– Pierre ! s'exclama-t-il d'une voix sourde. Ne lui ai-je pas montré au contraire...

– Vous lui avez montré de la confiance, mais il a bien dû voir que vous portiez sur lui, ensuite, un jugement sévère… Était-ce très noble de vous éloigner de lui sans essayer d'abord de le comprendre ? Sans vraiment tout mettre en œuvre pour cela ? N'était-ce pas plutôt…

– Me jugez-vous sévèrement à votre tour ?

Pendant quelques secondes je le laissai dans l'incertitude.

– Cela dépend : êtes-vous découragé ?

– Découragé ? » Il parut méditer un moment et secoua les épaules. « Déçu, dit-il. Affreusement déçu. Je ne parle pas de Pierre, je parle de… » il fit du bras un geste large, qui embrassait avec une évidence véhémente tout ce qui se passait dans le monde. « Ai-je tort ? » demanda-t-il.

Je dis :

– C'est incroyable.

Son bras retomba.

– Contre qui, contre quoi croyez-vous donc que nous sommes en guerre ? » m'écriai-je. Je vis bien qu'il ne me comprenait pas. Je m'énervai : « Chercherez-vous donc toujours l'ennemi hors de vous-mêmes ? »

– Comment ? comment ? dit Saturnin avec une impatience touchante à me rejoindre.

– Oui, j'ai dit « c'est abominable », repris-je avec une sorte de colère. Voilà donc tout ce que nous savons faire : nous déchirer ! Simplement parce que la lutte a changé de visage, parce que celui-ci n'a plus l'évidence de la Gestapo ou de la Wehrmacht ! Alors nous ne savons même plus le reconnaître – quand par hasard nous l'essayons. Nous nous portons des coups aveugles, dans un extravagant combat de nègres dans un tunnel. Au lieu de…

– De quoi parlez-vous ? cria Saturnin. Je ne comprends pas un mot !

Je tentai de me pondérer, essayant désespérément d'exprimer ce que je ressentais avec force.

– Pierre, dis-je, a injustement payé sa fidélité par ce qu'il croit une indignité fondamentale Vous croyez avoir injustement payé la vôtre par ce que vous appelez un mélo grotesque, où votre existence s'enlise. Et au lieu de chercher pourquoi, au lieu de vous aider l'un l'autre à tenter, derrière ces masques grimaçants, de découvrir le vrai visage de l'ennemi…

– Mais, bons dieux, quel ennemi ?

– Ah ! explosai-je, et je m'emportais contre ma propre impuissance, « il n'y a donc pas que Pierre à sauver ! Vous n'êtes donc décidément pas plus valides l'un que l'autre ! Et l'on ne peut rien pour vous, constatai-je avec fureur. Rien ! Il faut que vous assuriez tout seuls votre salut ! »

Saturnin me regardait comme si j'avais été atteint de quelque crise de démence pitoyable. Et de nous voir isolés l'un de l'autre par cette solitude, je suffoquais d'impatience et de rage, comme celui qui secoue en vain la porte trop bien fermée de sa maison, où il voit poindre l'incendie.

CHAPITRE XII

NOTES DE PIERRE CANGE *(suite)*

28 mai.

Vu Manéon dans sa boulangerie. Tout blanc de farine et souriant. Venait de finir d'enfourner les pains. Cils et cheveux de Pierrot, mais cette bouche forte, ferme et franche. Sa femme dans la boutique, petite, vive, toujours gaie. Cette odeur partout chaude et dorée de pain bien cuit.

Conversation bouleversante à bien des égards.

Avons d'abord parlé de Saturnin. M'a appris ce que j'ignorais encore : Sat est entré, lui aussi, au Parti.

MAN. – C'est la plus grande connerie qu'il ait faite.

Me dit que s'il n'avait tenu qu'à lui, Manéon, on ne l'y aurait pas accepté.

MOI. – Pourquoi ? Vous le méprisez ?
MAN. – Moi ? Mais pas du tout ! Quelle idée ! C'est un type remarquable ! Tout à fait de première bourre. Seulement il est foutu.

Selon lui, Sat est un monstre : morale de pureté portée à son point absurde. Ne peut plus s'en sortir. « Regardez l'histoire avec sa femme. L'a complètement détruite par son incapacité foncière, à lui, de comprendre le moindre fléchissement. Maintenant, conscient de cette destruction, se ronge à l'idée que c'est justement cette intégrité qui en est cause. Cherche désespérément la solution mais ne la trouvera pas. » Manéon prétend que Thérèse reviendra et que Sat la reprendra. Elle vit actuellement avec un nommé Rumour. Ancien séminariste, passé à la zoologie (plus précisément : la bio-paléontologie). Conflit inextricable entre le curé manqué et le zoologue, que R. transpose en incroyables complications sentimentales dont Thérèse est la dernière victime. Sat le sait, se sent responsable, donc selon Manéon voudra l'arracher à R. un jour ou l'autre. Ce faisant, fera le malheur de tous et le sien. Sait qu'il le fera. Le fera quand même par souci de pureté intègre. « Fais ce que dois, advienne que pourra. »

MOI. – Si vous voyez juste, comment expliquez-vous son entrée au Parti ? C'est tout à fait inconciliable.
MAN. – Confusion mentale : dégoûté comme nous tous par tout ce qui se passe et voyant le Parti seul fidèle à ce qui pendant quatre ans fut défendu en commun, il y est entré croit-il par souci de fidélité à lui-même. En réalité, c'est une fuite : un refuge, une solution facile aux incertitudes causées par des contradictions insolubles. Il s'est fait communiste comme d'autres se sont faits moines.

(Encaissé le coup : me suis fait moine, moi aussi. Prétexte : plus le droit d'être autre chose. Très beau en effet selon morale de pureté, mais était-ce beaucoup mieux qu'une fuite ? La brutalité de B*** me renvoyant sans cesse « à la pêche »... A examiner de tout près, même si je dois m'en trouver plus démoli encore.)

Ai manqué par défaut d'attention une partie de la suite. Compris tout à coup qu'il parlait de Thérèse. « Humainement, vaut beaucoup mieux que lui. » J'ai protesté. J'aime beaucoup Thérèse mais l'ai toujours trouvée flottante et inquiète – inquiétante.

MAN. – En quoi ? Avez-vous eu à vous plaindre d'elle ?
MOI. – Non, au contraire. Je conviens que cela paraît injuste. Elle est très fidèle en amitié. Il m'eût peu convenu d'être son mari, c'est tout.

Pas su très bien me faire comprendre. Si j'avais pu faire le parallèle entre Thérèse et

Cela m'est venu sous la plume avant le temps d'y penser. Veto annihilé sans que j'y prenne garde, suivi d'une irruption de tendresse extraordinaire. Intense soulagement des larmes – larmes de joie, dix minutes d'une joie profonde, incoercible, cœur déchaîné. Maintenant, réaction violente. Abominable abattement. Obligé de m'interrompre.

29 mai.

Remis mes idées en ordre. Aperçois différentes choses, dont une énorme. Par ordre chronologique :

Fin de la discussion sur Thérèse et Sat : la préférence de Manéon pour Thérèse vient de l'animosité instinctive qu'il éprouve pour les vertus abstraites (celles de Sat) et d'un pragmatisme foncier en accord avec la vitalité de Thérèse (et ses réactions où la froide logique cède à une sorte de connaissance impulsive mais salutaire).

Suis revenu sur l'entrée de Sat au Parti. Pourquoi Manéon la réprouve-t-il ?

MAN. – Parce qu'il nous quittera. Ce jour-là, sera encore plus foutu. En outre nous fera du tort : voudra se justifier, mettre en lumière ce qui l'oppose à nous – et qui existe déjà de façon aveuglante. Serons alors, à notre tour, obligés de répondre, de l'attaquer. Il en souffrira,

nous trouvera injustes, deviendra notre ennemi, n'aura le choix qu'entre une solitude abominable ou rejoindre contre nous la réaction. Réglé comme papier à musique.
MOI. – Comment se fait-il que le Parti ne vous ait pas écouté ?
MAN. – Parce qu'il est actuellement en pleine politique d'expansion. Cherche avant tout à recruter. L'entrée de Sat peut de ce point de vue avoir une influence énorme sur la jeunesse du sud-ouest – même peut-être à Paris.
MOI. – Mais s'il en sort un jour ! Cela aura fait en définitive plus de mal que de bien. Voyez André Gide.
MAN. – Pas comparable. Sat est loin de la célébrité de Gide. D'ailleurs, pas sûr que la défection de Gide ait causé plus de tort au Parti que n'avait fait de bien d'abord son adhésion. Difficile à établir statistiquement.
MOI. – Bref, si vous regrettez la décision de Sat, c'est beaucoup plus pour lui que pour le Parti ?
MAN. – Oui.

En sommes venus alors aux positions opposées de Sat et de Manéon dans l'affaire Broussard : lui pour la mort, Saturnin contre. Devais-je en inférer l'abstention du Parti ?

MAN. – Mais bien sûr. Le Parti ne peut se permettre à l'heure actuelle de patronner ni de près ni de loin une action tellement illégale. Il doit nous en laisser la responsabilité. Quoi que nous décidions, ce sera une entreprise individuelle.
MOI. – Vous connaissez les raisons de Sat d'être « contre » ?
MAN. – Je les devine.
MOI. – Vous devez les tenir elles aussi pour une conséquence encore, absurde et inadmissible, de sa manie de scrupules ?
MAN. – Absolument. Ne pense qu'à lui. Se préoccupe seulement de ce qu'il est, vaut, mérite ou démérite à ses propres yeux. Égocentrisme narcissique…

(J'ai pensé: « une pierre dans mon jardin » mais dû remettre à plus tard d'examiner si c'était juste, Manéon continuait:)

… et mœurs de Narcisse. Ce qu'on est à ses propres yeux ne vaut pas grand-chose. C'est ce qu'on est pour les autres qui compte.

Plus que surpris par cette réflexion: apparence diablement conventionnelle et bourgeoise ! L'ai dit en riant à Manéon qui ne m'a pas rendu mon sourire.

MAN. – Mais l'essentiel est là !
MOI. – Expliquez-vous. A première vue cela semble vouloir dire: être compte moins que paraître. Précepte digne de Georges Ohnet.
MAN. – Vous vous connaissez bien vous-même ?
MOI. – Assez bien, oui, je crois.
MAN. – Il ne vous est jamais arrivé de faire des choses incroyables – selon cette connaissance que vous croyiez avoir ?

Ai dû rougir, pâlir, de recevoir ça en pleine figure. L'a vu peut-être – a enchaîné :

– Si ce que vous *faites*, c'est-à-dire ce que *voient* les autres, diffère de ce que vous attendiez de vous-même, qui a raison ? Les autres, qui constatent, ou vous, qui supposiez ?
MOI. – Laissez-moi réfléchir. Cela mérite méditation.

En fait j'étais bien incapable de méditer. Bouleversé par cette évidence. Mené alors contre mon inhibition la lutte la plus violente de ces derniers mois. Me suis lancé comme je me serais jeté sous un train :

– Manéon, ai-je dit, toute ma vie j'ai cru en mon courage et en mon caractère. Mais à Hochswörth j'ai mis au four un camarade encore vivant, pour n'y être pas jeté moi-même. Sur quoi dois-je me juger? Sur ce que le reste de ma vie m'avait fait croire, ou sur cette ignominie?

Manéon m'a regardé comme s'il ne comprenait pas. « Mais, dit-il, j'en ai fait un jour autant que vous ! »

Pendant quelques secondes, je suis resté baba. Manéon continuait :

– Pire, même, sans doute d'un certain point de vue. J'ai causé la mort d'un camarade qui méritait de vivre. En toute connaissance de cause.

J'ai fait un signe de la main, pour qu'il explique. La bouche trop sèche pour parler. Il a poursuivi :

– Pendant notre transport à Ebensee. Le train s'est arrêté au milieu de la nuit. Des copains avaient réussi à s'enfuir. Les SS ont exigé un otage par wagon, en nous laissant le soin de le désigner. Nous étions soixante dans le nôtre. Nous avons tiré au sort. Le sort est tombé sur – disons sur Maurice. C'était idiot. Maurice était encore un des plus costauds parmi nous, et l'un des plus dévoués, bref un des plus utiles à la collectivité. Nombreux sont ceux qui lui doivent leur vie. On a ouvert la porte. Je n'ai pas hésité. Parmi ceux qui se trouvaient près de la porte ouverte, il y avait un nommé Frère – quel nom n'est-ce pas ? Au camp depuis deux ans et demi, tout à fait au bout de son rouleau. Un vrai mort ambulant. Notoirement incapable de survivre plus de quelques jours. Je l'ai poussé, par surprise. Les autres m'ont compris, ils n'ont rien dit. Ils ont refermé la porte pour l'empêcher de remonter.

Je n'ai pas pu tout de suite examiner cet épisode sous tous ses éclairages. Je m'en suis tenu à la première pensée qui m'est venue :

– Mais moi ce que j'ai fait, ai-je objecté, c'était pour sauver ma propre peau !
– Eh bien, et moi ? a dit Manéon tranquillement. J'aurais pu m'offrir moi-même comme otage, au lieu de pousser ce malheureux dehors.

C'était vrai.

– Mais autant que Maurice j'étais encore vigoureux, utile à tous. Sa mort ou la mienne en auraient sans doute causé beaucoup d'autres.

Je n'étais plus, moi, quand je l'ai mis au four, ni vigoureux ni utile. Ma mort n'eût rien changé pour personne.

– Qu'est-ce qui vous tracasse ? dit Manéon. Des gestes comme ceux-là ne sont pas *nôtres*. Nous n'étions qu'un outil – le surin dans la main d'un apache. Cela ne doit que fortifier notre résolution dans le combat. Direz-vous que nos camarades médecins, qui désignaient pour la chambre à gaz leurs plus grands malades afin de sauver les moins atteints, direz-vous qu'ils ont mal agi ? Qu'ils auraient dû se désigner eux-mêmes ?

Je secouai la tête :

– Il y a quelque chose qui cloche ! Je ne vois plus aussi nettement quoi, mais quelque chose ne va pas ! Non, non, ce n'est pas aussi simple.

Je ne sais quelle association d'idées me fit subitement penser à ce que je disais à B*** quelques jours plus tôt : « Pêcher comme le tigre chasse. » Oui, j'absolvais le tigre. Un tigre n'est pas responsable d'agir en tigre : il ne peut qu'obéir à ce qui l'a fait tigre. Tigre malgré lui, en somme. Au fond, n'était-ce pas ce que voulait dire Manéon ? Tigres malgré nous…

Il y a là une lumière, certes. Mais combien tremblante et pâle ! J'ai dit à Manéon :

– Je voudrais voir plus clair. Ne m'en veuillez pas de vous quitter ainsi, j'ai besoin d'être seul.

Je suis sorti. J'ai marché dans les rues étroites et noires de Saint-L*** jusqu'à ce que j'entendisse sonner minuit.

CHAPITRE XIII

NOTES DE PIERRE CANGE *(suite)*

2 juin.

Tigres malgré nous…

Non, cela ne suffit pas. Sinon cela doit s'appliquer aussi bien aux SS. Si l'on va par là, chacun ne se trouvera-t-il pas le tigre de quelqu'un, ou de quelque chose ?

Et Broussard ? Tigre malgré lui peut-être, lui aussi ? Tigre de qui ou de quoi ?

Voulu le voir et lui parler.

Le docteur m'a mené dans ce pavillon isolé où l'homme attend notre verdict. Il pleuvait. Aussi n'était-il pas dehors à marcher pesamment de long en large, comme d'habitude. Quand nous avons ouvert la porte, il était devant la fenêtre, immobile, à regarder tomber la pluie. S'est retourné sans hâte. A salué Mouthiers d'une inclination de tête. M'a toisé insolemment, sans saluer.

Râblé, costaud, grisonnant, menton dur, visage un peu à la Mangin tel que l'ont popularisé ses portraits, mais plus lourd, empâté, – pour tout dire plus vulgaire.

Mouthiers nous a laissés. Broussard s'est appuyé contre le mur. Vu qu'il ne s'assiérait pas, que ce n'était pas la peine de le lui offrir. Me suis donc à demi assis moi-même sur le coin d'une table. L'ai considéré un moment en balançant la jambe. A soutenu mon regard sans rien trahir. J'ai attaqué :

– Vous savez qui je suis ? Cornélius, réseau Valmy.

Juste une petite lueur d'acier – presque rien.

– On m'a fait venir ici à cause de vous. Pour décider avec les autres ce qu'on va faire de vous.

Silence.

– Il y a deux ans, nous vous aurions fait décliner votre identité, et aussitôt collé au mur. Étrange qu'aujourd'hui nous tergiversions, vous ne trouvez pas ? Qu'est-ce qui s'est passé ?

Une ombre de sourire, une ombre de mépris. A peine ouvert les lèvres pour répondre :

– Le prestige de la loi.

J'ai secoué la tête : non. J'ai ri : « Le kidnapping et la séquestration seraient-ils devenus légaux ? »

BROUS. – Mais vous ne savez plus que prononcer.
MOI. – Oh, si, nous le savons ; nous le savons très bien.
BROUS. – Alors qu'attendez-vous ?
MOI. – Qu'est-ce que nous attendons, à votre avis ?
BROUS. – Ce n'est pas à moi de le savoir.
MOI. – En effet, cela ne vous regarde pas.

Pas très content de moi. L'avantage plutôt à Broussard. J'ai brusqué :

– Niez-vous vos crimes ?
– Je n'ai pas de crimes à nier.

Mouthiers m'avait prévenu.

MOI. – Arrestation de plus de douze cents patriotes livrés à la Gestapo. Quatre cent seize fusillés. Le reste torturé et déporté. Six cents ne sont pas revenus. Vous ne niez pas ?
BROUS. – Non.
MOI. – Comment expliquez-vous votre non-lieu ?
BROUS. (avec ironie) – Pratiquement ?
MOI. – Non ; en droit.
BROUS. – Légitimité.
MOI. – Pardon ?
BROUS. – N'ai fait qu'appliquer les instructions impératives du Gouvernement français issu des Chambres : l'obéissance au pouvoir légitime ne peut tomber sous le coup de la loi sans que celle-ci se nie elle-même.
MOI. – Connaissez naturellement fameux précepte d'Anatole France : « Il est beau pour un soldat de désobéir à des ordres criminels. »
BROUS. – Insoutenable. Ne serait plus un soldat : un soldat ne juge pas les ordres. Ne peut donc savoir si l'ordre est criminel. Sophisme absurde.
MOI. – N'étiez d'ailleurs pas soldat.
BROUS. – Erreur.
MOI. – Vous étiez Préfet.
BROUS. – J'étais capitaine de frégate, muté sur ordre Amiral Darlan. Prêté serment au Maréchal Pétain. N'ai pas cessé une seconde d'être soldat.
MOI. – Auriez-vous livré votre navire si vous en aviez reçu l'ordre ?
BROUS. – Oui.
MOI. – Vous ne l'auriez pas sabordé ?
BROUS. – Non.
MOI. – Auriez-vous livré sur ordre toute l'escadre, si vous l'eussiez commandée ?

A peine une hésitation.

BROUS. – Oui.
MOI. – Auriez-vous ouvert le feu sur les navires qui eussent cherché à s'enfuir ?
BROUS. – Oui.
MOI. – Sans barguigner ? Sans débattre ?
BROUS. – Débattre quoi ?
MOI. – Sans peser d'une part les conséquences d'un tel ordre pour l'avenir du pays, de l'autre la valeur humaine, le caractère de ceux qui vous le donnent ? Bon sang ! Vous ne vous seriez pas demandé si Laval n'était pas une canaille, si Pétain n'était pas gâteux ?
BROUS. – Questions déraisonnables et saugrenues.
MOI. – Par exemple ! Pourquoi cela ?
BROUS. – Parce qu'ils détenaient le pouvoir légitime.
MOI. – Mais quand l'indignité est éclatante ?
BROUS. – Charles VI était fou. Mazarin était une canaille. Et toute nation connaît des revers. Ce n'est pas tellement ce qui compte.
MOI. – Expliquez-vous.
BROUS. – Ce qui compte, c'est la continuité de l'État. Une nation n'est pas un Léviathan – une sorte d'animal collectif comme une ruche ou une termitière. C'est un assemblage politique plus ou moins artificiel et fragile ; celui-ci ne subsiste que tant qu'il est habité par une volonté unanime ; et cette volonté, à travers les divergences sans nombre des citoyens et des partis, ne peut se rassembler que sur un pouvoir légitime, c'est-à-dire un pouvoir reconnu par tous. Brisez cette légitimité, vous brisez du même coup la colonne vertébrale de l'État : vous lui substituez les factions ; et tout pouvoir qui lui succédera étant illégitime représentera seulement la faction qui l'aura soutenu : le pays sera disloqué. C'est le plus grand crime qui se puisse commettre contre la patrie ; une guerre perdue est peu de chose auprès de ce crime-là.
MOI. – Vous estimez que c'est le crime commis par de Gaulle ? Et par nous tous ?

BROUS. – Oui.
MOI. – Même après le démenti des événements ?
BROUS. – Quel démenti ?

L'énormité de la question m'a coupé le souffle.

MOI. – Vous n'avez pas entendu parler d'une victoire alliée ?
BROUS. – Et après ?
MOI. – Vous n'aviez pas joué la victoire allemande ?
BROUS. – Je n'avais rien joué du tout.
MOI. – Si vous préférez, vous n'avez pas obéi aveuglément à un gouvernement qui jouait ouvertement la victoire allemande ?
BROUS. – Quelle importance, ce que jouait le gouvernement ? La question n'est pas là.
MOI. – Je voudrais comprendre où elle est, exactement, dans votre esprit.
BROUS. – Faut-il recommencer ?
MOI. – Cela en effet semble s'imposer. Vous justifiez l'arrestation de douze cents patriotes, leur livraison à la Gestapo et la mort atroce du plus grand nombre d'entre eux, par votre obéissance aux ordres d'un gouvernement soi-disant « légitime ». Aux ordres quels qu'ils soient, n'est-ce pas ?
BROUS. – Oui.
MOI. – Seulement ces ordres ont pour objet la livraison de citoyens français à la police allemande. Cela ne se passe plus sur le plan de la légitimité, mais bien sur le plan d'une politique : celle qui espère obtenir en échange l'amitié du futur vainqueur – allemand, vous ne pouvez le nier sérieusement.
BROUS. – Alors ?
MOI. – Ce n'est donc pas la légitimité que vous avez servie, à peine une politique : un marchandage. Justifier ces assassinats au nom de la seule légitimité n'est qu'un tour de passe-passe. Simple mise au point, remarquez : je ne vous trouverais guère moins coupable d'avoir commis

ces crimes en son nom. Mais ce n'est même pas le cas. La seule justification réelle, aux yeux de ce gouvernement comme aux vôtres, ne peut être au mieux que les avantages qu'auraient accordés les Allemands plus tard, s'ils eussent été vainqueurs. Vous n'avez même pas celle-là, puisqu'ils ont été battus. Au contraire si vous aviez réussi à nous anéantir, quel poids aurait eu votre « légitimité » dans les décisions des alliés ? Comment eussent-ils traité la France ?
BROUS. – Je n'en sais rien, ni vous non plus. Vous ne prétendez pas soutenir, je suppose, que la reconnaissance, l'amitié, la gratitude soient d'un poids quelconque dans les grands plateaux politiques, en dehors des discours officiels ? Je vous tiens le pari que, avant cinq ans, les alliés auront relevé l'Allemagne à nos dépens, si, comme tout le laisse prévoir, elle leur est utile plus que nous. Ce que les Alliés eussent fait ou feront à notre égard, cela dépend bien peu de ce que nous avons ou aurions fait au leur. Mais seulement et entièrement de la force que nous représentons encore. De quoi dépend cette force ? Seulement et entièrement de notre cohésion intérieure. Et cette cohésion intérieure, si elle a conservé quelque solidité, ce n'est pas grâce à vous autres, qui aviez tout fait pour la détruire, et qui continuez encore avec votre infâme « épuration », bien au contraire c'est malgré vous et en dépit de vous, parce que de Gaulle, en menant d'Alger contre vous une action forte et habile, a su neutraliser d'avance la lutte des factions pour le pouvoir, éviter ainsi la guerre civile et la dislocation de l'État. Parce qu'il a su rétablir d'emblée, par-dessus vous, un pouvoir légitime.
MOI. – Vous ne regrettez rien ? Vous agiriez de même encore ?
BROUS. – Oui.
MOI. – Parfait. Je sais maintenant ce que vous avez dans le ventre. Cela suffit. Un conseil pourtant : tâchez donc de juger une bonne fois les raisons réelles de vos actes, Broussard, sans les camoufler à vos propres yeux. Ce serait la première chose à faire. Songez-y. Adieu.

Je l'ai quitté. Au moment où j'allais sortir, il a quand même incliné la tête, comme pour le docteur. Ma foi, j'ai aussi incliné la mienne.

CHAPITRE XIV

NOTES DE PIERRE CANGE *(suite)*

4 juin.

Altman.

(Pour mémoire, son explication du vote, telle qu'il me l'a donnée le premier jour :

MOI. – Avez-vous des raisons particulières d'indulgence envers Broussard ? Des circonstances atténuantes ?
ALT. – Non.
MOI. – Vous pensez donc qu'il mérite la mort ?
ALT. – Oui.
MOI. – Vous l'auriez exécuté il y a deux ans, s'il était tombé entre nos mains et que je vous en eusse donné l'ordre ?
ALT. – Sans hésitation ni murmure.
MOI. – Quelles sont alors les raisons de votre réticence actuelle ?
ALT. – Je suis catholique et croyant.
MOI. – Ah ! Charité chrétienne ?
ALT. – On peut l'appeler ainsi.
MOI. – Vous pardonnez au nom de ceux qu'il a tués ? Vous vous en sentez le droit ?
ALT. – On ne pardonne pas « au nom de ». Le pardon est une communion.
MOI. – Avec qui ? pas avec Broussard ?
ALT. – Oui et non : communion en Dieu. Broussard, vous, moi, nos camarades morts, nous sommes pareillement partie constituante du Corps Mystique de Jésus. Le

pardon n'est pas un acte d'indulgence sentimentale comme l'entend le vulgaire. C'est la reconnaissance d'un fait organique : notre commune appartenance à ce Corps Mystique.
MOI. – Pas sûr de bien vous comprendre.
ALT. – Si votre estomac fait des siennes, et oblige votre foie à mobiliser contre lui toutes ses ressources de bile, il ne s'ensuit pas que, la crise passée, l'estomac doive être détruit ou puni : ce serait préjudiciable à votre corps entier, et par suite à votre foie lui-même. J'ai fait la guerre contre Broussard et ses pareils. Mais la paix revenue, décider de le tuer serait de ma part attentat contre Jésus dans l'entier de son Corps Mystique et par conséquent contre moi-même. C'est cela le pardon chrétien. Ce n'est ni la pitié ni la justice. C'est le sentiment de solidarité cellulaire d'un corps unique – auquel préside un cerveau unique : l'Esprit de Jésus.
MOI. – Vous voulez dire, si la paix est revenue dans le Corps Mystique comme la guérison dans notre corps charnel ?
ALT. – Oui...
MOI. – Mais cette paix est-elle revenue ?
ALT. – Voilà justement la question. Si j'en étais sûr, j'aurais tout à l'heure voté sans réserve en faveur du pardon. C'est parce que je n'en suis pas sûr que j'hésite.)

*
* *

Suis donc retourné le voir ce matin. L'ai trouvé dans sa boutique, en train d'aménager une vitrine. Il a rougi en me voyant, a essayé de m'entraîner. Constaté d'un coup d'œil que la vitrine était consacrée à Montherlant. Ironisé :

– Cela s'intègre-t-il dans votre définition du pardon chrétien ?

A bredouillé pour me répondre. Ressortait à peu près que Montherlant ne s'était peut-être pas si mal conduit que ça, après tout; et que d'ailleurs on ne devait pas mêler l'art et la politique. Lui ai demandé s'il appelait politique le massacre de cinq millions de Juifs. Est devenu plus rouge encore. Et s'il appelait art l'approbation du massacre.

ALT. – Mais Montherlant n'a jamais écrit qu'il approuvait !
MOI. – Il s'est affiché au théâtre avec les Allemands. Qui ne dit mot consent. C'est simplement un peu plus lâche.

Aurais aimé lui demander lesquels se vendaient mieux des livres de Montherlant ou de, par exemple, Saturnin. Mais avait l'air si malheureux que je n'ai pas eu le courage d'insister.

Lui ai rapporté mon entretien avec Broussard. Demandé ce qu'il en pensait.

ALT. – Oh ! Il est probablement sincère.
MOI. – Cela confirme-t-il votre propension au pardon ?
ALT. – Non. Au contraire.
MOI. – Tiens ! Pourquoi ?
ALT. – Parce que cela prouve que décidément nous sommes toujours en guerre.

Lui ai demandé de préciser ce qu'il voulait dire. Réponse : considère la raison d'État comme le pire dérèglement à l'intérieur du Corps Mystique.

Ensuite développements un peu confus. Crois pouvoir les résumer ainsi : le corps social est antinomique au Corps Mystique comme César l'est à Dieu. S'est repris : pas forcément antinomique – seulement si le premier se prend pour fin en soi. Dans ce cas, devient rebelle au Corps

Mystique, lequel est transcendance de tous les corps sociaux : l'estomac, le foie qui se prendraient pour fin en soi. Sorte de cancer du Corps Mystique : quand le tissu conjonctif fait dissidence et prétend vivre et prospérer pour son propre compte. Broussard, tant qu'il ne reconnaît pas ses crimes (et au contraire les justifie par la raison d'État) reste une cellule vicieuse du tissu conjonctif prête à recommencer ses ravages. Alors un seul remède : l'ablation.
MOI. – Vous n'êtes donc plus, concernant la mort de Broussard, « plutôt contre », mais « plutôt pour » ?
ALT. –... C'est-à-dire... je pensais plutôt à l'excommunication... Mais enfin... oui – peut-être... quand même ne décidons pas trop vite...

Il m'a reconduit. Une dame dans la boutique, vêtue de noir, col de guipure à baleines, port altier, visiblement épouse ou veuve de notable, a demandé si l'on avait pu lui procurer *Mort à Crédit*. Altman a toussé, rougi, répondu que non et que, d'ailleurs, ce ne serait certainement pas possible. La dame a paru surprise, est ressortie. Derrière le comptoir, j'ai vu un jeune commis fort dépité, qui tenait dans ses mains un gros volume dont il ne savait plus que faire.

*
* *

5 juin.

Voulu avoir l'avis de Manéon. M'a écouté, a rigolé.

MAN. – Qu'est-ce que vous attendiez de Broussard ? Qu'il se frappe la poitrine ?
MOI. – Non. Mais pas non plus peut-être qu'il revendique avec un tel courage sa responsabilité.

MAN. – Et alors ?
MOI. – Alors me pose une question : moi, qui ai faibli, ai-je le droit de juger cet homme qui croit à ce qu'il a fait, et qui ne faiblit pas ? De disposer de sa vie ?
MAN. – Dites donc, vous vous prenez pour l'archange saint Michel ?
MOI. – Pourquoi ?
MAN. – S'agit pas de vous ! S'agit de lui. S'agit de l'empêcher de recommencer !
MOI. – Il n'y a guère de chances pour qu'il en ait l'occasion.
MAN. – Mon œil ! Vous verrez ça ! Attendez un peu.

A ce moment est entré Potrel. Manéon m'a fait répéter mon histoire. Potrel s'est gratté sa petite moustache. A fini par répondre :

– Difficile de s'inscrire en faux sur toute sa charmante peinture. Suffit de voir ce qui se passe, à travers le monde : on se fout pas mal de nous, les résistants. Au contraire, commençons à être mal vus. Avec ou sans nous, les choses probablement seraient ce qu'elles sont, ou à peu près. Au total, avons peut-être raccourci la guerre de deux ou trois mois, sauvé la vie de cinquante ou soixante mille braves yankees qui auront revu grâce à nous leur Texas natal – au prix d'un peu plus du double de vies françaises. Et ce qui est pire : des meilleures. Pas fameux comme bilan. Pour le reste, probablement pas tort non plus. Tout ça ne doit pas peser bien lourd dans ses décisions des alliés à l'égard de la France. Si n'avions pas existé, l'auraient traitée comme l'Italie. Avantages et inconvénients. Perte de prestige c'est sûr, mais aussi de l'occasion de se fourrer, pour essayer de sauver ce qui en reste, dans guêpiers absurdes d'Indochine au d'ailleurs. Le pays serait peut-être plus uni et s'en sortirait peut-être matériellement plus vite. Si devions nous en tenir à tout ça, devrions laisser Broussard en vie et lui faire des excuses.
MOI. – Mais ?

POT. – « Mais », en effet. Mais ne nous sommes pas battus pour ça. Du moins, pas moi. Me suis battu pour ne pas être complice ignominies abominables, c'est tout. Livraisons réfugiés, massacres des Juifs et le reste. Me fous continuer d'être Français si France devient synonyme Marie-Salope. Me fous devenir faible et pauvre tant que je peux me regarder sans rougir dans la glace.
MOI. – Oui, mais vous n'êtes pas seul. Très joli vous regarder dans la glace sans rougir mais pouvez pas vous désintéresser à quel prix, payé par les autres. Vais me faire l'avocat du diable mais s'agit pas de s'en tirer avec des grands mots. Certain que si nous voulons nous mettre d'accord pour condamner Broussard, nécessaire savoir d'abord pour quoi on s'est battu et si sommes d'accord là-dessus.
Manéon est intervenu : « Pas la peine. »
MOI. – Pourquoi ?
MAN. – Serons pas d'accord. Suis sûr nous sommes pas battus pour les mêmes raisons. Ce qui compte, c'est de savoir si nous regrettons ou si nous recommencerions. Exactement comme Broussard.
MOI. – Pas douteux : recommencerions.
MAN. – Alors ? Pas besoin se casser la cervelle plus loin.
MOI. – Si. Sans ça rien ne prouve recommencerions pas simplement pour nous confirmer n'avons pas eu tort.
MAN. – Eh bien, pourrez jamais rien vous prouver du tout. Moi, je le peux : dialectique. Mais les types comme vous ? Étiez officier vous, Cornélius. Vieille famille de tradition bourgeoise et militaire, heureusement pas déjà déliquescente comme chez la plupart : encore forte tradition des grands notables, conscients de leurs responsabilités nationales. Avez pas pu accepter armistice, trahison notre alliée britannique, soumission à l'ennemi, mutilations territoriales, pertes d'indépendance. Recommenceriez parce que, toutes choses égales de nouveau, pourriez pas accepter davantage fait accompli. Question de tempérament, non de logique. Logique serait plutôt en faveur de Broussard. Mais pouvez pas considérer

Broussard autre chose que traître. Si vous voulez analyser, ne vous restera rien entre les doigts. Pas prudent.
MOI. – Justement. Aurais horreur de rester prudemment aveugle. Vous ai confessé pourquoi, ayant flanché intérieurement, tandis que Broussard ne flanche pas, je ne peux pas être sûr que mon *tempérament* a eu raison. Comprenez pas cela?
MAN. – Si. Mais vous ne pourrez rien y faire.
POT. – Pas de votre avis, Manéon. Sais pas en quoi Cornélius a flanché, mais s'il sent cela, alors il lui faut trouver une certitude, une justification de tout ce qu'il a fait. Sinon ne pourra certainement pas juger ni condamner Broussard. Regardez Saturnin: n'a pas flanché, mais a ressenti fortement une dégradation de ses actes dans sa mésaventure conjugale. Rien à voir avec le vrai problème et pourtant n'est plus capable de juger Broussard objectivement. Doit, lui aussi, trouver une certitude en dehors de lui-même. Et moi? Croyez peut-être que j'ai toujours été tranquille? Cornélius disait tout à l'heure: très beau de ne pas rougir devant la glace, mais de quel prix les autres ont-ils payé cette satisfaction? Voici ce que j'ai fait un jour, avant d'entrer dans le réseau. En passant à vélo près du triage de Tresmes, j'ai vu un train plein de Fritz, à l'arrêt. Jouaient tous de l'accordéon ou de l'harmonica. Un peu plus loin, suis descendu de mon vélo; j'ai coincé, à tout hasard, avec une pierre, la pointe d'une aiguille. Gros succès: une heure après, tout le convoi était couché dans le fossé. Seulement, le lendemain, représailles: cinquante cheminots fusillés à Tresmes. Le problème était bien posé, vous ne trouvez pas?
MOI. – Comment l'avez-vous résolu?
POT. – J'ai commencé par avoir envie de me suicider. C'est drôle, n'est-ce pas? Pendant un mois, j'étais bon à ramasser à la cuiller. Et puis, il y a eu le décret d'avril contre les Juifs. J'avais un seul petit Juif dans ma classe, un réfugié, un gosse intelligent et fin. Un jour il est arrivé avec son étoile jaune, sur son petit tablier. Piqué en

voyant ça un fard plus rouge que tomate au soleil, mais compris que je ne rougissais pas pour moi tout seul : rougissais pour trente-neuf millions de Français. J'ai cessé de penser à mes cheminots et suis entré dans le réseau.
MOI. – Ce n'est pas suffisant.
POT. – Quoi donc ?
MOI. – Comme motif ou comme justification. Je veux dire : si nous admettons que Broussard peut n'avoir pas entièrement tort concernant l'inefficacité militaire et politique de ce que nous avons fait ; parce qu'alors vos cinquante cheminots ont coûté trop cher : l'étoile de votre petit Juif, ce n'est pas nous qui en avons nettoyé sa poitrine, ce sont les armées alliées.
POT. – Ce n'est personne. Il est mort avec deux mille autres mioches, asphyxié dans un wagon à gaz, en Hollande.
MOI. – Ah... *Horrible, most horrible*. Mais cela pose la question de façon encore plus urgente. Nous avons essayé d'empêcher ces horreurs sans en avoir la force. Votre geste, Potrel, a coûté la vie de cinquante cheminots. Sans avoir pour cela sauvé votre petit Juif. Nous avons payé ces vaines tentatives de centaines de milliers de nos morts. Les gens comme Broussard disent : « Nous le savions. Que vous n'empêcheriez rien, et que vous payeriez ce prix-là. C'est ce que nous avons voulu éviter. Nous ne l'avons pas pu, à cause de vous. C'est vous, les criminels. » Nous n'avons pas le droit de tuer ces hommes-là si nous ne savons pas nous prouver à nous-mêmes que c'est eux qui ont eu criminellement tort.
MAN. – Dites donc, ces morts françaises que Broussard nous reproche, il y en a un bon mille de sa propre main ! Il va un peu fort.
MOI. – C'est vrai, mais c'était selon lui pour en éviter cent mille autres. Le sort de la Pologne, vous savez bien.
MAN. – Justement. Pendant ce temps-là, les Tchèques, les Juifs et les Polonais pouvaient bien crever. Il fallait regarder ça sans rien faire ? Et même proposer : « Pas besoin d'un petit coup de main ? » Dites donc, Cornélius, vous déménagez.

Moi. – La question subsiste, Manéon. Si nous avions vraiment pu l'empêcher, je ne me tracasserais pas de Broussard. Mais le vrai boulot, qui l'a fait ? C'est l'Armée Rouge, ce sont les divisions américaines. Elles l'auraient fait de toute façon, avec ou sans nous. Oui, je sais : les divisions allemandes retenues en France, en Norvège, en Hollande, en Belgique n'étaient pas à Stalingrad, ni à El Alamein. Mais nous admettons en ce moment les accusations de Broussard parce que, si ce qu'il dit est seulement *un peu vrai*, nous devons nous convaincre avant de le punir que c'est pourtant bien lui, aurait-il cent fois raison, dont les actes furent criminels.
Man. – Vous me cassez les pieds. Si tout ça vous amuse, libre à vous. Je vous l'ai déjà dit : vous condamnerez Broussard comme moi. Vous y mettrez plus longtemps, c'est tout. Énergie gaspillée.
Moi. – Peut-être bien. Mais vous comprenez j'espère qu'il ne s'agit pas tellement de Broussard. Il s'agit de quelque chose de beaucoup plus énorme. Et de moi, dans cette énormité. Il s'agit, Manéon, de savoir précisément *à quoi* nous avons sacrifié les autres et nous-mêmes. Puisque si nous étions justifiés seulement par le succès, nous ne serions justifiés de rien : car ce serait admettre du même coup qu'un succès inverse eût justifié Broussard au lieu de nous. Le succès ne peut me suffire. J'ai perdu ma propre estime, vous le savez. Ce n'est pas en condamnant Broussard que je la retrouverai. Mais si je le condamne, c'est que j'aurai trouvé réponse à tout cela.

. . . .

CHAPITRE XV

J'arrête ici les notes de Pierre Cange. Non qu'il les eût lui-même interrompues. Elles continuent longtemps – je crois qu'elles continuent toujours. Mais sur les circonstances de sa guérison, elles ne nous apprendraient plus grand-chose.

Dans une note ultérieure, écrite dans ce sana de Sarcenas où il luttait pied à pied contre la mort, on trouve pourtant encore ceci :

12 février 1947.

Est-ce un trait de mon caractère ? Mais c'est dirait-on quand tout me porte au désespoir que l'espérance me revient. Je n'ai jamais été aussi sûr de guérir que depuis que le toubib, hier, n'a pas pu cacher une grimace en m'apprenant que le pneumo a lâché. Ainsi je me rappelle, à Saint-L***, combien le sort devant moi semblait avoir bouché toutes les issues. Était-il un bilan plus noir que celui qui ressortait des malheurs de Sat (et du mien), de la conversation avec Broussard, du sombre inventaire de Potrel ? Eh bien, Dieu sait pourquoi, dès cet instant cela m'avait ragaillardi. Oui, au lieu de sombrer dans un découragement plus profond, c'est en m'apercevant que j'étais *sûr* que nous avions raison quand tout semblait nous donner tort, mais sans encore savoir pourquoi, et justement peut-être *parce que* je ne savais pas pourquoi, qu'une étrange espérance s'est levée.

On avait déjà pu constater le changement de ton progressif dont les notes de Pierre faisaient preuve. *Et moi, dans cette énormité,* écrivait-il. Peut-être ne fut-il pas d'étape plus décisive sur la voie de son salut que cette prise de conscience : qu'il n'était pas *seul,* que son problème personnel s'évanouissait dans « l'énormité » du problème du monde – celui où depuis plus de trente ans les hommes se débattent.

Dès lors les notes de Pierre Cange s'élargissent aux dimensions de ce problème. Elles deviennent proprement un *journal,* – le journal de toutes ses pensées, de tous ses actes, des lectures faites, des événements du jour, des entretiens divers, et certes elles sont d'un intérêt très grand, d'abord pour la connaissance d'un homme comme lui, et aussi, (dans la mesure où ces réflexions sont typiques) d'un simple point de vue historique. Mais tout cela déborde le propos de ce récit, dont l'ambition se borne à raconter comment un homme horriblement mis en morceaux par une entreprise diabolique a su – et pu – rassembler ces morceaux pitoyables pour en refaire un être humain.

Le cas Broussard lui-même s'estompe, ou plutôt dès lors se confond avec la guérison de Pierre : l'un et l'autre dépendent, comme il l'écrit, de la réponse qu'il trouvera à des problèmes qui les dépassent de très haut. Ainsi qu'il me le confiait plus tard, allongé immobile sur sa chaise longue : « J'ai (disait-il) compris que d'avoir cru perdre "ma qualité d'homme", cela ne voulait rien dire, aussi longtemps que je ne saurais pas définir précisément cette qualité. J'ai compris que je confondais des choses fort différentes. Ou plutôt que je me contentais de définitions implicites : l'honneur, le caractère, la fidélité, le courage. J'ai cru que l'on était plus ou moins homme selon qu'on possédait plus ou moins ces qualités. Ce n'était pas faux du reste, c'était plutôt une pétition de principes. Je faisais comme ceux qui définissent l'homme pas la pensée, puisque la pensée est le propre de l'homme. Oubliant qu'il faut alors définir la pensée, sans quoi l'on n'a rien défini du tout. Et comme la pensée a besoin de la pensée pour se définir, c'est blanc bonnet et bonnet blanc. Il faut de même définir l'honneur, le caractère, en fonction d'une notion de l'homme indiscutable. Sinon ces mots non plus ne veulent plus rien dire. Même les Nazis, les apaches, ont leur honneur et leur caractère. Si j'ai cru perdre ma qualité d'homme c'est que je n'ai pas agi en homme ; mais qu'est-ce que c'est qu'agir en homme ? C'est agir selon la qualité d'homme... Cercle vicieux. La plupart des gens s'en contentent. Je m'en contentais aussi. C'est quand j'ai compris qu'il ne s'agissait plus seulement de mon fléchissement à Hochswörth, mais de ce que nous avions fait auparavant tous ensemble ; quand j'ai compris qu'il nous fallait trouver en vertu de quelle idée de l'homme nous avions agi comme nous avions fait ; que ma propre faiblesse, les cinquante cheminots de Potrel, le sacrifié du train de Manéon, les désastres intimes de Saturnin, que tout cela était un tout indivisible, puisque, sachant tout cela, "et si c'était à refaire nous referions ce chemin" ; c'est quand m'est apparu que cela en effet ne se détaille pas, que le comportement *humain* ne se détaille pas, qu'il fallait que Broussard *ou* nous eussions raison, sa prudence rentable *ou* notre vaine révolte, avec leurs conséquences, et quelles qu'elles fussent ; c'est ce jour-là que j'ai vraiment commencé de guérir. »

Il était donc en bonne voie quand, ayant été ouvrir en pestant sur un coup de sonnette, une nuit vers onze heures, je le trouvai souriant sur mon palier.

Souriant est beaucoup dire. Mais depuis si longtemps il offrait aux regards un visage tellement raidi et tourmenté, que de le rencontrer détendu cela me parut un sourire.

Il s'en fallait de peu qu'il surprît Nicole chez moi. Elle était montée me voir au crépuscule, je l'avais retenue à dîner, et nous étions restés près de deux heures encore à parler et parler de Pierre. Elle entretenait avec Saturnin une correspondance assidue. Elle m'en montra deux ou trois lettres. Nous ne savions sur Sat à cette époque, Nicole et moi, rien de plus que ce que tous ses amis pouvaient connaître. Nous ignorions par exemple qu'il soupçonnait Thérèse d'être malheureuse, et caressait déjà l'idée torturante de la reprendre à Rumour. Comme toujours aussi, nous étions en retard sur l'histoire : sa célébrité de poète semblait encore s'étendre, alors que depuis longtemps elle était sourdement battue en brèche. Tout cela donnait aux lettres de Saturnin un ton que nous interprétions de travers. Une sorte d'amertume paraissait l'animer contre Pierre, dont il écrivait à Nicole : « C'est Rogojine. Il y a identité pour lui entre l'orgueil et l'humilité » – et nous ne comprenions pas que ce qui l'agitait n'était pas l'amertume, mais la clairvoyance aiguë des hommes las. Il écrivait encore : « Il faudrait que le docteur Mouthiers soit cruel » – et nous ne devinions pas qu'il appelait sur lui-même un traitement violent, et que sa clairvoyance la souhaitait du même coup pour son ami supposé démoli comme lui. A la lumière de ce que nous avons su depuis, les lettres de Saturnin s'éclairent : il faut comprendre qu'elles ne parlent jamais de Pierre sans y superposer Saturnin. Quand Nicole ainsi croyait suivre Pierre jour par jour, pouvoir tracer jour par jour le graphique de sa santé mentale, elle s'illusionnait. Ou plutôt, ce qu'elle tenait dans ses mains était une série de bulletins ambigus, comme ceux que pourrait donner un médecin qui confondrait constamment deux malades. Ce soir-là, elle m'avait quitté fort attristée. La dernière lettre datait de trois jours. Sat écrivait : « Tant que Pierre n'aura pas découvert quelle erreur initiale l'a gouverné dès l'origine, il n'est pas d'espoir qu'il retrouve la paix de l'âme. » Ce qui, à tout prendre, n'était pas absolument faux. Mais non pas peut-être comme Sat l'entendait.

Nicole m'avait quitté, et je rangeais machinalement des livres, l'esprit ailleurs – inquiet de ce qui se passait à Saint-L*** – quand Pierre avait sonné. Eh bien, ma foi, oui, il souriait: maintenant l'image m'en revient précise. La lumière tombait obliquement sur son visage, venant du plafond de l'antichambre. Elle accentuait les pommettes, leur relief égayé, et l'ombre qu'en les relevant le sourire dessinait sous elles. C'est quand il avança ensuite dans la lumière que son sourire parut s'effacer: simple effet de proportion. Il souriait moins que je n'avais cru, c'est tout.

Il entra dans mon bureau avec le naturel désinvolte d'un chien mal élevé, et comme lui se mit à en humer les odeurs en plissant les narines et pointant le nez vers les quatre coins de la pièce. Avait-il reconnu le parfum de Nicole ? Mais il ne dit rien et s'en fut s'asseoir, avant d'en être prié, dans mon profond fauteuil de cuir. Il en tapota les bras rembourrés en me regardant d'un drôle d'air.

– Eh bien, dit-il, l'oiseau s'est envolé.

Je ne compris pas tout de suite, Nicole occupant mon esprit. Voyons, me dis-je, il ne peut pourtant pas… L'éclair se fit enfin :

– Broussard ? demandai-je.

– Soi-même », dit Pierre. D'un mouvement expressif il fit glisser vivement son bras droit sous sa main gauche. « Pfuit ! fit-il N'a pus ! »

Derechef il se mit à tambouriner en me regardant. Il surveillait ma réaction avec une ironie visible. Quant à moi, je ne savais trop de quoi m'étonner davantage, de cette surprenante nouvelle ou de l'étrange comportement du messager.

– Je n'y suis pas pour rien », dit-il ; et il ne cessait de me surveiller.

– C'est vous qui l'avez fait fuir ?

– C'est selon, dit Pierre en tambourinant toujours.

– Au diable vos mystères, m'écriai-je. Expliquez-vous !

Sur quoi, au lieu de répondre, il me lança de but en blanc :

– Vous n'avez jamais assisté à une opération du cerveau ?

Il me fallut quelques secondes pour songer à secouer négativement la tête.

– Capital, dit-il.

Il fit claquer sa langue.

– Naturellement, on y pense quelquefois, poursuivit-il. A cette masse molle et frisée que nous avons sous le crâne. Très mystérieux, bien sûr. Siège des idées, de la mémoire, et tout. La chimie qui se fait là-dedans. Et qui se transforme en pensées, sentiments, décisions, inquiétudes, jugements, conscience de M. Pierre Cange. Tout ça est banal à souhait. Quand même, il arrive qu'on y pense. Pas trop : fatigant et désagréable. Heureusement, ça reste toute la vie caché et silencieux ; modeste, effacé. Splendidement discret.

Il se passait les doigts dans les cheveux, se tâtait divers points du crâne, avec une sorte d'amusement léger.

– On y pense ? Mais si peu. On n'y pense pas *vraiment*. On fait semblant d'y penser, mais ça ne va pas loin. Eh bien, on a tort. On a énormément tort. On devrait y penser tout le temps. A chaque minute, à chaque seconde. Alors ça cesserait d'être banal et sans portée. Parce que, si on y pense vraiment, si on y pense *assez*, eh bien, mon vieux, ça change tout.

Il répéta : « Tout. »

Il me regarda encore avec son drôle d'air, et repartit à tambouriner. Il leva la main, tendit vers moi un index accusateur.

– Avez-vous seulement vu une coupe histologique de la matière grise, au microscope électronique ? Mouthiers ne vous a pas montré ça ? De quoi diable avez-vous parlé ?

Je souris. Il sourit aussi.

– De moi, dit-il, bien sûr. Fameux sujet de conversation.

Il bougonna entre ses dents :

– D'ailleurs, c'est le même sujet.

Il reprit :

– Et une nébuleuse ? Ça, quand même, vous avez vu des photos de nébuleuses ?

J'aquiesçai avec un peu d'humeur. Où voulait-il en venir avec ses nébuleuses à plus de onze heures dans la nuit ?

– Eh bien, dit-il, c'est la même chose.

Il traça dans l'air des lignes parallèles invisibles, avec ses doigts.

– Une coupe histologique de la matière grise, agrandie un million de fois, c'est une nébuleuse.

J'avais déjà levé la main mais c'est lui qui m'interrompit :

– Non, non, dit-il. Je ne paraphrase pas Pascal. Les deux infinis, je sais. Une parcelle de matière grise est une nébuleuse pour un être cent millions de fois plus petit. Oh ! c'est cela aussi. Mais ce n'est pas ce que je veux dire.

Après quoi, il sembla battre un peu les buissons pour retrouver ce qu'il voulait dire.

– Ma foi, reconnut-il enfin, après tout c'est un peu ça quand même. Mouthiers m'a montré une photo, une grande photo, un mètre carré. Un fond tout noir, comme la nuit. En bas, une masse bien rangée d'étoiles, une belle poussière bien homogène, comme la voie lactée sur une photo astronomique, vous savez. Partant de là, d'autres lignes d'étoiles. Des lignes serrées, bien rangées elles aussi. Un peu comme cette expérience de physique, avec de la limaille de fer sur du papier et un aimant par-dessous. La limaille se dispose selon les lignes magnétiques. C'était un peu comme ça. Ou encore…

Il dut être content de l'image qu'il venait de trouver, il se redressa brusquement dans son fauteuil.

– … ou encore, imaginez un ciel nocturne au mois d'août, noir comme l'encre et transparent, avec ses millions d'astres, des astres à n'en plus finir, serrés comme du sable… eh bien, imaginez qu'on donne là-dedans un grand coup de peigne, un coup de démêloir gigantesque… Un firmament bien peigné, vous voyez ça ? Des millions de cheveux d'étoiles soigneusement coiffés…

Il me donna le temps de me représenter la chose et il conclut :

– C'est ça la matière grise. Grossie dans son épaisseur. Ces astres, ce firmament. Et son épaisseur, c'est celle à peu près d'un papier à cigarette.

Il se laissa aller en arrière, appuya sa nuque sur le haut du dossier capitonné.

– Ce n'est pas parce que c'est grand. Mais parce que c'est... cosmique. Vous comprenez ? Énorme, indifférent, rangé comme une armée, et... comment dire ?... intrinsèque. Voilà : formidablement intrinsèque. Et c'est ça Pierre Cange, dit-il. C'est ça aussi Broussard. Ça se passe là-dedans. Et pourtant, entre ça et nous, ça et ce que nous sommes, il y a une crevasse plus large que tout le saint-frusquin du bon Dieu. Pas moyen d'y aller voir.

Il répéta :

– Aucun moyen.

Il dit soudain :

– Et ce n'est encore rien ! Mais je ne vous ennuie pas ?

J'avais visiblement étouffé un bâillement, mais il parut oublier même sa question et reprit en frottant doucement avec deux doigts le cuir patiné :

– Tout ça n'est pas plus neuf évidemment pour vous que pour moi. Mais il y a des choses qu'on sait depuis longtemps et qui un beau jour...

La pendule sonna minuit. Il l'écouta attentivement sonner, comme s'il comptait les coups.

– ... un beau jour pourtant vous éclatent sous le nez, comme si on n'y avait jamais songé. Subitement elles rassemblent sur elles des milliers de pensées éparses, de rêveries, d'interrogations. Et elles y répondent...

Il me regarda.

– A ça et à des tas d'autres choses qu'on ne se demandait pas. Mouthiers m'a montré ces photos parce que... – Vous avez visité ses silencieuses ? Qu'est-ce que vous en pensez ?

Comme toutes ses questions depuis qu'il était là, je commençais à le comprendre, celle-ci ne m'était pas réellement adressée. Aussi ne répondis-je pas. J'attendais en le regardant et en effet il continua :

– Est-ce que ce sont des êtres humains ? Elles en ont la forme, c'est entendu. Quelques-unes semblent écouter ce qu'on leur dit, penser peut-être. Mais les autres ? Elles font de la broderie : mais vous avez vu les broderies qu'elles font ? Chacune répète indéfiniment la même, comme si elles ne savaient pas plus ce qu'effectuent leurs doigts que ne le sait une araignée qui tisse sa toile. Ça donne froid dans le dos. Vous permettez ?

Il prit un de mes cigarillos dans leur boîte sur mon bureau. Il ne me laissa pas le temps d'être confus :

– Un jour... continuait-il en l'allumant... un jour... le professeur... Filler... m'a emmené voir ses chimpanzés. Il y en avait un, dans une cage, qui m'a tout de suite tendu la main à travers les barreaux. Filler a pris une espèce de sarbacane. Il y a fourré une banane. Il l'a tendue à l'animal. Le singe a commencé par regarder dedans avec un œil. Ensuite il a soufflé de toutes ses forces, sans résultat. Alors il a tapé le tube sur le sol, par un bout, pour faire descendre la banane, toujours sans résultat. Entre-temps, Filler avait glissé dans la cage un bâton. Le singe l'a pris. Le bout était trop gros pour entrer dans le tube. Il l'a cassé. C'était encore trop gros. Avec ses dents, il a arraché l'écorce. Et il a pu enfin récupérer la banane et la manger.

Il fixa sur moi ses yeux gris.

– Ça pose des questions, hein ? D'un côté des êtres à forme humaine qui ne savent plus penser, de l'autre un singe qui sait penser... et moi, à Cronon, qui cherchais « la limite »... hein ? Où se balade-t-elle ? Eh bien, cette histoire de singe, j'ai vu ça il y a huit ou dix ans. Ça m'avait épaté. Mais je ne me suis pas posé de questions.

Une flamme courut dans son regard, ironique, dansante.

– C'est formidable ce que l'esprit peut avoir horreur

de se poser des questions, à moins d'y être forcé. On sait tous des tas de choses, qui en laissent tant d'autres en l'air, auxquelles il faudrait répondre, qu'on ne devrait pas pouvoir fermer l'œil avant d'y être parvenu. Et en effet, avec un peu de persévérance, on y parviendrait. Seulement, mon vieux, voilà, je crois qu'on a un peu la frousse et le vertige. Alors on préfère hocher la tête en disant: « Ce que c'est que de nous... » après quoi, ayant ainsi payé son petit tribut à la philosophie, on attend la fin de l'histoire la conscience tranquille.

« C'est un peu vrai », m'avouai-je sans cesser d'observer l'espèce de danse que ses doigts exécutaient sur le cuir rembourré, et qui trahissait, mieux même que cette soudaine volubilité, une extrême excitation intérieure.

– Par exemple, le cancer, ça pose une drôle de question ! Je ne parle pas du problème médical, bien sûr. Mais de ceci, tout simplement : voilà un organisme vivant, disons un chien. Un cœur, un estomac, des os, des muscles, une cervelle. Tout ça cousu dans un sac de poils, et trottant et reniflant, et tout ce qui s'ensuit. Bon. Il y a d'abord une chose qui me frappe : c'est la confiance que tout le saint-frusquin là-dedans, les tripes et les abattis, la confiance touchante que tout ça fait, disons, à l'intelligence du chien. Vous me comprenez ? A tout ce côté du chien qui se sait chien, en quelque sorte, qui se sait ce chien-là et pas un autre, qui flaire, court, pisse, fait l'amour, mange, grogne, aboie, et se sauve à toute allure quand il y a danger à l'horizon. Pendant ce temps-là le cœur, le foie, la rate font leur petit boulot à l'intérieur sans s'occuper du reste. Comme dans un bateau les types des soutes font confiance aux officiers du pont pour éviter les récifs et les mines flottantes. Chacun son métier. Très bien. Mais maintenant j'imagine qu'il arrive un pépin sur ce bateau. Par exemple, quelques soutiers se mutinent, ils font sauter une chaudière, bousillent des tuyaux, et voilà le mazout qui commence à gicler partout. Les machines flambent, l'incendie se répand, tout le monde se bagarre là-dedans.

Est-ce que vous concevez qu'on laisserait le commandant jouer au bridge avec les officiers du pont sans l'informer de rien ? Mieux que ça : il renifle, le commandant, ça sent le brûlé, le bateau prend de la bande, voilà même qu'un peu de mazout lui brûle le fond de culotte. Il saute en l'air, demande ce qui se passe, mais bernique : personne ne répond. Il voudrait bien descendre pour se rendre compte par lui-même, d'autant que ça le rôtit de plus en plus, mais voilà le plus marrant : pas d'escaliers sur ce bateau. On n'en a pas prévu. Peut pas sortir de la dunette, le commandant. N'a jamais vu les soutes, ne les verra jamais, et au total, ma foi, il n'a pas la moindre idée de la façon dont il est fabriqué et dont il marche, son bateau. Eh bien, voilà mon chien. Un beau jour, quelque chose lui brûle les fesses, il se réveille avec son arrière-train tout engourdi et douloureux. C'est un paquet de cellules qui s'est mutiné, quelque part du côté des tripes, et qui met le navire en perdition : foie, rate et le reste, et d'abord cette brave conscience de chien qui ne sait même pas ce qui se passe. Qui ne peut même pas y aller voir, pour remettre de l'ordre dans tout ça, enjoindre les mutins de lui obéir, de rentrer dans le rang, ou pour leur dépêcher la bordée de quart avant qu'ils aient causé trop de dégâts. Non, ça continue de trotter tant bien que mal, de renifler, et de pisser en levant la patte. C'est toute sa science, à cette pauvre cervelle. Et pendant ce temps-là les cellules cancéreuses poursuivent tranquillement leurs petites occupations, les chaudières éclatent les unes après les autres, et tout le monde au bout du compte se retrouve par cent mètres de fond, les mutins, l'équipage et le commandant. Vous ne trouvez pas que c'est une drôle d'organisation ?

Il se répondit à lui-même, en hochant la tête : « une sacrément drôle d'organisation ». Et sans attendre :

– Est-ce que vous avez jamais pensé à toute la métaphysique qu'il y a dans cette chose toute simple : se retenir de pisser ? Cette guerre intestine… Mon corps qui veut pisser et moi qui ne veux pas… Tous ces muscles, ces sphincters en bataille autour de ma vessie… Vous vous rappelez, l'Exode, quand l'Éternel dit à Moïse : « A toi j'ordonnerai de faire sortir mon peuple d'Égypte, au Pharaon j'endurcirai son cœur afin qu'il ne le laisse point aller… » Qui est-ce qui veut, dites donc, qui est-ce qui ne veut pas ? Qui est *moi* là-dedans ?

Il dut sans doute se méprendre à mon expression car il s'excusa :

– Oui, oui, je sais bien, je ratiocine, comme si j'avais découvert la lune… Mais justement ce qui m'ébahit, c'est que tout le monde le sait bien que les choses se passent comme ça, chez nous comme chez le chien. Chacun le sait mais voilà l'épatant : personne n'a l'air de se demander pourquoi !

Il rit.

– Et quand je dis personne n'a l'air, c'est un aimable euphémisme. En fait tout porte à croire que personne ne se le demande. Oh, *comment,* ça, oui : il ne manque pas de gens pour se demander *comment* tout ça fonctionne. Et pour nous expliquer que c'est comme ça, pas autrement. Mais *pourquoi,* je ne vois pas qu'on s'en inquiète. En tout cas pas longtemps. En tout cas pas clairement. En tout cas pas assez longtemps ni clairement pour que j'aie jamais entendu personne s'en inquiéter devant moi. Comme si chacun se disait simplement « c'est comme ça » et trouve naturel, oui, c'est cela : naturel – ennuyeux bien sûr mais naturel qu'un cancer commence à proliférer dans un coin de nous-mêmes sans qu'aucune sonnette d'alarme nous prévienne. Et naturel que, ensuite, nous n'ayons aucun moyen d'intervenir directement, d'intervenir par l'intérieur, vous comprenez ? Comme si sur notre bateau de tout à l'heure il fallait que ce fût un garde-côte qui, après s'être aperçu que quelque chose n'allait pas, pratiquât une ouverture dans la tôle de la coque et pénétrât avec un détachement de police pour y réduire les mutins. Pendant que le commandant, lui, dans son carré, continue à jouer au bridge sans s'occuper de rien. Nom d'un chien, ça pose pourtant une sacré nom de Dieu de question, non ?

Cette fois, je crois qu'il appelait une réponse, au moins un acquiescement. J'ouvris la bouche. Mais il était trop échauffé :

– Et encore, j'ai supposé un cancer dans les tripes, à fond de cale. Mais maintenant, imaginez un cancer au cerveau, une mutinerie sur la dunette. Oui, là même où le commandant joue au bridge dans le carré des officiers. Les matelots se tirent les uns sur les autres à travers les hublots, on fout le feu partout, on va jusqu'à flanquer sous leur table une bombe qui va bientôt faire tout sauter. Que font les officiers ? S'aperçoivent de rien. Continuent de jouer tranquillement. Par-ci par-là ils font quelques erreurs de levée, c'est tout, à cause du tapage. Et puis ils sautent, en effet, avec les mutins et le bâtiment. Pour le coup, ça ne vous dit rien ? Vous ne pensez pas qu'il faut de drôles de raisons pour justifier l'apathie de ce commandement et surtout cette ignorance, cet incroyable aveuglement ? Qu'il faut que les armateurs se méfient bougrement des officiers de pont pour avoir choisi des gars comme ça, incapables de se rendre compte de rien, même de ce qui se passe sous leur nez ? Pour aller jusqu'à préférer, plutôt que de leur accorder les moyens de percevoir et d'agir, jusqu'à préférer perdre corps et biens leur sacrée barcasse ?

Il attendit une seconde, leva les paumes, les frotta brusquement l'une sur l'autre.

– Je ne sais si vous avez jamais pensé à ça, mais moi, eh bien, j'en fais l'aveu, je n'y avais pas pensé jusqu'à ce qu'hier matin…

Il s'interrompit et gloussa doucement, avec un geste d'excuse.

– C'est par là que j'aurais dû commencer. J'aurais mieux éclairé ma lanterne. Vous me voyez tout excité. Et je le suis, c'est vrai. Je crois que je touche quelque chose d'essentiel. J'y étais préparé, c'est vrai aussi. Mais Dieu sait le temps que ça aurait pris encore. Il y a soixante-douze heures, je n'y voyais pas beaucoup plus clair que quand vous m'avez amené là-bas. Moins clair, même, simplement je me rendais compte sans doute que je m'étais trompé, que les choses assurément n'étaient pas aussi atrocement simples que mon orgueil s'était atrocement plu à me les peindre... Les données étaient là, je veux bien... Mais quels délais eût-il fallu pour qu'une synthèse éclatante... Dites donc, fit-il subitement en me regardant avec l'expression qu'il aurait eue s'il avait distingué derrière ma tête une auréole, dites donc, j'y pense tout à coup... le docteur Mouthiers... je me demande maintenant pourquoi il m'a emmené voir ça, hier matin... cette opération-là... Il m'a dit, je me souviens : « Venez voir quelque chose. Si vous ne le supportez pas, vous vous en irez. Mais si vous le supportez, ça vous fera du bien... » Dites donc, répéta-t-il, c'est une conjuration ?

Je ris, et je dis – comme lui un peu plus tôt :

– C'est selon.

Il se gratta quelque temps le bout du nez, les yeux dans les miens, avec cette petite flamme dansante que je n'avais jamais revue depuis qu'une dernière fois nous nous étions serré la main, sur le pont des Saints-Pères, deux ans plus tôt, en nous disant : « à la semaine prochaine »...

– Ça m'embêterait, dit-il.

Il se grattait toujours le nez, mi-sombre, mi-souriant.

– Vous appellerez ça sans doute de l'orgueil... mais j'aurais voulu ne devoir qu'à moi-même...

– Stop ! dis-je brusquement et il s'interrompit avec un soubresaut. Je sais ce que vous alliez dire, continuai-je. Je ne veux pas l'entendre. C'est une idée absurde – que vous deviez quoi que ce soit à d'autres que vous-même, veux-je dire. Ne vous l'ai-je pas répété cent fois ? Mouthiers, ou moi, ou... n'importe qui nous ne pouvions que vous aider, en vous fourrant le nez de force dans cette... en vous obligeant à affronter cette qualité d'homme que vous croyiez avoir perdue et qui est la base de tout. Vous la redécouvrez par des chemins qui me surprennent, je dois le dire. Mais *vous* la découvrez, cela se voit. L'essentiel est là. Personne ne peut la découvrir pour vous.

– Des chemins qui vous surprennent ? répéta Pierre avec une inquiétude qui lui plissa le nez.

– Oui... Mouthiers décidément me semble un type déroutant... Il a l'air, avec ses joues roses et sa barbichette, d'un brave petit potard de province, un peu mou, un peu encroûté. Et il sait prendre de ces décisions subites... exactement à point nommé... Il a l'œil diagnostique, il n'y a pas à barguigner ! N'importe qui aurait pensé – moi le premier – que l'action seule pourrait vous obliger... à aborder de front... Et ce vieux toubib à barbiche qui s'avise tout d'un coup de vous précipiter dans le potage par le biais des idées ! Et vous y êtes, vous y nagez, ça se voit bien !

– Je vous assure, dit Pierre d'une voix tranquille mais pleine d'une résonance profonde, je vous assure que l'ablation d'une tumeur du cerveau, ce n'est pas une idée.

CHAPITRE XVI

Mouthiers l'avait emmené en voiture à Poitiers. C'est là que le professeur Brosses, venu spécialement de Paris, allait devant quelques internes opérer son propre confrère, le professeur Varèse. Celui-ci était seul à ignorer encore qu'il souffrît d'une tumeur.

Cette ignorance déjà plongeait Pierre Cange dans l'étonnement. « Ne croyez pas, lui dit Mouthiers, qu'un médecin malade soit d'abord un médecin : c'est d'abord un malade. Il perd toute clairvoyance, devient aussi crédule qu'un profane. Varèse a perdu l'usage d'un œil, il ne maîtrise plus son bras droit, il souffre d'aphasies de plus en plus fréquentes. S'il s'agissait d'un autre, il saurait mieux que personne qu'une compression osseuse du nerf optique ne peut expliquer tout cela. Mais il s'agit de lui, et son instinct s'accroche à ce diagnostic. »

Pierre avait médité quelque temps, dans le bourdonnement monotone de la voiture sur la route goudronnée. « C'est extraordinaire », avait-il dit enfin.

–Mais non, dit Mouthiers. Je vous assure, dès qu'un homme est malade… Tenez, moi-même, un jour…

–Ce n'est pas de cela que je parle, dit Pierre. Je ne m'étonne pas qu'en Varèse le malade aveugle un peu le médecin. C'est normal en effet il me semble. Je m'étonne seulement que n'importe qui, lui comme n'importe qui puisse ignorer… – Bon sang, s'écria-t-il, comment expliquez-vous, docteur, qu'un caméléon puisse commander aux cellules de son épiderme qu'elles deviennent vertes ou rouges à volonté, et nous, que nous ne soyons pas fichus de rien entendre aux cellules mêmes où se forme l'entendement, de commander aux cellules mêmes où se forme le commandement ? Quand on y songe, c'est invraisemblable ! » Mouthiers avait commencé de lui exposer l'indépendance des systèmes nerveux, mais Pierre l'avait interrompu : « Vous me décrivez le "comment" mais je m'en fiche. C'est le "pourquoi" qui m'intéresse ! » Mouthiers avait répondu que le seul domaine qu'un esprit scientifique pût accepter d'explorer était le « comment » : le « pourquoi » étant métaphysique, inconnaissable, ne peut retenir la recherche.

– Vous me faites, dit Pierre, penser aux chats de la mère Laouëdec.

– Les chats de qui ?

– Peu importe. Il y en avait trois. Des chats d'ailleurs à demi sauvages qui ne se laissaient pas prendre, à peine caresser. Mais à l'heure des repas ils étaient là, derrière la fenêtre, à surveiller chacun de nos gestes. La mère Laouëdec avait remplacé un carreau de la buanderie par une petite trappe. Les chats pouvaient par là entrer et sortir. Ils avaient une écuelle à eux. A la fin du repas la mère Laouëdec se levait pour y porter les restes. Les chats y étaient avant elle. Ils miaulaient, dansaient, tournaient autour d'elle, se frottaient à ses jambes, mais ils avaient appris, à force de coups sur le museau, qu'on ne s'approchait pas de l'écuelle avant qu'elle fût remplie. Quand la mère Laouëdec enfin se redressait, ils s'y jetaient comme des goinfres... Pourquoi je vous raconte ça ? Parce que ces chats vous ressemblent. Ils ont très bien découvert le « comment » des phénomènes : « Quand on s'approche, coup sur le nez ; et pas de nourriture. A six pas de l'écuelle, pas de coup ; ensuite on trouve la nourriture. » Mais « pourquoi » il ne faut pas s'approcher de l'écuelle ? « Inconnaissable », doivent-ils se dire. Les desseins des hommes sont impénétrables, il faut se contenter de ce qu'on peut connaître. Tout comme vous, docteur, tout comme vous. Ni plus ni moins.

Là-dessus ils s'étaient mis à disputer à perte de vue, jusqu'à leur arrivée à Poitiers.

Un peu plus tard ils attendaient, à la clinique Sainte-Claire, au milieu d'une douzaine de personnes, dans une pièce étrange, sans fenêtre, aux murs nus. Au centre du plancher, une construction circulaire entourait une vaste coupole de verre. On s'accoudait à une sorte de rambarde, et à travers la glace on pouvait observer ce qui se passait dans la salle au-dessous. Pour le moment, Pierre voyait seulement la table d'opération, brillamment éclairée, qui lui sembla très proche.

L'intervention était prévue pour onze heures. A onze heures une, Brosses et Varèse faisaient leur entrée ensemble. Brosses était petit et râblé. Son visage paraissait rougeaud dans la toile blanche. Il n'avait pas mis encore sa calotte et de courts cheveux roussâtres entouraient une calvitie luisante.

Varèse portait une sorte de pyjama très échancré. Il était grand et voûté. Une infirmière le tenait par le bras, mais on voyait qu'il mettait comme une coquetterie à vouloir marcher sans aide. Pourtant Pierre pensa que même aux yeux d'un observateur peu exercé cet homme-là était gravement touché. Il devait être plus jeune qu'il ne paraissait. Pierre lui vit lever la tête, regarder vers eux. Un œil était un peu exorbité. Le visage était pâle, et le crâne rasé comme les joues faisait irrésistiblement songer – quoi que l'on fît pour rejeter cette idée atroce – à celui d'un condamné à mort. Varèse parcourut les visages penchés au-dessus de lui, il sourit à l'un d'eux. Pierre sentit plutôt qu'il ne la vit une main se lever non loin de lui, répondre par un signe des doigts à ce sourire bouleversant. Le sourire trembla un instant encore aux lèvres de Varèse et disparut. Le malade baissa la tête. On ne vit plus que son crâne blafard, ce crâne qui tout à l'heure allait s'ouvrir, offrir aux regards son fruit précieux, secret, fragile, mystérieux…

Pierre frissonna.

A présent ce que voyait Pierre, c'était une longue masse de linges blancs, emmêlés et informes. En avant, émergeant seul hors des linges, le globe ovoïde et blême du crâne de Varèse. Pierre l'apercevait très bien.

Six seringues de Pravaz, dans les mains des deux assistants et des quatre infirmières (« Vous savez qu'on n'endort pas ? » me dit Pierre) avaient presque simultanément instillé le flux analgésique sous le cuir chevelu. Le chirurgien tâtait lentement la tête dénudée. Il regardait un des assistants qui tenait sans doute un poignet sous les linges.

Brosses tendit brusquement le bras derrière lui. Une main vint à sa rencontre, un éclair brilla dans la sienne. Pierre vit le métal tracer sur le globe livide, que bleuissaient les cheveux rasés, une courbe en forme d'omega, nette et ferme. Le sang perla. Des mains, des cotons s'empressèrent, des éclairs blancs et rouges commencèrent d'aller et venir. De petites pinces coincèrent des veines, des artères. Brosses lentement soulevait la peau tout du long pour la détacher de l'os. Pierre se revit soudain garçonnet, en train de dépiauter une balle de tennis… Le caoutchouc adhérait à la toile, il fallait aussi la détacher à petits coups, avec le canif…

Maintenant une vrille électrique perçait dans le sillon dénudé de menus trous. Une buée rose entourait l'outil au travail. Cela dura longtemps – horriblement longtemps. Puis Brosses, frappant du marteau sur un ciseau à froid, commença de faire fendre l'os entre les trous.

Pierre regardait cela à travers la coupole, crispé sur la rambarde. Chaque coup, pourtant silencieux, semblait lui retentir au creux de l'estomac. Il fit la réflexion que cette sensiblerie soudaine était bien étrange pour un homme comme lui. De cela aussi il faudrait trouver le pourquoi pensa-t-il… Pourquoi un homme, dont le cœur ne battait même plus quand sous ses yeux naguère on tuait d'autres hommes sous la schlague, pourquoi ce même homme-là souffrait ici d'une angoisse insurmontable à chaque petit coup de marteau…

« C'est parce qu'ici j'espère, se dit-il. Il ne peut y avoir d'angoisse où il n'est plus d'espérance. »

Brosses assez brusquement suspendit son travail. Un assistant avait levé la main. Il y eut un moment de tension immobile, pendant lequel Pierre sentit son cœur sauter dans sa poitrine. Mais il reconnut, dans cette peur, moins celle de voir le malade mourir, que de voir le chirurgien échouer... Cette idée le surprit ; mais Brosses avait déjà repris son travail redoutable. Et Pierre soudain eut l'étrange sensation que se levait dans l'ombre comme une bête immense, informe, aveugle, silencieuse, mais irritée et dangereuse. C'est avec elle que le chirurgien lui semblait aux prises, plus encore qu'avec le crâne fragile de Varèse. Et il souhaitait le succès de Brosses avec une inquiétude, une passion insolites...

Celui-ci maintenant ne frappait plus, mais pesait avec précaution sur le levier brillant qu'il avait introduit dans l'entaille. Il pesait lentement, l'os lentement craquait par places, cédait de plus en plus par petites secousses, comme un carton pointillé. Pierre eût voulu crier : « Arrêtez ! » mais il n'avait pas peur pour le malade, c'était pour le chirurgien... Puis l'os rompit d'un coup, sauta comme le couvercle d'une tabatière ; et Brosses le replia, découvrant une tunique lisse et bleutée, comme une coquille d'œuf, un peu molle, et qui battait aux pulsations du cœur. Quand Pierre en vit s'approcher la pointe du scalpel, il lui sembla que la bête flasque et démesurée allait se révolter, se débattre, et il eut obscurément peur, cette fois, même pour lui... A peine s'il respirait quand la lame brilla le long de l'os, nette et rapide. Le chirurgien, tout en décollant la membrane pâle, releva le buste comme après un épuisant effort. « Un épuisant combat » pensa Pierre mais il sentait que la bête sans borne était toujours là, monstrueusement tapie et menaçante...

Le cerveau apparut.

– Vous n'avez pas une idée de ce que c'est.

Pierre vivait son récit. Il le mimait. Le regard, tout le visage, et l'étrange danse de ses mains, tout avait joué pour moi l'opération. Je l'avais *vue* – et Pierre était à la fois l'opérateur et l'opéré et celui qui regardait, il était la chose et le témoin, témoin frémissant, excité, tremblant...

– Pas une idée, répétait-il.

Ses mains parurent envelopper une chose dont on sentait qu'elle était ronde et molle, et les doigts tâter avec horreur, dégoût et fascination la viscosité d'une masse poisseuse.

– Ça ne se décrit pas, dit-il avec découragement.

Il avait à peine besoin de le décrire. Le dégoût et la fascination lui étaient remontés des mains au visage, il me semblait sentir sous mes paumes le contact gluant que pourtant son regard seul avait rencontré. Et c'était si présent et si proche que je remuai mes propres doigts avec une sotte répugnance....

Il fit frémir les siens.

– Et ça vibre, dit-il, ça remue.

Toujours cette danse de palpation légère.

– Comme du vermicelle dans l'eau qui va bouillir... Du vermicelle un peu sanglant, mêlé de minces vers de terre, mal cuits et rouges... avec des peaux, des bulles... une écume qui tremblote, translucide et louche...

Ses lèvres esquissèrent une moue répulsive, ses narines se plissèrent.

– Et moi je me disais : « Voilà donc le professeur Varèse... » Je regardais cette gelée palpitante et je pensais : « Le professeur Varèse... » Mais je ne me disais pas : « C'est lui. » Ah ! non ! mon vieux. Oh ! la, la, non ! Rien à voir, même. Pas plus que le soleil ou la lune. Mon cher, je vous assure, c'est éclatant. Ce truc-là vit tout seul, ça vit pour soi tout seul, ça ne nous connaît pas...

Il lança le bras en avant et son index fit un grand signe de dénégation.

– … et ça ne vous aime pas, mon vieux ! Non, non !… Ça ne nous est pas ami ! cria-t-il. Pas du tout !

Sans me quitter des yeux il secoua la tête plusieurs fois, lentement, en serrant les lèvres. Et il reprit d'une voix plus basse :

– Ce qu'on ressent, mon vieux, c'est de… l'horreur.

Le mot était dit sans véhémence. Avec douceur, même. Et pour se faire comprendre il continuait :

– Comme… comme…

Ses yeux semblèrent chercher la réponse à droite, à gauche…

– …comme si vous assistiez une nuit, à l'improviste… voilà, dit-il : à une danse d'anthropophages ; une de ces danses de sorcellerie sexuelle au milieu des flambeaux et des têtes coupées… à ces convulsions frénétiques dans une odeur épaisse de sperme et de sang… ce genre d'horreur-là. D'horreur gratuite, vous comprenez, presque apathique : ça ne vous concerne pas, tout cela pourrait aussi bien se passer sur la planète Mars, vous n'avez donc ni peur ni hostilité, mais…

Il se frappa brusquement la paume de son poing fermé.

– Et c'est ça l'insolite, mon vieux ! Que l'on ressente cela. Car enfin, on devrait au contraire être ému, attendri, on devrait s'abîmer dans la prière et dans l'adoration : le professeur Varèse ! Le cerveau du professeur Varèse ! En plein fonctionnement ! Imaginez vivant celui de Goethe, d'Einstein – ou celui, tenez, de Jésus ! Quoi, on devrait se dire : ce qui remue, ce qui tressaille, ce qui palpite sous mes yeux, ce sont les idées, les pensées de Jésus… *C'est Jésus !* Mais, mon vieux, ce n'est pas ça qu'on sent, oh ! la, la, non, répéta-t-il, pas du tout : c'est de l'horreur !

Il fit le geste de repousser un objet odieux.

– Une horreur sacrée, monstrueuse, vous comprenez ? Éloignez de moi ce calice. Refermez, ah, refermez vite cette boîte diabolique ! Sur cette méduse, sur ce poulpe !… Tenez, mon vieux : il y avait une femme parmi nous, une nouvelle interne, une élève de Varèse.

Elle a commencé à crier : une crise de nerfs. Il a fallu l'emporter.

Il leva deux fois l'index, d'un petit mouvement vif, vers le plafond :

– C'était à elle que Varèse avait souri, avant l'opération. Les autres m'ont dit plus tard qu'ils étaient un peu amoureux l'un de l'autre. On en jasait à l'Université. Eh bien, elle avait bravement supporté tout le début, tout le côté pourtant terrible, tout le côté sanglant, l'incision du cuir chevelu, le scalp, les trous dans le crâne et les coups de marteau. Elle n'avait pas bronché. Ce qu'elle n'a pas pu supporter – elle nous l'a dit – eh bien, c'est la vue du cerveau, mon vieux, là, vivant et impudique, tout nu... La vue, simplement. Comprenez ? Elle a été submergée d'horreur, comme moi – plus que moi, justement parce qu'elle aime Varèse, que moi je connais peu...

« Comprenez ? » répéta-t-il et cette fois il attendit que je parlasse.

Je comprenais fort bien, puisqu'il m'arrive parfois de ressentir – généralement de façon très subite, inattendue – le même sentiment de trouble (oui : presque d'horreur) devant des dents dévoilées, une langue, une oreille...

Je le lui dis. Il m'écoutait avec une sorte d'attention souriante, avide et ravie, il hochait la tête à chacun de mes mots.

– C'est cela ! cria-t-il. Hein ? Alors vous imaginez : la cervelle !...

Il changea d'expression. Sa main fit un demi-tour sur elle-même, resta la paume en l'air.

– Il est probable, dit-il, que si la cervelle se portait normalement visible, comme le nez, les yeux, elle ne nous ferait pas le même effet... Mais voilà, justement, ce n'est pas concevable.

Il médita un peu.

– Pas concevable... répéta-t-il. Peux pas très bien m'exprimer, me faire comprendre, mais il est évident que ce qu'on voit de nous, ce n'est que ce qui fait liaison avec l'extérieur : l'œil, le nez, la peau, les sens, quoi... Le reste, motus. Vous pas connaître. Bas les pattes. Défense d'entrer.

De ses deux mains descendues devant lui, il imitait un rideau qu'on ferme.

– Comprenez ? Et alors, si on brave la consigne, si on entre quand même, eh bien : horreur. Le cabinet secret de Barbe-Bleue : rudement fascinant, hein ? Mais si on entre… On doit s'y habituer, bien sûr, si on entre souvent. On s'habitue à tout, je le sais mieux que personne. Mais le premier sentiment : horreur. Donc, c'est ça qu'il faut expliquer. Pourquoi horreur.

Il répéta :

– Pourquoi horreur, au lieu de joie, tendresse, exaltation… ça va loin ! Parce que si vous aimez quelqu'un, si vous aimez une femme, par exemple, vous avez envie de lui embrasser les yeux, les mains, les seins, les pieds même – mais ses poumons, dites donc, si on vous les sortait, mous et sanguinolents, ses tripes, sa cervelle… Et même son cœur, hein ? Ce morceau de viande qui palpite… Alors suffit pas de plisser le nez, ou d'avoir la nausée : il faut se demander *pourquoi*.

Il dit, presque sans transition :

– Maintenant, écoutez. Parce que ce n'est pas tout. Il y a donc eu le cerveau de Varèse, là, tout nu devant nous. Bon. On a installé par-dessus une espèce d'échafaudage nickelé, avec des tubes, des boutons, des leviers. De l'eau s'est mise à couler, fumante. Il paraît qu'on ne sent rien. Drôle, ça encore : tout à fait insensible, le cerveau, – enfin, vous, le type, Varèse, Goethe ou Jésus, vous ne sentez rien, si on vous ébouillante le cerveau. Accident pas prévu ; donc s'il arrive quand même, peut pas vous prévenir, le cerveau. Pouvez pas vous prévenir vous-même, autrement dit. Le cerveau est ébouillanté, mais vous, le type au cerveau, vous n'êtes pas dans le coup. « Ne vous regarde pas. » Ça ne vous dit rien, ça non plus ? Vous ne vous sentez pas salement mis à l'écart ? Un parent pauvre un peu minus, qu'on n'invite jamais, qu'on ne tient jamais au courant des affaires de la famille ? Mais passons. J'étais un peu gêné par toute cette vapeur pour bien voir. Malgré tout, j'ai vu qu'on déplaçait ici, là, partout, des espèces de longues aiguilles, de brochettes métalliques recourbées. Je ne connais rien à l'électricité mais un autre appareil, un peu plus loin, inscrivait des ondes sur un rouleau enregistreur. Des ondes très régulières, très semblables. On déplaçait les pointes des brochettes et on enregistrait les ondes. Place par place. Ça a duré longtemps. Mais tout d'un coup…

Il remua l'index vivement, comme une aiguille affolée :

– Tout d'un coup ça s'est mis à inscrire des ondes très différentes. Beaucoup plus grandes, irrégulières. On a enlevé toutes les autres brochettes. Et on a déplacé celle-là, millimètre par millimètre. Mon vieux, c'était passionnant. Je pouvais suivre moi-même les variations. Par conséquent délimiter moi-même l'endroit où ça ne gazait pas. Une place à peine un peu plus grande qu'une lentille. Heureusement, m'a-t-on dit, parce que comme ça c'était encore opérable. Sinon, on ne peut plus, c'est trop tard, paraît-il. Brosses a commencé de couper là-dedans. Je n'en pouvais plus d'angoisse. Mais c'était stupéfiant à voir. Quelle adresse, nom de Dieu ! Enlever ce morceau de cerveau sans rien abîmer… De temps en temps il regardait un appareil, celui qui contrôle le cœur, vous savez. Il attendait parfois quelques secondes, et puis il s'y remettait. Mon vieux, – j'ai pourtant vu claquer, à Hochswörth, des dizaines de milliers d'hommes – eh bien, j'avais si peur de voir celui-ci claquer, j'étais à bout de nerfs. Et quand il a replacé le crâne, vraiment, j'en avais marre. J'aurais bien voulu m'en aller. Pour pouvoir réfléchir tranquille. Parce que toutes ces pensées-là, je les ai formulées depuis, vous pensez bien. Sur le moment, c'étaient des sensations, c'est tout. Disons des états de conscience ; mais aussi informes que bouleversants. Avec un vague sentiment de révolte noyant tout ça. Oui, de révolte. Savais pas contre quoi, ni contre qui. Mais j'étais furieux – révolté, c'est le mot. Et rien que d'y penser maintenant, dit-il et en effet je vis qu'il serrait les poings, eh bien, je le suis encore. Il y avait quelqu'un quelque part que j'aurais voulu prendre à la gorge, houspiller, injurier, – à qui j'aurais voulu foutre une raclée du tonnerre de Dieu. Tels étaient les sentiments qui m'agitaient obscurément quand enfin je suis sorti.

– Et Varèse ? demandai-je.

C'était plutôt pour mettre un terme au silence qui avait suivi. L'avouerai-je ? Tout ce récit de Pierre avait suscité en moi aussi mille sentiments obscurs. « Disons des états de conscience », avait-il proposé en ajoutant : « mais informes autant que bouleversants ». Oui, c'était bien cela. A chaque instant il semblait qu'on allait toucher une vérité énorme – mais fuyante. Je ne me sentais pas à cette heure de la nuit l'esprit assez alerte pour les poursuivre. Mais pas non plus assez ferme pour les reléguer. C'est pourquoi je brisai le silence comme je pus.

– Varèse ? dit Pierre en plissant le front.

C'est vrai que ma question, sous cette forme, n'avait guère de sens. Je crois que je voulais simplement demander s'il avait supporté l'opération. Mais Pierre subitement parut y trouver une signification essentielle. Il se frappa la cuisse :

– Varèse ! Mais je crois bien ! J'oublie le principal ! Eh bien, Varèse, mon petit vieux, il ne s'est aperçu de rien. Dites donc, hein, c'est quelque chose ! Il n'a pas su, pas compris ce qu'on lui faisait. Le crâne ouvert, il a cru que Brosses y travaillait à décompresser le nerf optique. Comme il ne sentait rien, ne voyait rien, avait tout au plus vaguement l'impression d'attouchements ici ou là, il s'est figuré tout du long ce qui lui convenait. Ce n'est pas formidable ?

– Comment l'avez-vous su ?

– Par la petite. Elle n'était pas revenue, vous savez.

Pas eu le courage. Mais elle l'a vu le soir quelques minutes. Il lui a donné des détails sur l'opération. Tous faux, imaginaires. Elle pleurait en nous racontant ça.

« Et dire, s'écria-t-il subitement, qu'au lieu de s'épater de ça, on s'épate du contraire ! On dirait que l'esprit est tellement paresseux qu'il appelle normal et naturel non ce qui est logique, mais ce qu'il a, simplement, l'habitude de voir ! Oui, s'il était courant de voir les gens commander à leur cœur ou à leur estomac comme à leurs doigts de pieds, nous trouverions cela tout naturel. Mais vienne des Indes, comme l'autre jour – vous avez vu ? – devant soixante professeurs en médecine médusés et méfiants, un yoghi capable de suspendre en effet les battements de son cœur, chacun s'écrie non pas : "C'est donc possible !" mais au contraire : "C'est incroyable !" Ou bien encore, qu'il arrive à quelque brave couillon de pèlerin à Lourdes ou ailleurs, dans son excitation mystique, de retrouver brusquement les chemins interdits, et porter dans son propre corps l'ordre et la guérison. "Miracle ! crie-t-on. Miracle !" Mince alors, miracle. Quel miracle ? C'est *ça* qui devrait être normal, nom de Dieu, puisque c'est *possible,* – au lieu que Varèse n'ait pas même connaissance qu'on lui triture le siège de la connaissance ! C'est fantastique quand on y songe. Que nous trouvions normale cette ignorance, je veux dire. Je radote, hein ? Mais c'est qu'avant-hier encore, moi aussi je la trouvais normale comme tout le monde. "Figurez-vous, Monsieur, le Commandant Untel, vous connaissez ? Il y avait de la rouspétance dans l'équipage, eh bien, figurez-vous, il a lui-même rétabli l'ordre. *Lui-même*, oui, Monsieur ! Quel miracle, Monsieur, quel miracle incroyable ! Quelle preuve de l'existence de Dieu ! S'il n'y avait pas des témoins dignes de foi, j'aurais cru à quelque coup de propagande des curés. Car enfin, Monsieur, avez-vous jamais vu un commandant rétablir *lui-même* l'ordre sur son navire ! N'est-ce pas miraculeux ? Tenez, moi, Monsieur, j'ai un polype qui me pousse dans le nez. Est-ce que vous me voyez disant à mes chères muqueuses : 'Dites donc, petites, un peu de calme !' Non, non, ce n'est pas concevable à moins bien sûr d'une intervention divine, mon polype doit pousser sans que j'y puisse rien et me boucher le nez jusqu'à m'empêcher de respirer. Voilà, Monsieur, ce qui est normal. Et le commandant Untel, toutes réflexions faites, eh bien, je demande à voir. En toute normalité, n'est-ce pas, il aurait dû couler avec son bateau. On veut m'en faire accroire. Ça ne prend pas. Lui-même rétablir l'ordre ! On n'a jamais vu ça." Enfin, vous, mon vieux, lança-t-il, nom d'un chien, qu'est-ce que vous en pensez ?

Il était si agité qu'il écrasa le bout de son cigarillo avant de l'avoir fini, et qu'il en alluma un autre. Mais il ne me quittait pas du regard.

Pour dire vrai, j'avais l'esprit de moins en moins clair. J'aurais voulu répondre, car je sentais bien, je voyais bien que Pierre avait confusément trouvé, dans cette étrange confrontation avec une cervelle vivante, – et dans ce partage de nous-mêmes en deux camps : celui de la personne, celui de la nature, – la réponse qu'il poursuivait... Mais le sommeil et la fatigue submergeaient mon propre émoi, le trouble profond et certain que déclenchaient dans mon esprit ces idées pourtant familières...

– Écoutez, Pierre, dis-je, épargnez-moi. Ne me demandez pas de penser – à trois heures du matin... Ce que vous dites est vrai. C'est vrai que nous le savons tous, et vrai que nous n'y pensons pas. C'est vrai qu'en effet nous laissons paresseusement sans réponse une question énorme. Je crois que vous avez raison. Que si nous savions nous répondre, nous tiendrions probablement une vérité fondamentale. Que nous aurions enfin, oui, enfin, quelque idée de ce que nous sommes... Mais j'ai sommeil. Ne pourrions-nous poursuivre demain ?

Il eut l'air tout désemparé. Je vis retomber sur son beau visage juvénile toutes ces années en surcroît dont une épreuve trop grande l'avait assombri, et qui, pendant ces quelques heures, avaient paru s'être évanouies.

– Mais, bredouilla-t-il, est-ce que vous n'avez pas compris que – mais il est question de ma *vie !* cria-t-il.

– Si fait, si fait », dis-je vivement. Je me sentais bougrement au-dessous de ma tâche, mais j'avais trop sommeil. « Si fait, j'ai bien compris, Pierre, croyez-le. Et je pense sincèrement... oui... que vous êtes en train... vous voyez, je bafouille. Je n'en puis plus. Avez-vous tellement besoin de mes avis ? »

– Est-ce que vous supposez que je suis venu vous surprendre à minuit, sans prévenir, pour le plaisir de vous parler d'une cervelle ?

– Mais non, mais non, Pierre, je sais bien. Simplement je me demande...

– Je suis venu parce que, si j'ai raison, j'aurai tout résolu. Si-j'ai-rai-son, comprenez-vous ? cria-t-il. Mais comment le saurais-je à coup sûr ? Jamais je n'ai eu si grand besoin d'avoir l'avis de quelqu'un. Car vous devez bien concevoir... que de me fier à moi tout seul, dans une circonstance où j'aurais si grand avantage à avoir raison... Parce que si j'ai raison, mon vieux, si j'ai raison... *je suis encore un homme !* s'exclama-t-il et dans son agitation il se leva en brandissant ses grands bras.

Je me levai à mon tour, allai à sa rencontre et l'embrassai. Il parut tout interdit.

– Allons nous coucher, dis-je fermement sans lui laisser le temps de se reprendre. Il y a un lit tout prêt dans la chambre du fond. Je vous prêterai un de mes pyjamas.

CHAPITRE XVII

– Tâchons de mettre un peu d'ordre, disais-je à Nicole le lendemain soir.

Quelle voix déjà elle avait eue à l'appareil ! Joyeuse, excitée, volubile, elle culbutait les mots les uns sur les autres dans sa hâte de tout me dire. Elle n'avait rien perdu le soir de son exaltation.

Je m'en sentais le cœur réchauffé. Quand le matin à mon réveil je n'avais plus trouvé Pierre dans sa chambre, il était raisonnable qu'une fois encore j'eusse été pris d'inquiétude. Et l'inquiétude postulait le remords : six heures plus tôt Pierre ne m'adjurait-il pas en vain de lui répondre ? Mon sommeil, ma paresse l'avaient en somme éconduit. Son extrême vulnérabilité avait bien pu traduire en refus, et même en désaccord, ce qui n'était que glissante lassitude.

En fait, la fin de la nuit dut au contraire l'assurer plus encore dans sa vérité. Il semble que son impatience devint telle qu'il ne put supporter d'attendre. Et puis, je lui avais peut-être répondu sans le savoir. En tous les cas, il paraît bien qu'il n'ait plus eu besoin de moi.

La scène de son arrivée chez Nicole, elle s'est reconstituée dans mon esprit par les morceaux décousus que j'obtins le soir de la jeune fille (décousus par son excitation autant que par une pudeur que cette excitation pourtant dispersait un peu) et plus tard à travers les souvenirs de Pierre Cange lui-même.

– Je n'ai pas fermé l'œil, disait-il. J'étais furieux contre moi-même, un peu aussi contre vous. De n'avoir pas su m'exprimer plus clairement, et que vous n'ayez pas su non plus venir à ma rencontre. Je n'ai pas cessé jusqu'à l'aube d'échanger avec vous les questions et les réponses. J'ai même inventé toutes sortes d'objections que vous tentiez de m'opposer. Je les ai réfutées brillamment. Quand le soleil s'est levé, vous aviez déposé les armes. Mon vieux, dit-il en souriant jusqu'aux oreilles, je vous ai donné alors une belle preuve d'amitié : j'ai respecté votre sommeil ! Vous l'avez échappé belle... J'ai fait ma toilette, je me suis habillé. J'ai marché de long en large. Le temps ne passait pas. Je rongeais mon frein avec... avec délectation. Seulement je l'ai si bien rongé qu'à la fin je l'ai fait céder... J'ai cru d'abord que je descendais rien que pour faire un tour. Je ne vous tenais pas quitte, ah, mais non ! C'est pourquoi je ne vous ai pas laissé même un mot. J'ai marché. Et je me suis trouvé en bas de chez Nicole sans m'être aperçu de rien...

S'il avait fallu à Pierre une preuve encore de sa certitude retrouvée, nulle n'aurait pu être plus sûre que celle-là. Dix mois d'une inhibition torturante et cruelle brusquement évanouie, évaporée !... Il regardait la façade du petit hôtel du quai Voltaire (c'est là que Nicole s'était installée en quittant la rue de Verneuil) avec une surprise émerveillée. Quoiqu'il fût huit heures à peine, le soleil de juin était haut déjà dans le ciel. Pierre se chauffait à ce soleil, il s'était assis sur le parapet. Le quai était calme, presque désert. Pierre sentait dans son dos la Seine palpitante, sur son visage une brise encore fraîche, l'odeur des fleurs de marronnier dont elle s'était chargée aux Tuileries. Toute impatience avait quitté son cœur. Et il n'hésitait pas : il attendait dans le calme d'une joie profonde.

Nicole s'était réveillée sous la lumière réfléchie par les pierres du Louvre. La sirène d'un remorqueur faisait vibrer un peu les vitres de la fenêtre ouverte. « Je n'ai pas eu de pressentiment, m'avouait-elle, pas le moindre : je me réveillais au contraire triste à pleurer. » C'est vrai qu'elle m'avait quitté la veille au soir bien attristé moi aussi par la dernière lettre de Sat. Elle était de plus assombrie par le souvenir d'un rêve affreux : dans un parc, elle rencontrait soudain Pierre au pied d'un orme. Se cachait-il ? Il la regardait avec des yeux suppliants de chien triste, et portait une barbe noire, longue et noueuse, comme une racine déterrée. Elle y voyait luire la rosée et courir des insectes…

La sirène du remorqueur avait retenti une fois encore, plus lointaine. Et puis elle avait entendu frapper.

A sa question « Qui est là ? » on n'avait pas répondu. « Un domestique », pensa-t-elle et s'en fut passer une robe de chambre d'un lainage épais. Elle entrouvrit la porte.

Cette grande silhouette dans le couloir obscur, elle ne la reconnut pas. Elle allait dire « Vous désirez ? » mais une étrange sensation la retint. Une lourdeur, un silence, une immobilité… une contagion de silence et d'immobilité qui la tinrent elle aussi sans geste et sans voix, les doigts sur le bouton de la porte entrouverte, et l'autre main un peu en l'air, planant un peu en l'air à mi-chemin du visage où elle allait instinctivement tâter les boucles en désordre, et qui maintenant attendait, hésitante, attendait l'irruption de quelque éprouvante surprise…

Alors, à la rencontre de cette main, une autre main sortit de l'ombre, rouge, grivelée, luisante, déformée, et Nicole étouffa un cri, et elle lâcha le bouton de la porte.

La main écrabouillée suspendit son mouvement et elle fut rejointe par l'autre main, celle-là belle et blanche, et forte, et qui ne tremblait pas. Elles se retournèrent toutes les deux et elles offrirent ensemble la virile prière de leurs paumes.

Et avant même peut-être que les yeux et le cœur de Nicole les eussent reconnues, les mains de Nicole s'y jetèrent, elles bondirent en avant et s'y jetèrent pour s'y trouver prises et si tendrement serrées, si passionnément enveloppées et serrées que tout le corps de Nicole les suivit, et dans le hoquet d'un sanglot – d'un bref et unique sanglot – se trouva comme écrasé contre celui de Pierre enfin lucidement deviné dans l'ombre, reconnu maintenant à sa chaleur, à son odeur, à sa vigueur, à sa douceur – à tout ce que la mémoire de son corps à elle avait précieusement retenu à travers les mois, les années…

Et Pierre était le siège de pensées intenses, bouleversantes, et nombreuses, rapides, échevelées comme les éclairs lointains de l'orage. L'amour, ses bras en étaient pleins, et ses mains qui serraient contre lui un corps abandonné, tremblant ; et son cou enfoui dans la fraîcheur d'un bras nu, et que des doigts tout vibrants de tendresse sensuelle parcouraient avec une douceur, une curiosité fébrile et caressante, allant écarter un instant le col de la chemise, remonter contre l'oreille, se perdre dans les cheveux… Mais la tête, mais l'esprit s'étonnaient, avec une exaltation où la joie se mêlait d'une sorte de merveilleuse incrédulité, que la main impure, la main souillée dont un geste fatal semblait avoir à jamais scellé l'ignominie cette main qui si longtemps n'avait pu s'approcher d'une autre main humaine sans se rétracter dans l'horreur d'elle-même, que cette main-là eût si facilement suivi de nouveau l'élan du cœur, – et sans crainte, oui, sans cette crainte atroce qu'une chair aimée se crispe et se replie à son contact…

Et puis Nicole enfin l'avait entraîné dans sa chambre, et maintenant elle regardait Pierre dans la lumière, dans la douce et fraîche lumière au-dessus de la Seine invisible, et elle souriait bravement dans les larmes, et Pierre lui avait pris le visage entre ses deux mains, la rouge et la blanche, et lui aussi la regardait, et tous les deux pensaient confusément que c'était aujourd'hui, aujourd'hui seulement qu'il était revenu enfin de Hochswörth.

Revenu. Mais… guéri ? L'était-il ? Jamais Nicole n'avait autant souffert peut-être qu'au milieu de cette joie éclatante ; guéri de quoi ? songeait-elle. Je n'ai jamais connu son mal. Va-t-il enfin m'en parler ? S'il ne m'en parle pas, il n'est pas guéri. Il aura simplement surmonté le pire. Il peut aujourd'hui me toucher – il ne m'embrasse pas, il ne m'a jamais embrassée – mais qui sait si demain…

si une maladresse, un mot de trop, si quelque éclat subit de son obscure folie…

– Nicole, dit Pierre, je sais bien que ma conduite…

– Oh ! Non ! cria Nicole et elle lui ferma la bouche de sa paume fragile. Non ! implora-t-elle, je vous en prie, pas *cela !* Pas… d'excuses !

Pierre embrassa cette paume tendre et tiède, et pendant quelques secondes Nicole parut foudroyée. Il rit, la prit par les poignets et la poussa avec douceur vers le petit balcon où deux vieilles chaises de rotin achevaient de pourrir côte à côte.

– C'est vrai, dit-il, nous sommes de grandes personnes. Pas besoin entre nous de salamalecs. Nous avons des choses plus sérieuses à examiner ensemble.

« Ha… pensait Nicole, il me jette par un baiser dans l'émoi et l'effarement, et le voilà déjà précis et plein de sang-froid. Faut-il que la première chose que je retrouve de lui ce soit cette terrible maîtrise de soi… Faut-il que la première question revenue soit comme autrefois – comme toujours : est-ce qu'il m'aime ? Est-ce qu'il m'aime vraiment ? Il ne m'a jamais dit qu'il m'aimait. »

Pierre disait :

– J'ai quitté Saint-L*** hier après-midi. Il y a du nouveau, que je vous dirai tout à l'heure. De votre côté, rien d'ennuyeux ?

– De mon côté ?…

– Oui – les deux mouchards ? Les argousins que vous m'avez gentiment envoyés ? Pas de nouvelle ?

Nicole secoua la tête. Elle regardait Pierre avec des yeux un peu dilatés. Que savait-il au juste ?

– Diable, dit-il. J'espère qu'il ne se mijote pas quelque chose de ce côté-là…

– Ne souriez pas ainsi ! jeta Nicole qui n'y pouvait tenir.

– Je sais ce que je vous dois, dit Pierre avec une gravité soudaine. Je le sais, n'en doutez pas. Je ne sourirai jamais de cela, jamais ; encore que ce fût sûrement une folie – mais vous, vous savez bien ce que j'ai toujours dit : il y a plus de sagesse dans la plus grande folie que dans la plus sage indécision.

– Vous l'aviez oublié, murmura Nicole très bas.

– Oui – et c'était ma folie, dit Pierre.

Nicole de nouveau se sentait envahie de joie et de tourment. Allait-il lui parler, allait-il enfin lui parler et lui dire…

Mais il reprit seulement :

– Ma petite Nicole, Broussard a déguerpi.

Elle était en ce moment si loin de Broussard ! Elle fit : « Ah ? » et attendit. Pierre lui prit les deux mains et les secoua comme pour la réveiller.

– Il a déguerpi avant-hier, répéta-t-il mi-riant, mi-criant. Et il n'est pas rentré chez lui. Que savaient-ils, vos deux argousins ?

Elle se répétait pour elle-même, mécaniquement : « Que savaient-ils ? » sans parvenir à trouver un sens à cette question, encore bien moins une réponse. Elle regardait Pierre. Elle murmura « Que savaient-ils ? » en plissant presque douloureusement le front. Et enfin, de façon encore tâtonnante :

– Mais… rien. Rien du tout. Mon nom, le vôtre.

– Vous ne savez pas s'ils sont retournés à Saint-L*** ?

– Je ne sais pas… » La lumière finit quand même par se faire dans son esprit : « Vous ne savez plus où il est ? » s'écria-t-elle.

– Broussard ? Non. Je croirais volontiers qu'il est ici – à Paris.

– Mais, Pierre… mais, voyons… comment s'est-il sauvé ?

Il rit et dit :

– Comme Jean Valjean.

Il précisa :

– Pas l'eau : le feu. Et c'est ma faute.

Mais il semblait montrer fort peu de remords.

– Une des muettes de Mouthiers est devenue furieuse, semble-t-il. Elle a mis le feu à son dortoir. C'était avant-hier soir. Nous dormions. Nous avons entendu hurler. Ce n'était pas les folles qui hurlaient : c'était leur infirmière. Les folles n'ont rien dit. Même le feu, la peur ne les ont fait ni parler ni crier.

Assez curieusement, on entendit pousser des cris sur le quai. Nicole et Pierre se penchèrent. C'était au débarcadère, un charretier qui en avait à ses chevaux : ceux-ci remontaient sans doute trop lentement à son gré un tombereau de sable.

– Elle avait mis le feu en quatre ou cinq endroits. Extraordinaire. Cette soudaine lucidité dans la folie. Aux rideaux de l'escalier, à ceux de la lingerie. Les flammes bloquaient tous les passages. L'infirmière hurlait à une fenêtre. A une autre, la folle, deux doigts levés, mimait silencieusement, avec une lenteur hiératique, les gestes d'une bénédiction sans fin – le pape bénissant du balcon de Saint-Pierre un défilé de pèlerins. Des autres folles, les unes étaient debout, et formaient derrière la bénisseuse un groupe fantomatique et muet ; les autres restaient couchées, comme nous pûmes le voir quand enfin nous parvînmes à les rejoindre.

– Assez tôt ?

– Oui, heureusement. La question fut de rallier assez de monde. Il était dangereux de dégarnir la surveillance : déjà, aux cris de l'infirmière, les fous s'excitaient dans les dortoirs. Et les reflets des flammes aussi commençaient à se voir. Ce qui était à craindre, bien plus que l'incendie, en somme assez bénin, c'était une panique de tous ces malheureux. Vous imaginez un sauvetage, dans ces conditions !... Mouthiers et moi nous sommes partagé la tâche. Il s'est occupé de maintenir partout l'ordre et le calme. J'ai fait quérir les échelles, et rassemblé comme j'ai pu le personnel disponible. J'ai pensé tout d'abord à Broussard, c'est-à-dire à ses gardiens.

Un moineau vint se percher sur la balustrade de fer un peu rouillée ; tourna la tête à droite, à gauche ; aperçut ces deux grandes bêtes immobiles, resta quelques secondes comme fasciné, et s'envola avec un petit cri.

– Lui, Broussard, je pensais simplement l'enfermer

dans sa chambre. Ses gardiens étaient quatre : deux de jour, deux de nuit. Quatre gars procurés je ne sais comment par Manéon, et qui n'avaient pas froid aux yeux. Les deux premiers ont filé tout de suite, les autres se sont habillés en hâte. C'est alors que j'ai vu que Broussard s'était habillé lui aussi. Avait-il aperçu ce qui se passait ? Probablement. Il est apparu à la porte de sa chambre et m'a dit : « Puis-je vous être utile ? » Un tel culot, ça m'a soufflé. J'ai dit : « Vous voulez prendre la poudre d'escampette ? » Il m'a jeté un regard de mépris indicible et il a refermé la porte sur lui. Qu'auriez-vous fait ?

– Rien, je crois. Je l'aurais enfermé, comme vous avez dit.

– Oui. J'aurais sans doute agi ainsi la veille encore. Mais entre-temps – Nicole, dit-il d'une voix basse et intense, cette porte, si je l'avais laissée fermée, je ne serais pas en ce moment près de vous… Oh ! lança-t-il vivement, il n'y a pas relation de cause à effet, non, non, non, dit-il avec un rire limpide. Ce sont les deux effets d'une même cause… Je vous raconterai, oh ! je vous raconterai : cela et d'autres choses, énormément d'autres choses… mais… plus tard…

Nicole surveillait chaque mot, et chaque pli du visage de Pierre, comme fait une mère au réveil d'un enfant opéré, après un danger mortel. « Plus tard »… ne s'était-il pas assombri en disant ces deux mots ? Oui, il souriait moins… non, cette moue-là n'était pas triste… Pourquoi « plus tard » ? Mon Dieu, voilà, voilà de nouveau ce regard traqué…

– Qu'est-ce qu'il y a, Nicole ?

Oh !… Est-ce moi qui l'ai inquiété ?

– Nicole, qu'ai-je dit, qu'ai-je fait qui vous tourmente ?

– Rien, Pierre, rien… je crois que je suis un peu… oh, continuez !

« Mais elle est près des larmes ! pensait Pierre. Qu'est-ce que j'ai pu dire ? » Il lui avait pris une main qu'il embrassait avec tendresse. « Où en étais-je ? demanda-t-il tout haut. Que vous disais-je ? »

– Que vous me conteriez… plus tard…

– Oui, plus tard… – Ho ! C'est cela ?

Cette fois son visage s'assombrit vraiment. Parce qu'en effet, me racontait-il, en effet le vieux sentiment d'inhibition le reprit, l'envahit, le plongea de nouveau dans le désarroi. Il avait d'abord pensé « plus tard » simplement, croyait-il, pour pouvoir poursuivre son récit. Nicole avait craint autre chose, le lui avait laissé voir. Pour la rassurer donc, le plus simple n'était-il pas d'aborder la chose sans délai ? Mais alors il avait bien vu, dans un éclair, qu'il ne pouvait pas. Pas encore. Pas tout de suite. « Plus tard » voulait dire autre chose, voulait dire ce que Nicole avait craint… Il n'était donc pas guéri ?

– Racontez, continuez, dit Nicole avec une précipitation pathétique. Broussard, la porte, racontez !

– Eh bien, dit Pierre, j'ai ouvert la porte…

Mais les idées lui échappaient. Il n'était donc pas guéri ? Oui, il avait ouvert la porte, et quand il l'avait fait, il avait tellement bien su pourquoi, et maintenant, il ne retrouvait rien.

– J'ai ouvert la porte, reprit-il en plissant les sourcils, et Nicole lui serra sa main valide avec une tendresse pressante – j'ai ouvert et Broussard était là, derrière, immobile. Il avait seulement tourné le dos…

Il revoyait ce dos, épais et large, et la tête penchée en avant (dépitée ou mortifiée ? ou simplement lasse ?) et les poils grisonnants sur la nuque forte et rougeaude.

Broussard s'était retourné vivement. Pierre lui dit simplement : « Venez », et ils sortirent l'un derrière l'autre.

Le sauvetage était commencé. Par une échelle on avait descendu déjà l'infirmière, qui pleurait convulsivement, accroupie sur le gravier. Deux ou trois folles, descendues à leur tour, se tenaient serrées l'une contre l'autre dans une sorte de stupeur muette. Plusieurs infirmiers s'étaient lancés à l'assaut des flammes dans l'escalier, extincteurs brandis, et progressaient marche par marche. On n'avait pas encore pu atteindre la lingerie, et le feu commençait à courir dans le dortoir même. Le va-et-vient continuait sur les échelles, dans l'étrange silence des rescapées comme de leurs sauveteurs. Ni Pierre ni Broussard n'épargnaient leur peine, et dans l'espèce d'exaltation où le premier vivait depuis la veille, il avait dû faire presque un effort, à la vue de Broussard cils et cheveux roussis et portant dans ses bras la doyenne des silencieuses, pour lui refuser un sourire…

Et puis Broussard, une dernière fois, avait gravi l'échelle. On ne l'avait pas vu redescendre. Malgré lui, Pierre Cange s'était senti le cœur serré. Il avait grimpé en hâte. Trois silencieuses étaient encore dans leur lit, calmes, muettes, et comme indifférentes aux flammèches qui voletaient tout autour d'elles. De Broussard, point à droite, la porte était ouverte sur le palier, dont le plancher aussi commençait à brûler. En face, une autre porte… Broussard avait dû pour s'enfuir traverser une épaisseur de feu de trois ou quatre mètres…

– Vous n'avez pas essayé de le poursuivre ?

– Si – quand le feu a été maîtrisé. Il a fallu encore un bon quart d'heure. Et le parc côtoie la forêt. Broussard a dû par les greniers atteindre l'aile nord, sortir par une fenêtre, et gagner les bois par le parc. Allez le retrouver là-dedans ! Nous n'avions pas de chien policier…

Il fit un geste de sa main valide comme s'il eût fait tournoyer une corde avant de tirer dessus :

– Et puis…

Sa main retomba, un peu molle, les doigts s'ouvrirent, s'accrochèrent, et ses lèvres se pressèrent l'une sur l'autre dans une moue perplexe.

– Eh bien, dit-il comme surpris, sur le moment, ça ne m'a pas troublé du tout. Non. Cela paraît étrange, aujourd'hui – même à moi. Je ne retrouve plus… je ne retrouve plus ce que je pensais…

Et il regardait Nicole, fronçant le front, comme s'il eût espéré, sur le visage de la jeune fille, retrouver ces pensées perdues.

– Je me rappelle, dit-il… je me rappelle seulement m'être dit : « Maintenant tout est limpide. » Bon sang !

s'écria-t-il, ce devait l'être puisque je l'ai pensé ! C'est vraiment renversant, constata-t-il, combien la mémoire est frivole, capricieuse... Elle retient des mots, parfois pas même articulés tout haut. Mais les pensées qui les ont suscités, elle n'en sait plus rien !

– Ne vous tourmentez pas, murmura Nicole. Tout cela reviendra...

– Sans doute, sans doute, mais en attendant, je me fais l'effet d'un fichu idiot ! Quoi : la veille même, mon parti était pris, je votais « pour » – pour la mort de Broussard. Oui, je n'hésitais plus. Dans la journée, à Poitiers, tout s'était clarifié pour moi. *Tout*, vous entendez bien, Nicole. Une illumination. Je me suis couché dans une exaltation joyeuse, et une clarté d'esprit incroyable. Tous mes problèmes classés, et résolus. Des tiroirs bien nets. C'était... c'était... formidable. Et maintenant, dit-il et Nicole vit passer dans ses yeux une sorte de panique, je ne retrouve rien de tout cela !

La jeune fille n'y tint plus. Elle avait, sur la main de Pierre, laissé tomber sa tête, et la caressait de sa joue dans un va-et-vient plein de tendresse, et la mouillait de larmes.

– Oh, Pierre, Pierre, c'est ma faute !

– Votre faute, Nicole ? Quelle folie ! Tout est en moi, Nicole, en moi seul. Ah !... dit-il avec un petit rire d'amertume légère, c'est donc quand même pour finir B*** qui avait raison...

Nicole, muettement l'interrogeait du regard, sans lui lâcher la main. Tout à coup il se revit dans la ferme des Bordes, rouvrant les yeux après la commotion que lui avait causée cette pierre dans les reins, projetée par une balle : le même geste, le même regard, maternel, anxieux... Pour la première fois il avait vraiment pris garde à elle, à ce garçon manqué de dix-huit ans qui tirait de la mitraillette comme un ancien...

– Ou plutôt, continuait Pierre, B*** a eu tort de croire qu'il avait eu tort... « Par le biais des idées ! s'étonnait-il. J'aurais cru que dans l'action seule... » – mais vous n'y comprenez goutte, ma pauvre Nicole. Je ne vous ai rien dit.

– Que dans l'action seule ?

– ... je pourrais retrouver... il pensait que mon caractère... il pensait que l'action seule était capable de m'obliger à me colleter avec une vérité fondamentale. Dieu sait laquelle, d'ailleurs ! Je ne suis pas sûr du tout que pour lui et pour moi ce soit la même vérité. Je n'ai pas pu lui tirer un seul mot, hier soir. « Sommeil », disait-il. Possible. Mais possible aussi qu'il m'ait cru complètement cinglé. C'est vrai que j'étais encore au comble de l'exaltation. La même exaltation qui m'a d'abord fait condamner Broussard. Et puis qui m'a fait ensuite lui ouvrir. La même qui m'a fait penser après sa fuite, au lieu d'être consterné : « Tout est limpide. » Eh bien, il n'en reste plus lourd – simplement parce que j'ai pensé que je vous raconterais... que je vous raconterais l'inracontable, dit-il d'une voix sourde. L'encore inracontable... et que, tant que je ne pourrai pas vous raconter... vous raconter à *vous*, ce que...

– Ils savent que Broussard s'est enfui ?

Quoi ? Et revoilà le garçon manqué ! Non... ses lèvres tremblent, et elle est un peu rouge, mais...

– Potrel et Manéon le savent ?

Diable de petite femelle ! Regardez-moi ces yeux ! Les voici tout froids et lucides – et le plus fort c'est qu'elle a raison...

– Ma foi non. Je suis parti sans avoir eu le temps de chercher à les voir. Si, ils doivent le savoir, suis-je sot ! Mouthiers a dû les avertir.

– Mouthiers ; pas vous. Ils doivent donc penser que vous êtes... que vous avez...

– Mouthiers a dû leur dire aussi dans quel état je suis parti.

– Et alors, Pierre ? Réveillez-vous ! On croirait vraiment que nous n'avions bouclé Broussard que pour vous permettre...

Elle s'interrompit et devint toute rouge. Mais Pierre

avait rougi aussi, ils se regardèrent quelques secondes rougir ainsi l'un et l'autre, et puis ils éclatèrent de rire ensemble.

– Vous me renvoyez à Saint-L***, n'est-ce pas ? dit Pierre avec une gaîté sincère.

– Et au galop !

– Vous viendrez avec moi ?

S'il lui avait proposé brusquement de s'aller marier sur l'heure, elle n'aurait pas montré un autre visage. Il jouit d'abord du spectacle charmant de ces douces lèvres ouvertes, de ces yeux gris écarquillés, mais il n'attendit pas qu'elle eût retrouvé sa voix.

– Il y a un train à midi, dit-il, ça vous va ?

– Mais, Pierre… Jamais je ne pourrai d'ici-là…

– C'est vrai, Nicole. Eh bien, prenez tout votre temps. Je viendrai vous chercher demain matin, nous prendrons le train de huit heures.

CHAPITRE XVIII

Un peu de cyclothymie, selon l'avis du docteur Mouthiers.

Naturellement, me dis-je. Et Saturnin pense comme lui. Puisque moi seul (j'ignorais Manéon) je sais la vérité. Je tentai d'expliquer à Saturnin (c'était lors de cette visite qu'il m'avait faite, à Paris, dont j'ai déjà parlé):

– Cyclothymie si vous voulez. Mais comme est cyclothymique un amoureux. Ou… un poète, mon vieux, dis-je en riant, un peintre, un romancier, un musicien: confiance en soi suivie de défiance et d'angoisse, et de confiance encore, voire de joie, et ainsi de suite. Pourquoi voudriez-vous que Pierre…

– Parce qu'il n'était pas ainsi autrefois, pas du tout.

– Un amoureux n'est pas ainsi avant d'être amoureux. Quant à Pierre… Cela m'étonne de Mouthiers. Il m'avait semblé au contraire…

– Mouthiers est un positif. Il est profondément « behaviouriste », vous savez. Il ne veut s'en tenir qu'à ce qu'il peut connaître. A ce qu'il voit, par conséquent: sur telle sollicitation l'homme observé réagit de telle manière, ou de telle autre; ou bien, sur une même sollicitation, ce même homme ne réagit plus de la même manière. Voilà tout ce qu'on peut observer. Le reste, dit-il, est invérifiable.

– Tiens, dis-je. Je ne me faisais pas de Mouthiers tout à fait cette idée-là.

– Peut-être parce qu'il a une expérience très longue, très nombreuse, très variée: il donne souvent l'impression de réagir à un malade en vertu d'une intuition parfois géniale, alors qu'il en a prévu les faits et gestes selon les réflexes d'une catégorie. Les raisons cachées du comportement de Pierre, Mouthiers ne les connaît pas, ni moi, ni vous non plus, puisqu'il les cache. Mouthiers constatait seulement que, sans sollicitations du dehors apparentes, Pierre passait en quelques heures d'une sorte d'exaltation à l'inquiétude, l'impatience, voire l'abattement... Voyez-vous c'est toujours la question du « pourquoi » et du « comment » : Mouthiers s'est toujours interdit de chercher un « pourquoi » hors d'atteinte de l'observateur.

– On pourrait ergoter longtemps sur ce « hors d'atteinte »... Mais passons. Vous me racontiez la prise de bec entre Pierre et Manéon. Je n'ai rien su de tout cela. Ni pourquoi Pierre et Nicole ensuite ont disparu, sans donner depuis de leurs nouvelles. J'étais tout ce temps en Italie, vous ne l'ignorez pas.

– Nous ne savons rien non plus, dit Saturnin. Pierre doit être aux trousses de Broussard. Ce serait bien dans sa manière : qu'il se fasse un point d'honneur, veux-je dire, de régler tout seul un compte qu'il a été seul à ouvrir.

– Oui... c'est vraisemblable...

Saturnin commença : « D'autant plus que... », hésita un moment, poursuivit : « Manéon a été extrêmement brutal. »

Il ne l'aime guère, pensai-je, cela se voit (mais ne m'étonne qu'à moitié).

– Pierre nous avait réunis au *Grand Cerf,* dans sa chambre, pour nous annoncer ce que nous avions déjà appris la veille. « Pourquoi avez-vous fichu le camp, vous aussi ? » a lancé Manéon. Pierre a souri : « Vous n'allez pas me transformer en accusé ? » Manéon a dit : « Non. Quand même, vous avez eu peur de nous. » – « Je n'y ai même pas pensé », a dit Pierre avec impertinence. Nicole a dit doucement : « C'est vrai. » Manéon est devenu rouge : « Ça ne m'étonne pas. Le jour où vous penserez à d'autres que vous-même... ! »

– Cela a dû porter ?

– Pas tout de suite. Comme s'il avait fallu à Pierre le temps de comprendre. Oui, c'est curieux. Il a haussé les épaules, a commencé tranquillement : « Je suis parti parce que – » et de façon subite, avec une violence hautaine : « Qu'est-ce à dire, Manéon ? Avez-vous eu à vous plaindre de moi dans le Réseau ? » Manéon a dit : « C'est à voir. » J'ai cru que Pierre allait bondir : « Comment ! ? » – « Vous aviez bien failli déjà foutre le réseau par terre avec vos fichus scrupules. » Altman voulait s'interposer : « Écoutez, Manéon, Cornélius a payé assez cher… » – « Quoi, et après ? insistait Manéon. Nous l'avions fait prévenir, non, que Rochenin trahissait ? Réponse : pas de preuve. Très joli les scrupules, mais le résultat, vous le connaissez. » Pierre avait repris son calme : « Manéon a raison. »

« L'aveu nous a surpris. Surtout, Manéon s'est trouvé un peu démonté. « Il a raison, dit Pierre, mais je propose que nous ne rouvrions pas le débat sur Rochenin, puisqu'il est mort : ce serait un débat gratuit et nous n'en sortirions pas. En fait, le cas était exactement l'inverse de celui qui nous assemble dans cette chambre : nous avions à statuer sur Rochenin *avant* qu'il eût vraiment commis ses crimes ; c'est le contraire pour Broussard. Ici les crimes sont patents, ils ont été commis – horriblement commis. Et pourtant je l'ai laissé filer. Je suis parmi vous pour m'en justifier. » – « Laisser filer… ce n'était pas exprès quand même ? » a dit Potrel. « Non, dit Pierre. Pas… tout à fait exprès. Mais je savais que j'étais imprudent. En fait, voilà : j'ai été imprudent exprès. »

Là-dessus, me dit Saturnin, chacun avait attendu. « C'était, dit-il, pour ma part avec une curiosité assez détachée. Vous savez que j'avais voté “contre” – contre l'exécution – depuis le début de l'affaire… Mais vous ne savez peut-être pas pourquoi ? »

Je ne trouvai d'autre réponse à faire qu'un geste de la main ambigu. J'étais dans un embarras bien grand : jusqu'à quel point désirait-il avoir été deviné ? Mais il sourit :

– Je vois que vous avez adopté pour suffisantes les raisons qu'on vous a données... Oh ! Elles ont joué un rôle aussi sans doute... elles se sont ajoutées à d'autres... mais ces autres étaient bien plus fortes.

– J'ai toujours voulu vous poser une question, m'écriai-je.

Il m'interrogea des sourcils.

– Pourquoi diable vous êtes-vous prêté à l'enlèvement si d'autre part vous étiez opposé...

– C'est justement, coupa-t-il, ce que j'allais vous expliquer. Mettez-vous à ma place, mon vieux. Nicole vient vous trouver. Elle vous dit : « Rappelez-vous Mathieu, Étienne, Salomon... » les noms de douze ou quinze de nos meilleurs copains, arrêtés, torturés, livrés par Broussard, et qui sont morts. Le non-lieu, vous pensez bien que je ne l'ai pas digéré non plus. « Nous allons le juger, dit-elle, et nous avons besoin de vous. » Allais-je me défiler ? L'auriez-vous fait ?

– Non, mais moi, si j'avais eu ensuite à voter...

– Oui, mais maintenant imaginez ceci : un jour un copain du réseau arrive à votre p. c. et vous dit : « Mon vieux, tu es grillé. Il faut foutre le camp en vitesse. » Vous voulez savoir ce qui se passe et le copain finit par tout lâcher : Broussard l'a convoqué pour lui dire en substance : « J'ai fait cerner la maison de Saint-Sernin. Mais je lui laisse une brèche pour déguerpir. Allez le prévenir et mettez les voiles tous les deux. Tout ce que je vous demande, c'est un peu de mémoire si la chance vient à tourner. »

Sat n'en dit pas plus. Il gardait posés sur moi ses yeux lourds, avec ce vague sourire sur ses fortes lèvres. Ses paupières battirent plusieurs fois, comme s'il avait eu un tic. Et sous ce silence jeté entre lui et moi comme une passerelle d'affectueuse compréhension, je distinguais de nouvelles perspectives dans les tourments qui l'agitaient. Car Sat était parti – il avait accepté de passer par cette brèche ouverte. Le contraire eût été absurde. Mais depuis – mais maintenant – où était la pureté ? Et je me moquais de moi-même au souvenir de la facilité avec laquelle j'avais accepté la thèse du drame familial, comme suffisante pour tout expliquer…

Mais il attendait sans doute que je parlasse.

– Vous n'aviez rien promis, remarquai-je.

– Non. Mais en filant j'acceptais le marché.

– C'est terriblement discutable. C'était votre devoir de filer.

– Sans doute. Il n'en demeure pas moins…

J'eus une illumination : Sat et Potrel s'étaient réfugiés ensemble à l'hospice…

– Le copain, interrompis-je, c'était Potrel ?

Sat inclina la tête.

– Eh bien, dis-je, il ne partage donc pas vos scrupules. Il a voté pour la mort, dès le premier jour.

– « Plutôt pour », rectifia Sat. Il n'y a que Manéon qui a voté franchement « pour ».

– J'aurais voté comme lui, dis-je sans ambages.

– Je sais. Nicole s'est trompée en s'adressant à nous – Potrel et moi. Nous n'avions plus notre liberté intérieure.

– Tandis que Pierre pouvait avoir la sienne, dis-je en souriant.

– Devait, rectifia Sat, mais… « pouvait » ? D'abord il fallait qu'il se surmontât lui-même. Peut-être, dit-il d'un ton songeur, peut-être ne pouvait-il se surmonter que dans l'erreur…

– C'était une erreur, selon vous aussi ? m'étonnai-je.

– D'avoir laissé filer Broussard ? En soi, assurément : manque de solidarité et du moindre égard envers nous. C'était encore un geste de dictateur, Manéon le lui a bien fait voir. Je dois avouer que Pierre était entré dans des explications plutôt vaseuses. « Vous vous payez notre tête ? » trancha net Manéon. Il n'avait pas tout à fait tort : Pierre n'avait-il pas entrepris de nous raconter tous les détails d'une trépanation ? Je dois dire…

– Quelle solitude ! m'écriai-je.

– Pardon ?

– Babel ! Babel ! Babel ! Comment transmettre à d'autres sa vérité ? Et pourtant vous l'aimez.

– Est-ce que vous prétendez… était-ce donc important cette histoire de trépanation ? Fallait-il prêter l'oreille…

– Bien sûr. Et, seul, chacun de vous l'aurait fait. Seulement vous étiez quatre…

– Vous l'avez écouté ?

– Oui. Mais je le confesse : assez mal. Je tombais de sommeil. Et comment cette histoire a pu ouvrir pour lui les portes de la vérité, je ne m'en fais encore qu'une idée vague. Très vague, même. J'ai beau me triturer la cervelle… Mais elle les a ouvertes.

– Je ne crois pas.

Il dit ces mots sans violence, presque sans force. Il ajouta :

– Vous connaissez bien Pierre ? Depuis longtemps ?

– Je ne le connais « bien », dis-je, que depuis peu de temps : depuis que nous avons lutté côte à côte. Mais il me semble…

– Je le connais et je l'aime depuis plus de quinze ans, dit Saturnin.

Je me tus.

– Avez-vous remarqué ? demanda-t-il. Nous ne nous sommes jamais tutoyés, Pierre et moi.

C'est vrai, pensai-je, Pierre ne me tutoie pas non plus.

– Les portes de la vérité ? dit Sat. Peut-être a-t-il trouvé la clé pour les ouvrir, oui, c'est possible. Mais ce n'est pas assez. Elles sont lourdes, et la force lui manque encore, je le crains. La force qui ne se trouve pas au bout de doigts habiles, mais au fond d'un cœur assez grand pour y loger les hommes.

CHAPITRE XIX

Ainsi me parlait Saturnin, en août 1946. Je revenais (on l'a vu) d'Italie, où je voyageais depuis fin juin. Ce qui s'était passé entre-temps, je l'appris peu à peu des uns et des autres.

D'abord, cette séance-là (où Pierre et Manéon s'étaient affrontés à Saint-L***) s'était plus ou moins terminée, comme on dit, en queue de poisson. Manéon s'était levé soudain en s'écriant : « Merde, en voilà assez. Je ne comprends rien à vos histoires de poils de mouche. Vous avez laissé filer cet infâme salaud, voilà le fait. Le reste, je m'en fous. Iriez-vous raconter vos histoires à tous les copains qu'il a crevés, s'ils pouvaient vous entendre ? Naturellement, dit-il, personne ici n'a une idée du coin où il peut se planquer ? » Personne n'en avait idée. Seule chose à peu près sûre : Broussard n'était plus à Saint-L***.

On s'était séparé dans un sentiment de profond malaise. Aucun des conjurés, pas même Manéon, ne voulait être cruel avec Pierre, mais il crevait les yeux qu'on ne l'approuvait pas.

Même Nicole…

… Nicole, les autres partis, n'avait pas dit un mot. Elle gardait sur Pierre Cange des yeux attristés et sévères.

– Bon sang, s'écria-t-il, dites-moi au moins ce que vous pensez !

Alors Nicole avait ouvert les vannes. Elle voulait répondre d'une voix douce. Elle y parvint d'abord. Mais à mesure qu'elle parlait, tout ce qu'elle avait à dire, et qui s'accumulait derrière ses lèvres depuis des heures, tant de mots et de phrases chargés de souvenirs, de constance, de foi jurée, de vivants et de morts – et de l'indignation, de la colère devant les trahisons, les lâchetés, le cynisme où s'engluaient jour après jour la confiance et l'espoir – et l'amour même qu'elle portait à Pierre, et son impatience déchirée devant cette incertitude impuissante – tout cela s'était précipité dans un flux trop tumultueux pour trouver un exutoire hors d'une violence explosive.

Pierre l'écoutait « sidéré ». Il pensait vaguement : « Elle parle comme Manéon », et se la rappelait fillette, habillée de blanc, avec des gants de filoselle, son livre de messe à la main, marchant sage et tranquille aux côtés de madame Cange, sa marraine…

Elle disait : « Vous ne voyez donc pas ce qui se passe ? Vous croyez qu'il n'y a que l'affaire Broussard ? Que faisiez-vous donc à Cronon ? Vous ne lisiez pas les journaux ? »

Il fit « non » de la tête.

Elle adjurait : « Eh bien, alors, lisez-les ! On n'a pas le droit de vivre dans un rêve. Dix mois à peine qu'on a ouvert les portes de Bergen-Belsen, et déjà… » Et elle lui peignait la terrible accélération de l'oubli, suivi pas à pas, prudemment et patiemment, mais avec une méthode et une habileté sans fissure, par tous les anciens puissants guettant leur heure dans cet oubli. La grande conspiration de la mauvaise Justice, trop lourde ou trop clémente comme au hasard, frappant de mort parfois les moins impurs, libérant goutte à goutte les éléments pourris : goutte à goutte, car trop d'un coup, cela risquait de remuer l'opinion, au contraire trop d'intervalle, cela ne l'eût pas si bien habituée, endormie. Elle citait pêle-mêle les noms qui lui revenaient : clémence pour l'aviateur traître, clémence pour le Procureur Général pourvoyeur de l'ennemi ; ce marchand de ciment, après un an de prison préventive, élargi avec la moitié de ses deux cents millions gagnés sur le mur de l'Atlantique ; Bergery libéré le jour où l'on arrête Hénaff pour s'être, en 41, évadé de Chateaubriant; les orphelins des fusillés chassés des hôtels de Megève (afin de rendre ceux-ci aux riches hivernants) le jour où *Paris-Soir* fait l'objet d'un non-lieu, après le *Temps*, après l'*Intran*, après la *Dépêche*, après la *Tribune de Saint-Étienne ;* ce général cynique qui s'entoure, en Autriche, d'un ancien chef de cabinet de Pétain, de l'ancien Grand-Veneur de Goering, de l'ancien chef de la Police de Lyon, et qui donne ses plus belles réceptions en l'honneur de la belle Leni, l'ancienne égérie de Hitler; et ce juge d'instruction, les mains rouges encore du sang des lycéens, qu'on vient de promouvoir conseiller à la Cour; et Franco, Franco, Franco, dont depuis plus d'un an on annonce la punition, que l'on menace du doigt et du sourcil, mais qui assassine tranquillement Ventura Marquez, et Cristino Garcia, et avec eux cinquante républicains, et parmi eux nombre d'anciens francs-tireurs des maquis français; et que fait-on? Rien. « L'Espagne doit se libérer elle-même », déclarent doctement les Anglo-Saxons... « Oh! Pierre, Pierre, imaginez cela! Imaginez la France en 44, qui aurait vu les armées alliées libérer une à une autour d'elle la Belgique puis la Hollande, puis l'Italie, l'Espagne, toute l'Europe – et qu'on laisse de côté, qu'on laisse aux mains de Laval, de Darnand, aux mains de la Milice, bourrée de Nazis restés là et qui tiennent le haut du trottoir! Et les massacres qui continuent, sous l'œil indifférent de Londres, de Bruxelles et de Washington! La France tyrannisée, abandonnée, voyant passer les mois, puis un an, puis deux ans, les affaires qui reprennent entre les collabos enrichis et les démocraties d'Europe, d'Amérique... Et Saturnin, et Jean-Jacques, et moi-même, Malraux, Éluard, Mauriac pourchassés, assassinés les uns après les autres, sans qu'on lève le petit doigt; et pour finir: "La France doit se libérer elle-même..." Oh! Pierre, manquez-vous à ce point d'imagination? »

Sur quoi Pierre s'était frappé la cuisse d'une claque bruyante.

– Parbleu ! s'écria-t-il, c'est là qu'il est !

Nicole restait la bouche ouverte, essoufflée et stupide comme celui qui s'est échiné tout le jour à forcer la malle au trésor et trouve le néant.

– Qui ? souffla-t-elle enfin.

– Mais Broussard ! dit Pierre. En Espagne ! Je le parierais !

Il s'était levé, marchait à grands pas de long en large en se martelant la paume d'une main de son poing fracassé. Ses yeux brillaient.

– Nicole, cria-t-il enfin, il faut y aller !

– Où ?

– En Espagne !

– Vous voulez y chercher Broussard ? s'exclama-t-elle.

– Comment ?... Broussard ?... Il éclata de rire : Je me fous pas mal de Broussard, qu'il se balade où ça lui chante, il ne perd rien pour attendre. « Tout est limpide »... On l'aura au tournant. Suffit de le laisser faire. « *Ce que tu as à faire, fais-le promptement* » – il le fera, Nicole. Aujourd'hui, demain, dans trois ans, mais il le fera. Il a sa chance, je la lui ai donnée, mais il ne pourra pas la saisir. Il ne peut pas. Il est marqué : il est de ceux qui livrent. Jésus le sait que Judas va le livrer. Il montre qu'il le sait, il lui tend devant tous les apôtres le pain trempé de vin qui le désigne, et Judas sort, Jésus le laisse aller : « fais-le promptement », Judas dévoilé pourrait se reprendre, réfléchir, reculer, avoir peur – mais non, il est marqué pour le livrer, il le livrera... Pourquoi, Nicole ? Parce que Broussard est un *tigre*. Vous ne comprenez pas. Je vous expliquerai. J'ai retrouvé, tout retrouvé. Je ne hais pas Broussard. C'est un tigre, il n'y peut rien. Le monde est plein de tigres. Nous irons en Espagne, Nicole.

– Pourquoi, Pierre ? Je veux bien ! Mais pourquoi ?

– Parce qu'il s'y trouve des hommes à sauver. Que pourrais-je faire de ma vie, sinon sauver des hommes ? Car je suis un *homme*, Nicole, cria-t-il, j'en suis un !

– Mais oui… Pierre… bien sûr…

– Pourquoi « bien sûr » ? Mais non, ça ne l'est pas ! Je pourrais être un tigre ! Pourquoi pas tigre ? J'ai voulu en être un figurez-vous – mais je ne savais pas ce que c'était. Et je n'en suis pas un, Nicole, c'est merveilleux ! Nous établirons une filière. Vous parlez l'espagnol ? Moi, un peu. Il faudra s'exercer. Une filière, des relais. Mon Dieu, mon Dieu, comme ils doivent se sentir abandonnés ! Après tant d'espérance ! Tant d'espérance assassinée… Assassinée par nous, par ceux qu'ils aiment. Oui, Nicole, c'est horrible. Le comble de l'enfer. Il faut y aller. Il faut être avec eux, au milieu d'eux. Même si nous devons échouer. Pourquoi échouerions-nous ? Parce que les tigres sont toujours les plus forts ? Parce qu'ils ont l'air souvent d'avoir raison, comme Broussard, la raison du plus fort ? Oui, mais ils se battent entre eux. Voilà leur malédiction. Ils s'allient un moment pour la chasse, et puis ils se battent entre eux. Ils marquent le matin la terre de leurs griffes, mais le soir les griffes du voisin en effacent les traces, et il ne reste rien. Tandis que nous, les hommes, nous les hommes qui paraissons si faibles, toujours battus et déchirés, déchirés par ces griffes puissantes, par ces crocs anthropophages, nous, nous mettons sans cesse nos pas légers mais obstinés dans les pas de nos frères, trace sur trace, et nous enfonçons cette trace dans la terre, toujours plus forte et plus profonde, jusqu'à ce qu'elle devienne un jour ineffaçable… Debout, Nicole. C'est ainsi que le monde, au long des siècles, se modifie à l'image des plus faibles, contre toute vraisemblance, non à celle des plus forts. Venez. Quittons cet hôtel muet. Je sais maintenant une chose énorme. Écoutez-moi : *il n'est jamais trop tard.*

– Jamais trop tard, Pierre ?

– Jamais trop tard pour être un homme, pour devenir un homme, quoi qu'on ait fait – à moins d'être un tigre. Ah ! Je voudrais qu'on rende obligatoire pour tous les citoyens du monde d'assister à la mise à nu d'une cervelle vivante ! Mais un tigre comprendrait-il ? Que peut comprendre un tigre ? Puisque les crocs et les griffes, et la faim et le sang et la suprématie du tigre sur l'antilope, cela lui paraît « humain »... O imbécile, ô aveugle imbécile ! Te voilà tout fier d'écraser sous tes griffes le dos de l'antilope, et sur ton dos à toi ton ennemi est là, depuis toujours – et tu n'y penses même pas ! Bon appétit, Messieurs ! Faites « l'histoire », comme vous dites ! Couvrez les villes et les campagnes de vos stériles cénotaphes, des traces de vos griffes que d'autres griffes effaceront. Venez, Nicole. Nous allons jouer un jeu moins dérisoire. Jeu de patience, certes ! Il faut beaucoup de pas dans un même pas pour qu'à la longue la marque s'en imprime dans le granit. Les pas de millions de morts très obscurs. Mais ce sont les millions de lèvres de très obscurs pèlerins qui ont lentement arrondi le pied de bronze de saint Pierre, et l'ont changé en sphère étincelante. Ah, Nicole, il ne suffit pas, pour faire un homme, d'un geste fût-il le plus beau de tous. Il ne suffit pas d'un geste non plus, fût-il horrible, pour le défaire. Ce ne sont que des épisodes, la fortune changeante du combat. L'homme en nous se fait ou se défait à chaque minute de notre vie. Eh bien, Nicole, à l'ouvrage : n'en perdons pas une de plus !

Je crains d'avoir mené ce discours – et m'en excuse – de façon plus lyrique sans doute que Pierre ne dut le faire en réalité. Mais les morceaux en sont vrais. Nicole les avait conservés en elle avec ferveur, et quand quelques mois plus tard elle me raconta la scène, ce fut certainement avec plus de lyrisme encore. Cette explosion pour elle fut un éblouissement. Dix minutes plus tôt, Pierre lui semblait si loin ! Si enfermé une fois encore dans sa propre personne, aveuglé par ses propres problèmes, englué dans sa propre angoisse ! Et son comportement devant Manéon et les autres était tellement embarrassé, presque piteux ! Et voilà que d'un coup, pour avoir prononcé le nom de l'Espagne...

– Oh, Nicole, dis-je, l'Espagne... Ce n'était que la mèche, le cordon détonant qui fait exploser une cartouche bien plus profondément enfouie... Elle eût éclaté bientôt de toute façon... Vous avez quitté Saint-L*** le jour même ?

– A la minute, ou presque ! Le temps de faire nos valises, lui et moi. Nous avons attrapé le rapide de Paris à la course !

Et puis ils disparurent pendant trois mois, durant lesquels, comme on sait, nous les crûmes – nous étions excusables – lancés sur les traces de Broussard.

En fait, Pierre passa huit jours à Paris, le temps de contacter les organisations de l'Espagne républicaine, et d'assurer des fonds à l'entreprise (il a toujours été très habile – ou très convaincant – dans cette tâche ingrate). J'ai su depuis qu'il était monté me voir la veille de mon départ (j'étais au consulat d'Italie) mais on omit de me le dire, à moins qu'il n'omît lui-même, ce qui était bien dans sa manière, de me laisser un message.

Pierre et Nicole franchirent les Pyrénées au milieu de juillet. Ils nouèrent leurs premières liaisons à Barcelone. Un mois plus tard, la chaîne commençait de fonctionner par la mer, dans les deux sens, entre Palamos et Agde. Pierre et Nicole contractèrent une sorte de mariage symbolique, à bord de l'*Obregon,* au moment de prendre la mer pour la première fois, devant le capitaine, ses trois matelots, et onze condamnés à mort par contumace de Murcie et d'Estrémadure.

Pierre emmenait des hommes, il ramenait des armes. Il avait, au début d'octobre, commencé de jeter les bases d'un réseau de renseignements pour toute la Catalogne et une partie de la Galice, quand une malchance absurde détruisit en dix minutes tout son travail, et faillit lui coûter la vie.

Le détail de la chose n'entre pas dans le cadre de ce récit. Il suffira de dire qu'un soir, alors que l'*Obregon,* chargé d'armes, arrivait tous feux éteints dans une crique déserte au nord de Palamos, le capitaine vit surgir de la nuit un canot à moteur et le prit pour la douane. Dans un réflexe de flibustier, il lança son brick droit sur l'embarcation, et l'étrave la coupa en deux : c'était pour gagner le temps de s'enfuir. Mais le réservoir à essence du canot explosa. A la lueur des flammes, les dangereux douaniers se révélèrent être de braves pêcheurs, qui braconnaient avec une senne interdite. Chacun s'empressa donc pour les tirer de l'eau, où brûlaient des nappes d'essence répandue. Pendant le sauvetage, le feu prit à la poupe du brick. Le temps de mettre les pompes en action, les premières cartouches commençaient d'exploser. Dix minutes plus tard, capitaine, équipage et pêcheurs avaient rejoint la rive à la nage ; ils regardèrent l'*Obregon,* au milieu des détonations, brûler sans se décider à sombrer, jusqu'à ce que soudain, venues du haut des roches, d'autres détonations éclatèrent : cette fois c'était, pour de bon, les douaniers.

Au petit matin, la troupe avait pourtant réussi à gagner Palamos sans pertes. Deux blessés seulement : Pierre et l'un des matelots, restés volontairement en arrière-garde. L'homme avait une balle dans la cuisse, Pierre dans l'omoplate.

Tous guettaient dans un bosquet de tamaris le retour d'un des pêcheurs parti en reconnaissance. Il revint deux heures plus tard en se grattant le crâne : la Phalange déjà était dans Palamos, et la terreur dans les rues.

Les deux blessés attendirent jusqu'au soir qu'on leur eût trouvé un refuge. Un toubib sympathisant vint les soigner. Il put extraire sans histoire la balle qui s'était coincée dans la cuisse du matelot entre le muscle et le fémur. Mais en auscultant Pierre il fit la grimace : l'omoplate avait éclaté, la balle était plus loin ; il était fort à craindre qu'elle n'eût touché le poumon.

Le lendemain, les nouvelles de Palamos étaient mauvaises. On avait identifié l'*Obregon,* on tenait donc le bout du fil de toute l'organisation. Il fallait, au moins pour Pierre et son capitaine, passer au plus tôt la frontière.

Ils le firent, trois nuits plus tard, à dos de mulet. Celui de Nicole marchait flanc à flanc contre celui de Pierre, et Nicole soutint le blessé, sans répit ni repos, pendant les dix-huit heures du voyage. Parvenus à Coustouges, il fallut laisser Pierre, au dernier degré de l'épuisement, reprendre des forces pendant trois nouveaux jours avant de pouvoir le descendre en voiture, secoué de fièvre, jusqu'à Céret. Les radiographies y confirmèrent, hélas, le diagnostic : la balle était dans la plèvre, heureusement logée assez haut, mais sans espoir qu'on pût l'extraire dans l'état présent du blessé. Cet état empira : l'ancienne pleurésie ne demandait qu'à s'éveiller. Devenu résistant aux sulfamides, depuis le traitement exagéré subi un an plus tôt (et la pénicilline trop rare encore à cette époque pour qu'on en pût user efficacement) Pierre dut être laissé à ses propres forces, – à sa propre volonté de guérir.

Il vécut : cela en dit plus long sur sa reviviscence mentale que toutes les paroles ou les écrits. Puisque cela montre décidément qu'il se jugeait digne de vivre.

Mais le plus remarquable, à mes yeux, ce fut l'attitude de Nicole.

CHAPITRE XX

C'est elle qui m'accueillit à Sarcenas, dans le sana où, remis de sa pleurésie mais atteint de tuberculose, on avait mené Pierre en décembre. J'étais le premier visiteur : on avait fait exception pour moi à la consigne de repos absolu, donc de silence et d'isolement.

Sarcenas est un hameau de quelques maisons, sur le versant sud du Pic de Carlitte, au-dessus de la station des Escaldas. Le sana est seul, à l'écart, collé au mur des rochers d'ocre rose – très blanc l'été dans les pâtures, gris l'hiver dans la neige ensoleillée. Dans ce février finissant la neige déjà lourde brillait de feux adamantins sous un soleil si chaud que, derrière la vitre du car, j'avais dû entrouvrir le col de ma chemise.

Je demandai Nicole. On me fit attendre dans un salon ripoliné (meubles de tôle laquée, fauteuils de toile et de nickel). J'avais le cœur un peu battant, j'étais inquiet. La dernière lettre de la jeune femme n'était guère rassurante : on avait tenté un pneumothorax, malgré l'état de la plèvre ; il n'avait pas tenu ; il faudrait pratiquer une thoracoplastie, sans même être certain du résultat.

Je dus attendre longtemps. Je n'ai jamais bien supporté d'attendre, et d'autant moins que je suis tourmenté : l'inquiétude grandit, pourquoi ne vient-on pas, que se passe-t-il, je fais mille suppositions, naturellement les plus graves – un peu par superstition, pour conjurer le mauvais sort, un peu pour me préparer moi-même à supporter le pire. J'étais là quand Nicole entra, rose, vive, joyeuse, épanouie, et se jetant à mon cou m'embrassa vigoureusement sur les deux joues.

– Pierre va mieux ? m'écriai-je.

– Non, pas du tout, dit Nicole.

Mais elle souriait si franchement que je ne pus m'empêcher de sourire aussi.

– Comment cela ? demandai-je

– Comme je vous l'ai écrit : dans quatre jours l'opération. Les chances sont partagées.

– Mais vous n'êtes pas soucieuse ?

– Bien sûr que si !

– Eh bien, pardonnez-moi, ma petite Nicole, mais vous n'en avez pas l'air !

– Parce que je ris ?

Elle riait. Et moi aussi. C'était vraiment étrange.

– Je ris parce que je suis heureuse.

– Je m'en doute… seulement…

Je cherchais mes mots. Elle dit :

– Vous voudriez que le souci me rendît moins heureuse ?

– Je ne le voudrais pas, mais… il me semble…

Ma foi, je me faisais l'effet d'un gros ballot. Au vrai, j'étais agité de sentiments contradictoires : les uns venus tout droit d'un vieux conformisme, puissant comme une seconde nature, et qui voulait que je fusse choqué, presque indigné ; les autres au contraire déjà tout prêts à comprendre, voire admirer, et à me mettre à l'unisson.

– Je regrette, dit Nicole, mais je ne peux pas. Pas m'empêcher d'être heureuse. Pierre est en danger ? C'est vrai. Mais il ne l'était pas moins jadis à la ferme des Bordes, ou récemment à bord de l'*Obregon* bourré d'armes. Je partageais le risque ? Sans doute : celui de mourir avec lui. Croyez-vous, s'il mourait maintenant, que je lui survivrais ?

– Mais, Nicole…

– Nous nous battions ensemble, j'étais heureuse. Nous nous battons ensemble, je suis heureuse. L'ennemi a changé, c'est tout – et encore, Pierre dirait que non, que c'est toujours le même... Ah, sans doute, je sais bien, je devrais me tordre les mains en attendant l'opération. Eh bien, voyez-vous, non ! Pas maintenant ! Je me les suis tordues toute une année – toute cette horrible année qui a vu Pierre livré aux bêtes, comme il dit, après son retour de Hochswörth. Aux bêtes, aux démons. Il m'a tout raconté, vous savez ? Tout. Son geste abominable. La confession qu'il vous a faite. Et son martyre, dans ce sentiment de déchéance qu'il croyait irrémédiable... Oh ! alors, oui, j'étais malheureuse, en ce temps-là ! Plus malheureuse qu'une pierre sous la neige. Puisque je ne pouvais *rien*. Rien que le savoir au loin chaque jour plus enfoncé, plus dévasté que la veille... Mais depuis, mais aujourd'hui ! Aujourd'hui qu'il *veut* vivre ! Aujourd'hui qu'il se bat pour vivre ! Que nous nous battons tous les deux, côte à côte, pied à pied, heure par heure pour sa victoire ! Malheureuse ? Ah, vraiment, non ! Pas plus hier contre Franco qu'aujourd'hui contre le Grand Tigre !

– Contre qui ?

– Le Grand Tigre – c'est vrai, vous ne savez pas. Nous l'appelons comme ça.

– Quoi donc, Nicole ? La maladie ?

– Tout cela, dit-elle avec un geste du bras vers la fenêtre. La maladie aussi. Tout. Toute cette tyrannie impassible et sans borne. Le froid, le cancer, les assassins – et aussi notre aveuglement, notre faiblesse... Voilà notre ennemi, dit Pierre. Voilà notre combat, c'est ce combat qui fait de nous des hommes. Et notre aveuglement, notre faiblesse ne sont pas le côté le moins dangereux de cet ennemi retors... Pierre m'a tout confessé, je vous l'ai dit. Un soir, sur les rochers, tandis qu'on finissait de gréer l'*Obregon*... Il ne m'avait jamais embrassée, vous savez ? Jamais. Il ma tout raconté d'une voix douce et tranquille... Hochswörth, le four crématoire, et cette lente agonie, à son retour... Je crois que j'ai versé plus de larmes en une heure que je n'en verserai sans doute en une année. Larmes de joie, et de peine, et d'horreur. Mais il ne s'est pas mépris sur ces larmes-là.

Il ne se méprendra plus jamais. Elles ont séché sur ses lèvres. Et nous sommes restés dans les bras l'un de l'autre jusqu'au matin…

« Maintenant venez le voir, dit-elle en m'entraînant. Il vous attend. J'allais vous dire : ne le faites pas trop parler – mais c'est stupide. Parler lui fait autant de bien que de dormir, quand il en a besoin. Les médecins sont des ânes. J'ai tort de dire cela : celui d'ici est splendide. Pierre et lui s'entendent à merveille. Regardez la vue par cette baie : saisissante, n'est-ce pas ? C'est celle que Pierre a de son lit. Voici sa chambre. Entrez. Je vais chercher de quoi boire. Je vous rejoins dans cinq minutes. »

Je frappai. Une voix claire répondit. Pierre était dans son lit, enjoué, allègre. Nous nous embrassâmes. Il avait les joues un peu roses, les yeux un peu brillants. Mais cette vitalité sans éréthisme me fit bonne impression.

– Pourtant, dit-il, j'ai eu un coup très dur. Vous le savez ? Le pneumo a lâché, oui. On va me scier six côtes et m'aplatir le poumon malade. Quelle connerie !

– Pierre, puisqu'il faut le faire…

– Bien sûr qu'il le *faut* : c'est ça la connerie. Tiens, mais c'est vrai, mon vieux, nous n'avons jamais terminé cette conversation passionnante. Enfin, conversation… c'était plutôt un monologue… Eh bien, elle continue ici, vous voyez. On va m'enlever les côtes, ouvrir la plèvre et peut-être me faire claquer, parce que je ne peux pas tout seul mettre mon poumon en veilleuse. Peux pas lui dire : « Repos, petit. Jusqu'à ce que ça aille bien. » Rien à faire. Ne veut pas me connaître, mon poumon. Tient à sa foutue indépendance. Continuera son boulot, sans rien vouloir entendre, jusqu'à ce que ma mort s'ensuive, et la sienne – à moins de lui envoyer la troupe. Eh bien, on la lui enverra ! En avant ! A l'arme blanche ! Baïonnette,'on ! Courage, on les aura !

Il redevint sérieux, tout à coup.

– Vous n'avez pas idée, dit-il, comme tout est devenu clair pour moi. Extraordinairement clair. Peux même plus comprendre comment j'ai pu – non, j'exagère. Je ne renie pas mes tourments. Sans eux, je serais peut-être encore dans le noir – dans ce noir relatif où je vois les autres se débattre… Oh ! Ils s'en arrangent. Il faut bien s'arranger de tout. Il faut vivre, comme ils disent. Vivre ! Ils ne savent même pas ce que ce mot veut dire, pour un *homme*.

– Et vous, dis-je en souriant, vous le savez ?

Il eut un petit sursaut. J'eus peur qu'il ne crût trouver dans ma question de l'ironie. J'enchaînai :

– Je vous demande cela, mon vieux, parce que, franchement, je ne saisis pas encore très bien où vous avez déniché tout ça.

– Où j'ai déniché quoi ?

– Votre calme intérieur et cette… certitude.

– Ne vous l'ai-je pas dit ?

Il sourit, se remonta un peu sur l'oreiller.

– Au fond du désespoir. N'avez-vous pas remarqué que c'est souvent quand on croit tout perdu… Tenez, le premier artisan de cette guérison, c'est Saturnin – les malheurs de Saturnin, plutôt.

– Oui, l'interrompis-je, cela je l'ai compris.

– Qu'est-ce que vous avez compris ?

– Qu'il y avait entre sa mésaventure et la vôtre… une ressemblance subtile…

– Ce n'est pas ça du tout.

Je dus avoir l'air vexé.

– Enfin, corrigea-t-il en souriant gentiment, pas seulement ça… Une ressemblance ? En effet : lui et moi nous avons voulu nous engager totalement dans les voies de la pureté et de l'honneur – et j'ai perdu l'honneur, et lui la pureté. Mais la ressemblance s'arrête là. Ou plutôt…

Il hésita une seconde :

– … plutôt, la vraie ressemblance est ailleurs. Elle est *en dehors de nous* ; voilà justement l'essentiel : nous nous sommes tous deux heurtés à… quelque chose. Vous savez ce qui est arrivé à Potrel ? et à Manéon ?

Non, je ne le savais pas : à cette époque, je n'avais pas encore entre les mains les notes de Pierre Cange.

– Eh bien, dit-il, il leur est arrivé la même histoire. Potrel a vu fusiller, à cause de lui, cinquante cheminots français. Quant à Manéon, il a quasiment fait comme moi : il a, pour survivre, envoyé un copain à la mort. Voilà où nous avaient conduits tous les quatre les voies impératives de la pureté et de l'honneur. C'était un joli bilan, pas vrai ?

Il racontait cela d'un ton serein, presque joyeux.

– Et de l'autre côté, Broussard. Dont il est clair qu'il avait cru autant que nous suivre les voies impératives de la pureté et de l'honneur : la pureté et l'honneur du soldat… Est-ce que vous commencez à comprendre ?

– Eh bien, hasardai-je, je suppose… Vous avez dû vous demander si elles existaient, ces voies impératives… si vous ne vous étiez pas trompés…

– … Pas tout à fait. Mais c'était dans ce genre-là. Le fait est que j'avais beau faire, il m'était impossible de ne pas mépriser Broussard. Et de ne pas admirer les autres, bien que Manéon par exemple se fût, en somme, conduit comme moi : je n'avais donc pas perdu l'honneur ? Mais alors, qu'est-ce que c'était, « l'honneur » ?

Ses lèvres se collèrent l'une à l'autre dans un sourire de gaîté moqueuse. Il hocha la tête.

– C'est là que j'ai compris qu'il fallait revenir à zéro. C'est-à-dire repartir de l'homme, de la personne. Puisque l'honneur pouvait avoir, selon les gens, des significations si opposées. J'avais toute ma vie vécu sur un impératif catégorique. Mais les gens comme Broussard vivaient sur un impératif contraire. Sans que je puisse prouver que le mien était bon, puisqu'il m'avait foutu dans le pétrin. Comment s'y retrouver ? C'est alors que Mouthiers m'a mené voir Brosses opérer Varèse. Et tout s'est éclairé.

– Justement, m'écriai-je, c'est là que je ne vous suis plus !

– Ah… ça, c'est formidable, commença-t-il en me considérant d'un air incrédule. Si précisément quelque chose me semble aller de soi… si je me sens imprégné maintenant jusqu'aux moelles d'une évidence éclatante…

– Mais enfin, mon vieux, quoi ? Qu'est-ce que vous avez cru découvrir avec votre histoire de cervelle ? Le mystère de la personnalité ? Que celle-ci est irréductible à notre moi physique ? Le dernier cancre de rhétorique le sait depuis longtemps !

– C'est tout ce que vous avez compris ?

Je haussai les épaules, écartai les mains, en signe d'impuissance :

– Y avait-il autre chose à comprendre ?

– C'est formidable, répéta-t-il.

Il hochait la tête avec une consternation stupéfaite.

– Oui, c'est vrai, le dernier cancre sait cela. Mais *pourquoi* est-ce irréductible, pourquoi sommes-nous maintenus ainsi dans l'ignorance, est-ce que vous le savez, vous ?

– Mais, mon vieux, vous voilà en pleine métaphysique, en plein inconnaissable !

– Et *pourquoi* est-ce inconnaissable ?

– Mais justement, inconnaissable, ça veut dire qu'il n'y a pas de réponse à ce pourquoi !

– Mais *pourquoi* la réponse nous est-elle refusée ? Vous êtes fantastique. Ainsi, pour vous, c'est réglé ! Puisque c'est comme ça, c'est comme ça. Et ça vous suffit.

– Je n'ai pas dit…

– Vous ne vous apercevez pas que c'est précisément là le fond de tout. De tout ! cria-t-il. Notre comportement – notre vie d'*homme* – tout vient de là. De ce que nous sommes une personne, mais que cette personne ne sait pas ce qu'elle est. Qu'on lui refuse de le savoir. Et mieux encore qu'elle ne peut même pas savoir pourquoi on le lui refuse.

– Bon. Et après ?

– Comment, et après ! Mais l'honneur, mon vieux, l'honneur, c'est cela ! Ce n'est pas autre chose !

L'expression de mon étonnement dut être bien comique, à en juger le fou rire qui le prit. Il dut faire effort pour redevenir sérieux :

– Enfin, voyons ! dit-il. En gros, l'honneur, êtes-vous d'accord que ça consiste à ne pas trahir son camp ? Bon. Par conséquent, l'honneur d'un homme, c'est de ne pas trahir le camp des hommes ? Parfait. Mais qu'est-ce que c'est, le camp des hommes ? Tout à l'heure vous me demandiez : « Vous le savez ? » Je vous réponds : « Oui, je le sais : c'est le camp du chirurgien. »

Il se dessina sur le crâne, du bout de l'ongle, une ligne en forme d'omega.

– Cette fois, comprenez-vous ? dit-il. Tandis que je regardais Brosses opérer, je me disais : « Il défend nos couleurs. Les couleurs du camp des hommes. » Et puis je me suis demandé : « Mais contre qui, contre quel camp le nôtre se bat-il ? » Et quand est apparue la cervelle ? cette cervelle qui nous ignore, qui refuse de nous connaître, qui refuse que nous la connaissions – quand j'ai vu apparaître cette effrayante méduse inhumaine, ce fut comme si, tout d'un coup, – enfin – j'avais aperçu l'ennemi à découvert.

Il souleva le bras.

– Je sais que ce mot-là choquerait bien des gens. Parce que d'abord on ne voit pas comment... un cercle, par exemple, pourrait penser en ennemi au compas qui le trace – même s'ils s'ignorent profondément l'un l'autre. Sans compas, point de cercle. Aussi n'est-ce pas le compas. Mais tout ce qu'il y a derrière. Parce qu'ensuite quand on pense « l'ennemi », on pense aussi « le mal » : en découvrant que la nature est notre ennemie, j'ai l'air de l'accuser d'être le mal. Mais naturellement, vous comprenez bien qu'il n'en est rien. La lutte se passe au-delà – par-delà le bien et le mal : puisqu'en effet ce sont là des notions humaines, et puisque c'est cette lutte qui nous fait hommes, elles ne peuvent pas servir à qualifier la lutte qui les fait... Je m'excuse, dit-il, de cette philosophie. Mais cette fois comprenez-vous ? répéta-t-il. Comprenez-vous que désormais je sais que ce qui nous est arrivé – à Saturnin, à Potrel, à moi-même et à Manéon – que c'était (devant une attaque soudaine de l'ennemi, une surprise, un mouvement de flanc) que c'était seulement un recul, en somme, une passagère défaite, – en aucun cas une trahison ? Et que par conséquent notre honneur était sauf ? Qu'il n'est que deux façons de trahir, c'est de passer à l'ennemi, ou d'abandonner le combat ? Et que par conséquent, aussi longtemps que je serai fidèle au camp des hommes, et que je continuerai de me battre, je pourrai tout perdre, fors l'honneur ?

Il me regarda avec une fierté touchante.

– C'est pourquoi vous me voyez joyeux. Je vais claquer peut-être, mais maintenant qu'est-ce que ça fout ?

Il sourit et dit d'un ton très tranquille :

– D'ailleurs je ne claquerai pas. Je me bats sérieusement, – je me « bats », je ne me « débats » pas. Me demande si vous pouvez vous rendre compte à quel point cela change les perspectives. Par exemple je n'irai pas sur le billard en victime inerte, j'irai en guerrier résolu – comme le toubib, exactement comme ira le toubib. Il s'agit d'aller réduire l'adversaire dans un de ses retranchements, sous mes côtes. Certes, c'est moi le plus exposé, dans ce coup de main-là. Demain ce sera un autre, le toubib peut-être. Mais c'est le même combat et le même adversaire.

Il tendit soudainement la main vers la grande fenêtre.

– Regardez ! dit-il.

Le soleil déclinant de février commençait déjà de dorer la chaîne trapue des monts couverts de neige. Les bleus, les roses et les ors chantaient leur symphonie superbe et douce.

– Est-ce assez trompeur ? s'exclama-t-il en riant. Généreuse nature !

– C'est quand même un beau cadeau qu'elle nous fait là ! protestai-je.

– Un cadeau ! me jeta-t-il avec une dérision violente. Mince alors, un cadeau. Pour nous faire un cadeau, faudrait d'abord la volonté de le donner ! Mais elle s'en fout pas mal, vous ne direz quand même pas le contraire ? Un cadeau, reprit-il, tu parles. Ce n'est pas elle qui nous le donne, c'est nous qui le lui prenons. C'est nous, appuya-t-il. Du butin pris à l'ennemi, – arraché à l'ennemi, voilà ce que c'est, mon vieux. La beauté, c'est nous qui la fabriquons, mon cher, faut pas oublier ça ! Mettez un tigre devant ce paysage – dit-il en balayant l'horizon grandiose de sa main écrasée, – quel cadeau est-ce pour lui ? Il préfère une bonne odeur de chair fraîche.

– Ce n'est peut-être pas aussi simple, dis-je en souriant. Si la nature nous a donné un œil si bien fait que nous puissions jouir de toutes ces couleurs, voilà quand même un beau cadeau, avouez-le.

– Mais non, s'agita-t-il, mais non ! N'allez pas croire ça ! Elle a donné le même œil au tigre. Simple matière première. La capacité d'en jouir, c'est notre boulot à nous, à nous tout seuls…

– Mais le rythme, l'équilibre, si nous n'avions reçu ces dons de façon innée…

– Les ours aussi, et le cobra, et, paraît-il, les poissons. Qu'est-ce qu'ils en foutent ? – Non, non, non, le seul cadeau qu'elle nous a fait – si c'est elle qui nous l'a fait – c'est notre indépendance. Notre indépendance vis-à-vis d'elle. L'homme, c'est ça, mon vieux : l'indépendance. Et tout ce qui est humain : la beauté, la science, l'honneur, tout. Et, cria-t-il, attention ! Attention, mon vieux ! Je sais maintenant une chose aussi : pas de pacte avec la nature ! Pas de compromis, pas d'armistice ! Jamais ! Trop dangereux ! Terriblement dangereux : ça conduit tout droit au racisme, et à la suppression des plus faibles. Je n'exagère pas ! lança-t-il avec un sérieux soudain, pour couper le geste de ma main levée. Je sais ce dont je parle, moi. J'en ai été, moi. Je suis rentré dans la nature, moi. Et j'ai vu ce que c'est ! Non, non, cria-t-il encore, mais cette fois comme pour lui-même, pas de pacte avec le Grand Tigre ! Les hommes, les hommes seuls – sans cela, gare : vous êtes bon pour devenir tigre, vous aussi !

Il hochait la tête avec force, comme pour mieux me persuader. Puis il eut une sorte de sourire ambigu, la bouche un peu rentrée, un peu crispée – triste et caustique.

– Voilà toute mon histoire, mon vieux, toute ma sinistre histoire, dit-il d'une voix brusquement assourdie, et soudain calme. Ceux qui ont pactisé, les tigres qui ont pactisé, qui ont voulu oublier leur condition d'hommes, ériger l'ordre de la nature, et qui s'y sont soumis – comment vouliez-vous qu'ils pussent supporter que d'autres hommes, envers leur maîtresse Nature, continuassent de montrer cette indépendance insolente ? Il fallait bien qu'ils nous soumissent à notre tour, qu'ils fissent de nous des antilopes sur lesquels se sentir les droits du tigre, ou tout au moins des tigres à leur image. Et quand à force d'une opiniâtreté diabolique ils ont réussi, à Hochswörth, à faire faire à ma carcasse vide un geste de tigre, ils ont obtenu aussi ce qu'ils voulaient : à me faire croire que j'en étais un. Ce n'était pas vrai, grâce au ciel ! Parce que justement…

« Vous vous rappelez le cureton de Notre-Dame ? dit-il subitement. Vous vous rappelez ce qu'il a dit ? Comme saint Paul : "Vous êtes le Christ." Mon vieux, il avait raison… Oh ! je le dis sans orgueil : il n'y a pas d'orgueil à être un millionième de Christ… Mais nous le sommes, c'est vrai. Rappelez-vous ceci : pour devenir le Christ, il a fallu d'abord que Jésus tombât sept fois et doutât qu'il était fils de Dieu, doutât de sa qualité de dieu. Il fallut qu'il se vît mourir, sur la croix, comme un homme, comme un homme ordinaire, comme un larron abandonné. "Eli, Eli, lama sabachthani ?" Il n'est pas dieu en cet instant, puisqu'il meurt. Mais il faut bien qu'il meure pour sa résurrection ! Et nous, semblablement, il a fallu sur notre croix que nous perdions notre qualité d'hommes, que nous redevenions pour un moment ces carcasses vacantes, ces pauvres singes peureux, ces pitoyables tigres abandonnés, afin qu'il apparût au monde bouleversé que la qualité d'homme n'est pas attachée de naissance à un morceau de viande fût-il en forme de calebasse à guibolles, qu'il faut la gagner ou la perdre, qu'il faut à chacun sa résurrection pour devenir un homme – ou sans cela rester un tigre. Et il est en effet tellement plus de tigres que d'hommes sur la terre, ils sont tellement plus nombreux ! Pauvres tigres frileux pour la plupart, ni bons ni méchants pourvu qu'ils aient leur minimum de chair fraîche assurée chaque jour, braves tigres même, souvent, gentils et domestiqués, et qui se croient des hommes parce qu'ils ont appris à parler, à imiter servilement les gestes de la tribu... C'est pour eux, pour leur ouvrir les yeux, que nous avons perdu sur une croix ignominieuse notre qualité d'hommes, pour eux que par notre résurrection nous devons assumer glorieusement la véritable grandeur de cette qualité. Ce n'est pas par hasard que nous sommes entourés par cet oubli étrange, vraiment extraordinaire, n'est-ce pas ? quand on y songe, qu'on nous ignore, qu'on nous lorgne avec inquiétude quand on ne se détourne pas de nous : c'est que la parole que nous représentons est rude, épineuse, confuse, obscure et pénible – comme l'est cette résurrection. Et certes la pensée qu'il faut nous battre, jusqu'à notre dernier jour, contre un adversaire infini, secret, muet, informe, éternel, ce n'est pas une pensée reposante. Mais exaltante, mon vieux, formidablement exaltante ! Je ne me fais pas d'illusions, non plus. Il faudra bien du temps pour que les hommes nous transforment en mythe afin de se reconnaître en nous comme jadis dans le Christ. Mais il a fallu à Jésus combien de temps pour que son mythe se répandît ? La patience fait partie du combat.

Il dit encore :

– Ces cahiers, là, sur ma table, je les ai préparés pour vous. C'est un fatras de notes. Faites-moi l'amitié de les lire. Peut-être vous aideront-elles à raconter ma guérison, – si cela vous paraît utile. Je ne vous cache pas que je le souhaite, ne serait-ce que pour aider mes camarades d'abjection.

Nicole entra, avec du thé fumant, des gâteaux secs, et tout son bonheur sur les lèvres.

ÉPILOGUE

Cette visite, je l'avais faite en février 1947. Plus de trois ans passèrent avant que je me décidasse à écrire cette histoire. La raison? La prudence.

Prudence excessive peut-être, j'en accepte le blâme. Mais je l'ai dit déjà: la guérison de Pierre me parut d'abord incertaine.

J'éprouve une méfiance extrême à l'égard des idées, au moins en tant que thérapeutique. Il me semblait clair que l'exaltation de Pierre Cange reposait toute sur cette découverte: que la qualité d'homme ne nous est pas donnée avec notre dépouille, qu'elle ne peut donc nous être reprise, mais qu'elle monte et descend en nous-mêmes comme l'aiguille du baromètre selon notre tension intérieure, notre «climat», – et nos pensées, et nos actes.

Descendue à zéro à Hochswörth, il s'exaltait de la retrouver très haute à Palamos, à Sarcenas. Mais cette aventure espagnole ne me rassurait pas non plus. Elle m'apparaissait encore comme une fuite: Pierre serait-il à jamais un de ces hommes désorientés qui ne peuvent plus se faire à la vie de chaque jour, «au pain cuit, comme dit Péguy, des devoirs quotidiens», et retrouver un répit intérieur hors de l'action aventurière? S'il en était ainsi, alors il n'était pas guéri. Son état désormais serait la perpétuelle quête d'un fuyant équilibre, une suite d'oscillations tragiques dont la première victime, j'en avais peur, serait la pauvre Nicole.

Je me trompais.

L'organisme de Pierre surmonta difficilement l'opération et ses suites. On garda le malade six mois encore à Sarcenas, puis il passa six autres mois en post-cure aux Escaldas. On lui permit enfin une existence normale, à condition d'éviter la ville et de mener une vie sédentaire.

Nicole eut à mener une lutte patiente pour le convaincre d'obéir : l'Espagne l'appelait encore. Une alerte assez grave – un point pleurétique au poumon sain – en janvier 1948, décida enfin de sa sagesse.

Depuis lors il se donne tout entier à sa nouvelle passion : la chirurgie. Mouthiers a pris le jeune couple chez lui, à l'hospice. Pierre s'est inscrit à Poitiers, il y suit les cours de Varèse. Il paye sa pitance en soulageant Mouthiers dans l'administration, Nicole la sienne comme infirmière. Elle s'est consacrée aux silencieuses. Elle prétend que certaines d'entre elles savent se faire entendre : sans paroles, mais leur soif d'affection est si grande, dit-elle, que si l'on sait leur parler, leur regard sait aussi répondre.

En avril dernier, à la suite apparemment de longues et fructueuses discussions avec Pierre, Mouthiers s'est décidé à faire tenter sur une des muettes une lobotomie. Varèse a fait l'opération (section de filets nerveux entre deux lobes du cerveau : une part de la volition paraît en effet inhiber, contrarier une autre part – le pharaon, Moïse et le peuple juif, disait Pierre). Une chose est certaine : la malade reparle. Mais il semble qu'elle ait perdu toute volonté propre. Elle fait ce qu'on lui demande avec l'exactitude obéissante d'une mécanique, une ponctualité effrayante. Sans ordre, elle ne fait rien. Elle reste assise, couchée, debout, là où on l'a laissée. Nicole en éprouve un chagrin, une consternation profonds. Ni Pierre ni Mouthiers n'osent pour le moment envisager de renouveler l'expérience. Pierre se fait même de brûlants reproches : « J'aurais dû y penser, dit-il. Qui en nous tue la lutte tue la personne. Il ne reste plus que l'esclave animal. » Nicole n'y contredit pas.

*

Saturnin les fréquente beaucoup. On se rappellera que, pour la dernière fois, je le vis à Paris après les scandales suscités pendant ses cours de poétique par un groupe d'étudiants en Droit. Sa chaire avait été supprimée. Il tentait de voir le ministre. On lui fixa rendez-vous avec un empressement flatteur. Le jour venu, le ministre se fit excuser et Saturnin fut reçu par un attaché de cabinet disert, prévenant, cajoleur, mais, sous cette souplesse souriante, ferme comme un mur : « Pourquoi offenser sans raison les sentiments de toute une jeunesse ? » Sans raison ! Saturnin s'obligeait au calme. Avec douceur il demanda s'il devait comprendre que le devoir d'un professeur consiste à faire violence à ses convictions pour plaire à celles de quelques élèves. « Il n'est pas indispensable de les heurter », dit l'autre avec une douceur égale. Cette escrime courtoise se prolongea jusqu'à ce qu'enfin Sat perdît patience : « Quelles sont vos conditions pour me rendre ma chaire ? » L'attaché eut cette expression désolée qu'on a devant un enfant gaffeur. « Des conditions !... » Il n'y aurait assurément aucune condition... La chaire serait rouverte à la rentrée... Quel serait le programme du cours de Saturnin ?

Le même, exactement le même, dit Saturnin. Pourquoi, au lieu de fermer la chaire, ne pas interdire la salle aux trublions ? Tout le scandale vient du Droit, pour lesquels le cours de poétique n'est pas même facultatif. « Les cours sont libres, dit l'attaché. Il est tout à fait impossible... » – « Et en vertu de cette liberté, vous privez de poétique les élèves des Lettres dont c'est une pâture essentielle. » – « Le scandale pourrait venir tout aussi bien des élèves de Lettres. Pourquoi voudriez-vous que ceux du Droit eussent le monopole... » – « Parce que, dit Saturnin, s'ils ont choisi le Droit c'est qu'ils en ont l'esprit, et que l'esprit de réaction est inhérent à l'esprit du Droit. » Il se hâta de préciser que toute généralisation est abusive, qu'il était le premier à savoir qu'on trouve nombre d'hommes progressistes dans les milieux du Droit. Mais de même que l'esprit des milieux scientifiques est révolutionnaire parce que l'esprit des Sciences est de tout remettre en question, à tout instant, de même l'esprit du Droit dont l'essence est de codifier les mœurs, donc de les fixer, de les figer, postule fatalement le désir instinctif (instinct de conservation) de les empêcher de changer, puisque des mœurs changeantes seraient la négation du Droit. Sur quoi l'attaché se leva en déclarant, sans cesser de sourire, que docteur en Droit lui-même, il ne pouvait partager ces vues sans réserve. Il reconduisit Saturnin, en l'assurant qu'il ne doutait pas que la moindre méditation amènerait à plus de sagesse un des plus grands poètes de notre temps. Saturnin l'assura de son côté que le contraire était plus probable. Et la chaire, en octobre, ne fut pas rouverte.

Cela, comme en 40, condamnait Saturnin à une quasi-misère. Ses œuvres poétiques lui rapportaient plus d'honneur que d'argent. Sur quoi pouvait-il compter encore ? Sur quelques articles ici ou là, sur quelques conférences. Thérèse et lui eurent la sagesse de ne pas renouveler ensemble l'épreuve de la pauvreté, avec tout ce passé entre eux et toutes ces années de plus sur les épaules. Thérèse a gagné Paris avec l'enfant, où elle mène depuis lors une vie difficile, à décorer et à vendre des écharpes de soie. Elle forme peu à peu une clientèle assez stable pour assurer sa subsistance.

Saturnin passe à Saint-L*** le temps qu'il ne passe pas à faire, à l'étranger, des causeries poétiques qui ne lui rapportent guère, mais lui permettent de vivre. Comme l'avait prévu Manéon, il a quitté le Parti. Toutefois Manéon s'est trompé sur l'éclat de cette démission : Saturnin l'a donnée discrètement, sans rendre ses raisons publiques. Au contraire, lors d'une causerie à Bordeaux, un auditeur, après que Sat eut parlé d'Aragon, s'étant levé en criant: « Où est la pureté, Saint-Sernin ? » il avait répondu calmement: « Certainement pas dans l'infidélité. »

De son côté, le Parti l'a laissé tranquille. Un poétaillon de Poitiers, dans un écho méchant paru dans la feuille locale, a bien tenté de rappeler que Saturnin devait sa vie à un préfet vichyssois. Mais cet excès de zèle a été désapprouvé, et l'auteur vertement blâmé.

*

Broussard, probablement, est mort. C'est du moins l'opinion générale. Je souhaite que ce soit vrai, sans en être tout à fait sûr.

On se rappelle que Pierre, après l'avoir cru à Paris, le supposait en Espagne. C'était faux. Il était à Bordeaux, caché par les Massy-Vergnoux, grands négociants en vins, famille de son avocat. Ce dernier, profitant des relations gardées par son client avec les grands éléments pétainistes du ministère de la Marine, obtint sans mal son envoi à Saigon: c'était faire en effet d'une pierre deux coups, éloigner un témoin gênant et sortir d'affaire un camarade. On lui confia un groupe de commandos, formés en majorité d'anciens volontaires dans les Waffen-SS, qui se distinguèrent rapidement par la brutalité de leurs expéditions. Un jour (après qu'un village eut brûlé avec femmes et enfants) les matelots de l'aviso qui portait le commando coupable, refusèrent de le débarquer. Broussard exigea un exemple et désigna les meneurs. Ceux-ci furent en effet traduits en conseil de guerre, l'un d'eux condamné à mort, les autres à la réclusion. Appelé comme témoin et vigoureusement dénoncé par la défense, il avait affirmé avec brutalité que, s'il le fallait, il ferait brûler dix villages pour épargner la vie d'un seul soldat français. Huit jours plus tard, au cours d'un coup de main sur la côte qu'il voulut diriger lui-même, Broussard fut porté disparu.

Disparition énigmatique. Les témoins se contredisent.

Les uns prétendent l'avoir vu encore dans le canot du retour. Les autres, qu'il disparut dès le début de l'engagement. Il semble que la vérité ne sera jamais éclaircie. Les autorités, d'ailleurs, mènent l'enquête fort mollement.

*

Nous avons su tout cela par Maître L'Hanry. Et aussi que Massy-Vergnoux, au nom de son client sitôt celui-ci embarqué, avait lancé contre X une plainte en agression suivie de séquestration. Mais il apparut très vite qu'en faisant rouvrir le dossier Broussard, la plainte risquait d'être fatale au plaignant. L'avocat voulut la retirer. Mais elle s'était déjà endormie dans les dossiers de l'instruction. La mort probable de Broussard (et la notoriété de ses nouveaux crimes) l'ont définitivement enterrée.

Ces nouvelles ont pourtant causé quelque animosité entre Pierre et Manéon. Les derniers crimes de Broussard, Manéon les reproche à Pierre. Et je sais qu'au fond de son cœur, encore qu'ouvertement il prétende le contraire, ce dernier lui donne raison.

Il écrivait dans ses cahiers :

« Pourquoi ai-je laissé filer Broussard, sachant qu'il ne s'amenderait point ? Manéon (avec une lourdeur qui m'agace) prétend que c'était une fois de plus par orgueil, pour ma satisfaction personnelle. Sincèrement, je crois qu'il se trompe. Nicole a d'autres vues. Elle aperçoit une symétrie mystérieuse aux deux bouts de mon expérience. Ma qualité d'homme, je l'avais perdue dans les flammes : celles où ma déchéance a jeté, dans son dernier sourire, un ami, un martyre, un juste. Il me fallait (dit-elle) pour que j'acceptasse de m'en sentir digne de nouveau, ouvrir dans les flammes les portes de son salut à l'un de ceux-là mêmes à qui je dois ma déchéance. C'est là une vision séduisante et qui n'est pas, je dois l'avouer, sans susciter au fond de moi quelques remous d'ailleurs insaisissables. Mais si les motifs que me prête Manéon révoltent mon amour-propre, les suppositions de Nicole sont d'un caractère trop mythique (ou mystique) pour satisfaire une raison demeurée cartésienne. Je ne puis oublier que ces motifs étaient clairs quand ils ont dicté mon geste. Je venais de découvrir l'existence des tigres. Broussard en était un. Mais je ne faisais point alors de distinguo entre les tigres, et le propre du tigre étant premièrement – comme tout animal – qu'il ne se connaît point pour tel, je trouvais volontiers, dans cette ignorance de soi, quelque circonstance atténuante.

« C'était faire plusieurs confusions. D'abord, peut-être ce nom de "tigre" était-il mal choisi : il suggère une cruauté consciente alors que dans mon esprit cette cruauté est purement celle, informe, insensible et aveugle, de toute viande vivante. J'ai sans doute fait profiter Broussard outre mesure de cette mise au point.

« Une autre source de confusions venait d'avoir ainsi rassemblé sous ce nom unique des individus fort divers. Certes, j'appelle tigres tous ceux qui n'ont pas intégralement rallié le camp des hommes. Mais les uns ne l'ont pas pu, les autres pas su, et enfin pas voulu : leurs fautes ou leurs crimes ne pèsent pas le même poids.

« Il y a les faméliques, les respectueux, les superbes. Est-il même juste d'appeler tigres les premiers – tous ces pauvres bougres qui n'attendent, pour devenir pleinement des hommes à leur tour, que d'en avoir le temps et les moyens, que d'être un peu moins "aliénés" (comme disent les marxistes) par le froid, la faim, tous les besoins de leur encombrante carcasse ?

« Les vrais tigres, ce sont les respectueux, ceux à qui l'aisance économique permet la méditation, et qui n'ont jamais su pourtant distinguer le vrai visage des hommes, et qui restent attachés à leur état de nature. Ceux-là se croient des hommes parce qu'ils ont délimité avec soin le terrain de chasse de chacun, organisé leur société de tigres avec des lois, des traditions, et, couronnant l'ensemble, un pouvoir légitime qui excuse tout et pardonne tout du moment que la chasse est bonne – et que la liberté de s'entre-dévorer quelque peu entre tigres reste dans des limites honnêtes et décentes. Ce sont les plus aveugles, puisqu'ils croient que toute sagesse humaine gît dans ces protocoles de notaires et de gendarmes. Et qu'ils se donnent volontiers l'alibi d'aimer les arts, les belles-lettres, et celui de la religion, sans d'ailleurs jamais se demander d'où viennent celle-ci ni ceux-là, quelle en est l'essence, l'origine… Et puis il y a ceux que j'appelle superbes, qui savent très bien qu'ils sont des tigres et qui s'en vantent, exécuteurs sadiques et fanatiques des hautes œuvres de ce Grand Tigre qui les ignore d'un mépris cosmique, et que pour cela même, au lieu de le combattre, ils adorent dans une admiration femelle. Ceux-là, nous ne les convaincrons jamais. Ils n'auront jamais des hommes que leur apparence trompeuse.

« Broussard a désormais prouvé qu'il tenait des deux. En le laissant en vie, ai-je assumé la responsabilité des nouveaux crimes qu'il a commis ? Sincèrement encore, je crois aussi qu'à défaut de Broussard on eût trouvé sans mal, pour mettre à la tête de ces commandos, un tigre de même acabit. Ce n'est pas une excuse, dit Manéon. C'est vrai que ce raisonnement-là permet bien des lâchetés. Allons, j'ai fort à faire encore pour détruire en moi "le vieil homme". Et d'abord cette forme puérile d'orgueil qui veut échapper à ses torts. »

Il écrivait plus loin :

« On n'en a jamais fini avec l'orgueil. On le sort par une porte, il rentre par l'autre. Il est vrai que nous avons peut-être quelques excuses. Le combat de David contre Goliath n'était rien auprès du nôtre. D'abord il avait devant lui un adversaire de même nature. Tandis que nous… Quelle lutte prodigieuse que celle que nous menons contre ce Léviathan informe que j'appelle le Grand Tigre, et dont j'avais eu l'intuition bouleversante lors de l'opération, toute cette viande planétaire, cet immense potage organique, où nous barbotons en aveugles et qui ne se divise pas – mon poumon, la cervelle de Varèse, la côtelette que je mangerai ce soir, le grouillement de la jungle, la mêlée des bêtes dans la mer, toute cette gelée vivante qui se perpétue sans cesse aveuglément, qui se dévore, se digère, se recrache, se refait et se reproduit pour se dévorer encore depuis des millions de siècles, ce perpétuel carnage, cette boucherie, cette bouillie fourmillante farcie pourtant de griffes et de crocs sous lesquels elle tient pour la servir, dans la nuit de leur ignorance, les malheureux individus, ses esclaves dociles… Tous très dociles, sauf nous. Sauf nous, les hommes. Sauf ceux d'entre nous du moins qui n'acceptons pas cet esclavage, cette ignoble docilité. Je sais maintenant que la qualité d'homme réside dans ce refus. Qu'elle y réside tout entière. Cette vérité de La Palice, elle devrait se voir comme le nez au milieu du visage. Le plus incroyable de tout, c'est peut-être qu'il nous soit si difficile de l'admettre, quand bien même on nous la flanque, toute chaude, sous le nez. A moi, il a d'abord fallu Hochswörth – il a fallu que je perde dans les flammes jusqu'au dernier respect de moi-même. Combien donc encore de flammes et d'horreurs faudra-t-il aux hommes aveuglés pour que leurs yeux s'ouvrent enfin à une vérité si claire ? »

Moulin des Îles.
Décembre 1950.

TABLE

Présentation
I

Au lecteur
7

Les Armes de la nuit
9

La Puissance du jour
71

Épilogue
255

DU MÊME AUTEUR

Le Silence de la mer
Éditions de Minuit, 1942

La Marche à l'étoile
Éditions de Minuit, 1943

Le Sable du temps
Émile-Paul Frères éditeur, 1945

Souffrance de mon pays
Émile-Paul Frères éditeur, 1945

Les Armes de la nuit
Éditions de Minuit, 1946

Les Mots
Éditions de Minuit, 1947 ; Actes Sud, 1993

Les Yeux et la Lumière
Éditions de Minuit, 1948

Le Songe et Ce jour-là
Seghers, « Poésie 49 », 1949

Plus ou moins homme
Albin Michel, 1950

Les Animaux dénaturés
Albin Michel, 1952, 1994

Les Pas dans le sable
Albin Michel, 1954

Portrait d'une amitié
et d'autres morts mémorables
Albin Michel, 1954

Colères
Albin Michel, 1956

Les Divagations d'un Français en Chine
Albin Michel, 1956

Pour prendre congé
Albin Michel, 1957

Goetz
Musée de poche éd., 1958

SUR CE RIVAGE
Le Périple
tome 1
Monsieur Prousthe, un souvenir
tome 2
Liberté de décembre
suivi de
Clémentine
tome 3
Albin Michel, 1958-1960

Sylva
Grasset, 1961

La Bataille du silence : souvenirs de minuit
Presses de la Cité, 1967
Rééd. Éditions de Minuit, 1992

Le Radeau de la Méduse
Presses de la Cité, 1969

Les Contes des Cataplasmes
Presses de la Cité, 1970

Sillages
Presses de la Cité, 1972

Sept Sentiers du désert
Presses de la Cité, 1972

Comme un frère
Plon, 1973

Questions sur la vie à Messieurs les biologistes
Stock, 1973

Tendre Naufrage
Presses de la Cité, 1974

Ce que je crois
Grasset, 1975

Je cuisine comme un chef
Seghers, 1976
Rééd. Bourgois, 1991

Les Chevaux du temps
Tchou, 1977

Camille ou l'enfant double
Éditions G. P., 1978

Zoo, Le Silence de la mer *et* Le Fer et le Velours
théâtre
Galilée, 1978

Sens et non-sens de l'histoire
Galilée, 1978

Le Piège à loup
Galilée, 1979

CENT ANS D'HISTOIRE DE FRANCE

Moi, Aristide Briand. 1862-1932
tome 1
Les Occasions perdues
ou l'étrange destin. 1932-1942
tome 2

Les nouveaux jours. Esquisse d'une Europe
Briand l'oublié. 1942-1962

tome 3
Plon, 1981-1984

Anne Boleyn : les quarante mois
qui ont fait l'Angleterre

Perrin, 1985

Le Tigre d'Anvers

Plon, 1986

À dire vrai

(entretiens avec Gilles Plazy)
François Bourin Éditeur, 1991

Les Mots

Actes Sud, 1994

En collaboration

Comptines du Quai-aux-Fleurs

(avec Louis Aragon et Paul Éluard)
Éditions de Minuit, 1946

Deux voix françaises : Péguy-Péri

(avec Louis Aragon)
Bibliothèque française, 1944

L'Heure du choix

ouvrage collectif
Éditions de Minuit, 1947

Les Chemins de l'être

(avec Paul Misraki)
Albin Michel, 1965

Quota ou les Pléthoriens

(avec Paul Coronel)
Stock, 1966

Assez mentir !
(avec Olga Wormser-Picgot)
Ramsay, 1979

Sous le nom de Jean Bruller

Recueils de dessins et illustrations
La plupart de ces ouvrages ont été publiés par l'auteur

21 recettes pratiques de mort violente...
1926 ; rééd. Tchou, 1977

Hypothèses sur les amateurs de peinture
1927

Le Corbeau
de E. A. Poe, 1927

Un homme coupé en tranches
1929

Comédie en marge du monde
de R. Kipling, 1930

Puck de la colline
de R. Kipling, 1930

Patapoufs et Filifers
Texte d'André Maurois, 1930

Nouvelle Clé des Songes
1934

L'Enfer
1935

Images intimes et rassurantes de la guerre
1936

Silences
1937

La Ballade du vieux marin

de Coleridge, 1942

Hamlet

Pièce de Shakespeare adaptée par Vercors
et illustrée par Jean Bruller
Éd. Vialetay, 1965

RÉALISATION : PAO ÉDITIONS DU SEUIL
IMPRESSION : CPI BUSSIÈRE À SAINT-AMAND-MONTROND (CHER)
DÉPÔT LÉGAL : FÉVRIER 1997. N° 30699-3 (2013387)
IMPRIMÉ EN FRANCE

DERNIERS TITRES PARUS

P3305. L'Homme des hautes solitudes, *James Salter*
P3307. Le Pacte des vierges, *Vanessa Schneider*
P3308. Le Livre de Jonas, *Dan Chaon*
P3309. Guillaume et Nathalie, *Yanick Lahens*
P3310. Bacchus et moi, *Jay McInerney*
P3311. Plus haut que mes rêves, *Nicolas Hulot*
P3312. Cela devient cher d'être pauvre, *Martin Hirsch*
P3313. Sarkozy-Kadhafi. Histoire secrète d'une trahison *Catherine Graciet*
P3314. Le monde comme il me parle, *Olivier de Kersauson*
P3315. Techno Bobo, *Dominique Sylvain*
P3316. Première station avant l'abattoir, *Romain Slocombe*
P3317. Bien mal acquis, *Yrsa Sigurdardottir*
P3318. J'ai voulu oublier ce jour, *Laura Lippman*
P3319. La Fin du vandalisme, *Tom Drury*
P3320. Des femmes disparaissent, *Christian Garcin*
P3321. La Lucarne, *José Saramago*
P3322. Chansons. L'intégrale 1 (1967-1980), *Lou Reed*
P3323. Chansons. L'intégrale 2 (1982-2000), *Lou Reed*
P3324. Le Dictionnaire de Lemprière, *Lawrence Norfolk*
P3325. Le Divan de Staline, *Jean-Daniel Baltassat*
P3326. La Confrérie des moines volants, *Metin Arditi*
P3327. L'Échange des princesses, *Chantal Thomas*
P3328. Le Dernier Arbre, *Tim Gautreaux*
P3329. Le Cœur par effraction, *James Meek*
P3330. Le Justicier d'Athènes, *Petros Markaris*
P3331. La Solitude du manager, *Manuel Vázquez Montalbán*
P3332. Scènes de la vie d'acteur, *Denis Podalydès*
P3333. La vérité sort souvent de la bouche des enfants *Geneviève de la Bretesche*
P3334. Crazy Cock, *Henry Miller*
P3335. Soifs, *Marie-Claire Blais*

P3336. L'Œuvre de Dieu, la part du Diable, *John Irving*
P3337. Des voleurs comme nous, *Edward Anderson*
P3338. Nu dans le jardin d'Éden, *Harry Crews*
P3339. Une vérité si délicate, *John le Carré*
P3340. Le Corps humain, *Paolo Giordano*
P3341. Les Saisons de Louveplaine, *Cloé Korman*
P3342. Sept femmes, *Lydie Salvayre*
P3343. Les Remèdes du docteur Irabu, *Hideo Okuda*
P3344. Le Dernier Seigneur de Marsad, *Charif Majdalani*
P3345. Primo, *Maryline Desbiolles*
P3346. La plus belle histoire des femmes
Françoise Héritier, Michelle Perrot, Sylviane Agacinski, Nicole Bacharan
P3347. Le Bidule de Dieu. Une histoire du pénis
Tom Hickman
P3348. Le Grand Café des brèves de comptoir
Jean-Marie Gourio
P3349. 7 jours, *Deon Meyer*
P3350. Homme sans chien, *Håkan Nesser*
P3351. Dernier verre à Manhattan, *Don Winslow*
P3352. Mudwoman, *Joyce Carol Oates*
P3353. Panique, *Lydia Flem*
P3354. Mémoire de ma mémoire, *Gérard Chaliand*
P3355. Le Tango de la Vieille Garde
Arturo Pérez-Reverte
P3356. Blitz et autres histoires, *Esther Kreitman*
P3357. Un paradis trompeur, *Henning Mankell*
P3358. Aventurier des glaces, *Nicolas Dubreuil*
P3359. Made in Germany. Le modèle allemand au-delà des mythes, *Guillaume Duval*
P3360. Taxi Driver, *Richard Elman*
P3361. Le Voyage de G. Mastorna, *Federico Fellini*
P3362. 5e avenue, 5 heures du matin, *Sam Wasson*
P3363. Manhattan Folk Story, *Dave Van Ronk, Elijah Wald*
P3364. Sorti de rien, *Irène Frain*
P3365. Idiopathie. Un roman d'amour, de narcissisme et de vaches en souffrance, *Sam Byers*
P3366. Le Bois du rossignol, *Stella Gibbons*
P3367. Les Femmes de ses fils, *Joanna Trollope*
P3368. Bruce, *Peter Ames Carlin*
P3369. Oxymore, mon amour ! Dictionnaire inattendu de la langue française, *Jean-Loup Chiflet*
P3371. Coquelicot, et autres mots que j'aime, *Anne Sylvestre*
P3372. Les Proverbes de nos grands-mères, *Daniel Lacotte (illustrations de Virginie Berthemet)*
P3373. La Tête ailleurs, *Nicolas Bedos*

P3374. Mon parrain de Brooklyn, *Hesh Kestin*
P3375. Le Livre rouge de Jack l'éventreur, *Stéphane Bourgoin*
P3376. Disparition d'une femme. L'affaire Viguier
Stéphane Durand-Souffland
P3377. Affaire Dils-Heaulme. La contre-enquête
Emmanuel Charlot, avec Vincent Rothenburger
P3378. Faire la paix avec soi. 365 méditations quotidiennes
Etty Hillesum
P3379. L'amour sauvera le monde, *Michael Lonsdale*
P3380. Le Jardinier de Tibhirine
Jean-Marie Lassausse, avec Christophe Henning
P3381. Petite philosophie des mandalas. Méditation
sur la beauté du monde, *Fabrice Midal*
P3382. Le bonheur est en vous, *Marcelle Auclair*
P3383. Divine Blessure. Faut-il guérir de tout ?
Jacqueline Kelen
P3384. La Persécution. Un anthologie (1954-1970)
Pier Paolo Pasolini
P3386. Les Immortelles, *Makenzy Orcel*
P3387. La Cravate, *Milena Michiko Flašar*
P3388. Le Livre du roi, *Arnaldur Indridason*
P3389. Piégés dans le Yellowstone, *C.J. Box*
P3390. On the Brinks, *Sam Millar*
P3391. Qu'est-ce que vous voulez voir ?, *Raymond Carver*
P3392. La Confiture d'abricots. Et autres récits
Alexandre Soljénitsyne
P3393. La Condition numérique
Bruno Patino, Jean-François Fogel
P3394. Le Sourire de Mandela, *John Carlin*
P3395. Au pied du mur, *Elisabeth Sanxay Holding*
P3396. Nous cheminons entourés de fantômes aux fronts troués
Jean-François Vilar
P3397. Fun Home, *Alison Bechdel*
P3398. L'homme qui aimait les chiens, *Leonardo Padura*
P3399. Deux veuves pour un testament, *Donna Leon*
P4000. Sans faille, *Valentin Musso*
P4001. Dexter fait son cinéma, *Jeff Lindsay*
P4002. Incision, *Marc Raabe*
P4003. Mon ami Dahmer, *Derf Backderf*
P4004. Terminus Belz, *Emmanuel Grand*
P4005. Les Anges aquatiques, *Mons Kallentoft*
P4006. Strad, *Dominique Sylvain*
P4007. Les Chiens de Belfast, *Sam Millar*
P4008. Marée d'équinoxe, *Cilla et Rolf Börjlind*
P4009. L'Étrange Destin de Katherine Carr
Thomas H. Cook

P4010. Les Secrets de Bent Road, *Lori Roy*
P4011. Journal d'une fille de Harlem, *Julius Horwitz*
P4012. Pietra viva, *Léonor de Récondo*
P4013. L'Égaré de Lisbonne, *Bruno d'Halluin*
P4014. Le Héron de Guernica, *Antoine Choplin*
P4015. Les Vies parallèles de Greta Wells
Andrew Sean Greer
P4016. Tant que battra mon cœur, *Charles Aznavour*
P4017. J'ai osé Dieu, *Michel Delpech*
P4018. La Ballade de Rikers Island, *Régis Jauffret*
P4019. Le Pays du lieutenant Schreiber
Andreï Makine
P4020. Infidèles, *Abdellah Taïa*
P4021. Les Fidélités, *Diane Brasseur*
P4022. Le Défilé des vanités, *Cécile Sepulchre*
P4023. Tomates, *Nathalie Quintane*
P4024. Songes de Mevlido, *Antoine Volodine*
P4025. Une terre d'ombre, *Ron Rash*
P4026. Bison, *Patrick Grainville*
P4027. Dire non, *Edwy Plenel*
P4028. Le Jardin de l'aveugle, *Nadeem Aslam*
P4029. Chers voisins, *John Lanchester*
P4030. Le Piéton de Hollywood, *Will Self*
P4031. Dictionnaire d'anti-citations. Pour vivre très con
et très heureux, *Franz-Olivier Giesbert*
P4032. 99 Mots et Expressions à foutre à la poubelle
Jean-Loup Chiflet
P4033. Jésus, un regard d'amour, *Guy Gilbert*
P4034. Anna et mister God, *Fynn*
P4035. Le Point de rupture, *Marie-Lise Labonté*
P4036. La Maison des feuilles, *Mark Z. Danielewski*
P4037. Prairie, *James Galvin*
P4038. Le Mal napoléonien, *Lionel Jospin*
P4039. Trois vies de saints, *Eduardo Mendoza*
P4040. Le Bruit de tes pas, *Valentina D'Urbano*
P4041. Clipperton. L'Atoll du bout du monde
Jean-Louis Étienne
P4042. Banquise, *Paul-Émile Victor*
P4043. La Lettre à Helga, *Bergsveinn Birgisson*
P4044. La Passion, *Jeanette Winterson*
P4045. L'Eau à la bouche, *José Manuel Fajardo*
P4046. Première Personne du singulier, *Patrice Franceschi*
P4047. Ma mauvaise réputation, *Mourad Boudjellal*
P4048. La Clandestine du voyage de Bougainville
Michèle Kahn
P4049. L'Italienne, *Adriana Trigiani*